中公文庫

死の陰謀

オッドアイ

渡辺裕之

中央公論新社

目次

登場人物紹介

【警視庁と防衛省中央特務隊の混合捜査チーム“特別強行捜査班”】

朝倉俊暉……………K島の駐在勤務を経て、警視庁捜査一課の刑事に復帰後、“特別強行捜査班”リーダー

国松良樹……………元自衛隊中央警務隊所属、准陸尉

中村篤人……………元自衛隊中央警務隊所属、陸曹長

近田信夫……………中央警務隊隊長

桂木修………………警視庁捜査一課課長を経て“特別強行捜査班”班長

佐野晋平……………元警視庁捜査一課十二係

野口大輔……………元高島平警察署刑事組織犯罪対策課

戸田直樹……………元サイバー犯罪対策課

田村康弘……………対馬警備隊副隊長を経て、防衛駐在官補佐

ヘルマン・ハインズ……海軍犯罪捜査局（NCIS）特別捜査官

死の陰謀

オッドアイ

フェーズ0：襲撃

二〇一九年四月二十一日、スリランカ民主社会主義共和国、コロンボ。

セイロン島の南西海岸にあるスリランカ最大の都市コロンボは、一九八五年まで同国の首都であった。現在の首都は、コロンボから南東に約十五キロに位置するスリ・ジャヤワルダナプラ・コッテであるが、名称が長過ぎるため、地元でもコッテ、あるいはコーッテと略されている。

午前八時二十五分、大柄な男が、コロンボのフォート地区にあるチャタム・ストリートでタクシーを降りた。

古いヨーロッパの面影を残す建物に様々な店の看板が溢《あふ》れている通りで、東の端にはロータリーの中央に建つ〝ライトハウス時計台〟が見える。

小雨降る中、男は裏通りを抜けて周囲をさりげなく窺《うかが》うと、ショッピングモールの従業員専用出入口から中に入った。開店は午前十時のため、チャタム・ストリートの一本南のバンク・オブ・セイロン・マワサ通りに面した正面玄関は閉じられている。

男は、諸外国で駐在武官と呼ばれる防衛駐在官の補佐を務める田村康弘《たむらやすひろ》である。英字新聞〝ネーション〟を小脇《こわき》に挟み、僅《わず》かに右足を引き摺《ず》るように歩く。一昨年の七月、暗殺者から逃れようとして車に撥《は》ねられた。右足と右腕の骨折、それに全身打撲《だぼく》の重傷で一ヶ月近く入院していた。

懸命のリハビリで完治したが、右足の反応が鈍くなる後遺症が残った。事故前まで〝山猫〟と異名を持つ陸上自衛隊の精鋭部隊、対馬《つしま》警備隊の副隊長であったが、それが元で一線を退いている。その後、統合幕僚監部に一年間勤務して二等陸佐に昇進後、昨年の十月にスリランカの日本大使館の防衛駐在官補佐になった。昇進試験は上官の命令であったが、大使館業務に就かせるためであったようだ。

防衛駐在官は「在外公館に勤務し、主として防衛に関する事務に従事する職員」と規定されている。つまり、自衛官でありながら外交官の身分を持つということであり、階級は諸外国の軍隊で大佐に相当する陸海空自の一佐《いっさ》がその任務に就く。

田村はスリランカ国軍の上級将校と情報交換の実務を担当しているが、将来防衛駐在官になるための丁稚《でっち》奉公のようなものである。

通路を抜けると、オレンジ色の屋根瓦がリゾートを思わせる平家の建物に囲まれた開放的な中庭に出た。二十四個のコンクリート製の四角いテーブル席が造形物のように整然と配置された石畳の広場からは、南にスリランカ経済のシンボルである四十階建てのツインタワー、ワールド・トレード・センターが見える。この都会のオアシス的な空間であるショッピングモールは、オランダの統治時代に建てられた病院を改装したと聞く。

スーツ姿のスリランカ人が西側の一番端の席に座り、地元のシンハラ語紙〝リハラ〟を読んでいた。東側に建設中の高層ビルが完成しない限り、唯一周囲のビルから見下ろすことができないテーブル席である。

「日本人は、五分前集合と聞いたが、違うようだな」

男は腕時計をちらりと見ると、新聞を畳んでテーブルの上に置いた。米語ではない訛《なま》りのないブリティッシュ英語を話すのは、スリランカ陸軍参謀本部の少佐、ナナヤッカラである。彼とは、午前八時半に会う約束をしていた。

「君こそ、いつも、遅れて来るくせに珍しいな。ウィリアムズは？」

田村も小脇に挟んでいた英字新聞をテーブルの上に置くと、コンクリート製の四角い椅子に腰を下ろし、腕時計を見た。午前八時二十九分である。

「二十分ほど、遅れてくると、さきほど連絡が入った。珍しいことじゃない。大国はいつでも忙しいんだ」

皮肉を言ったナナヤッカラは、鼻先で笑った。

マイク・ウィリアムズは米国の駐在武官補佐で、田村と同じような立場にいる。

スリランカの武官対応情報将校は数人おり、そのうちの一人がナナヤッカラで、田村の専任である。彼とは毎週、市内のレストランやショッピングモールなどで営業前か終了後の人気《ひとけ》のない時間帯に会うことになっていた。ナナヤッカラはそうした施設の鍵を持っている。極秘の打合せ場所を軍部では確保しているということらしい。

スリランカは小さな国なので、国内的に得る情報は少ない。だが、この国の軍や情報機関が得た隣国のインドや中国に関する軍事情報は重要であった。

そのため、月に一度、ウィリアムズも加えて、情報交換を兼ねて交流している。彼からは積極的に情報が得られるわけではないが、将来の武官候補の将校とのパイプは大事であるため、田村は会合を大切にしていた。

「田村、君の今日のスケジュールを聞かせてくれ」

しばらく世間話で時間を潰《つぶ》したナナヤッカラは、ポケットからキャンディーを出して口に放り込み、唐突に尋ねてきた。彼はスリランカの多数派であるシンハラ人の敬虔《けいけん》な仏教徒であり、酒も煙草《たばこ》もやらない。その代わり手持ち無沙汰《ぶさた》になると、キャンディーを口にする。また、金のごつい指輪をしているのは、裕福だという証拠だ。スリランカ人は、富の象徴として男女を問わず指輪をする。指輪をしていない者をスリランカ人は怪しむほどだ。

「今日は、大使館で資料読みをするだけだ」

田村は肩を竦《すく》めた。ナナヤッカラと情報交換をしてから大使館に出勤し、上官である内《ない》藤尚行《とうなおゆき》防衛駐在官に報告する。その後はいつものごとく、資料を読むだけの退屈な仕事が待っていた。

「プライベートは？」

ナナヤッカラが田村の仕草を真似《まね》て肩を竦めて尋ねた。

「クリケットの試合を同僚と見に行こうと思っているが、君も一緒に行くか？」

田村は首を傾《かし》げながら答えた。

クリケットはスリランカでは国民的なスポーツで盛んなのだ。

「今日はやめておいた方がいい。大人しくどこにも寄らずに、自宅に帰るんだ」

ナナヤッカラが視線を外して言った。

「なぜ？」

「テロの噂《うわさ》がある。人混みは避けた方がいい」

「噂？　そんな噂、いつものことだろう？」

田村は訝《いぶか》しげな目をナナヤッカラに向けた。彼の態度がどこかおかしい。強《し》いて言えば、落ち着きがないのだ。

「いや、今日は」

ナナヤッカラの言葉は、爆発音で遮《さえぎ》られた。

「何！」

田村は立ち上がると、中庭の中央に走り、周囲を見渡した。南西の方角のビルの隙間《すきま》から煙が見える。だが、前のビルが邪魔でよく見えない。田村は立ち位置を変えて後ずさりした。

「田村！」

ナナヤッカラが叫んだ。

振り返った瞬間、顎《あご》を強打され、仰《の》け反《ぞ》った。いつの間にかバラクラバを被《かぶ》った男が立っている。棒のような物で殴られたらしく、目の前を星が飛んでいる。

「くそっ！」

頭を振った田村は、右拳《みぎこぶし》を握りしめた。途端、後頭部に鈍い痛みを覚え、意識を失った。

フェーズ1：緊急出動

1

四月二十一日、ホテルグランドヒル市ケ谷《いちがや》、正午。

タクシーを降りた朝倉《あさくら》俊暉《しゅんき》は、大きなスーツケースを提《さ》げて東館のエントランスに入った。

ホテルの入口付近に立っていた客と従業員が、ぎょっとした表情で彼に道を開ける。

身長一八三センチでプロレスラーのように胸板が厚く、しかも左目がシルバーグレーのオッドアイ（虹彩《こうさい》異色症）の異相のためだろう。

「遅いぞ！　みんな待ちかねている」

フロントの近くに立っていた国松《くにまつ》良樹《よしき》は、朝倉に駆け寄った。

「お部屋に、案内します」

国松の傍《かたわ》らにいた中村《なかむら》篤人《あつと》が、ベルボーイのように朝倉からスーツケースを受け取ると、エレベーターホールへと急ぐ。

「悪い悪い。書類の整理で忙しかったんだ」

朝倉は苦笑を浮かべて国松と中村に従う。朝倉は警視庁の警部と陸上自衛隊一等陸尉の二つの身分を同時に併せ持つ日本で唯一の存在であり、警視庁と防衛省中央警務隊の混合捜査チーム〝特別強行捜査班〟、通称〝特捜班〟のリーダーである。

朝倉は陸自最強の特殊部隊特殊作戦群の隊員であったが、十数年前の事故で頭部を負傷し、退官を余儀なくされた。オッドアイは、眼球中のメラニン色素が減少する怪我《けが》の後遺症である。その後、警察官となり、持ち前の体力と洞察力を発揮して捜査一課の敏腕刑事となった。

数年前に起きた殺人事件の捜査で、中央警務隊から請われて警務官として捜査するために一時的に自衛官としての階級と身分を復活させられた。だが、防衛省では朝倉の活躍を鑑《かんが》みて、事件解決後も自衛官としての身分を据え置きダブルスタンダードが成立したのだ。

国松は中央警務隊から〝特捜班〟に転属しており、叩《たた》き上げの自衛官では最高位ともいえる曹長《そうちょう》であったが、今年の三月に尉官コースの試験に合格し、准尉《じゅんい》に昇格している。異例なことではあるが、これまでの〝特捜班〟の功績を認められて、上層部の判断が働いたからだ。同じく〝特捜班〟配属となっている中村篤人も一等陸曹であったが、彼も昇格し、曹長になっていた。理由は同じである。

　昨年の六月から七月に掛けて〝特捜班〟は、沖縄で起きた連続殺人事件の捜査協力を県警本部から依頼されて事件を解明している。事件には米軍が関係しているため、捜査に携われないことに危機感を覚えた沖縄県警が、警視庁と中央警務隊のハイブリッド捜査チームである〝特捜班〟に頼ったのだ。

　捜査を独占していた那覇《なは》支局のＮＣＩＳ（海軍犯罪捜査局）も防衛省をバックにした〝特捜班〟をないがしろにはできずに限定的ではあるが、合同捜査を許可した。それが功を奏し、米軍内の麻薬密売組織の存在が明らかになった。朝倉はさらに殺人犯を追ってＮＣＩＳ本部に勤務する友人のヘルマン・ハインズの部下とともにアフガニスタンまで足を延ばしている。

　麻薬密売組織は、アフガニスタンのテロ組織から麻薬を買い取り、米軍の輸送機で麻薬を紛争地の基地や米国にまで密輸していた。だが、朝倉らの捜査がきっかけで麻薬組織は壊滅に追い込まれ、〝特捜班〟の働きは日米両政府から賞賛されている。気を良くした日本政府では、〝特捜班〟の所帯を大きくし、局として新しい組織に改革する案も出ているほどだ。

「こちらの部屋です」

　七階で降りてスーツケースを提げた中村が、客室の前で立ち止まると、国松が鍵を開ける。朝倉は頷《うなず》いて部屋に入ると、彼らも付いてきた。

部屋は二十四平米《へいべい》あるコンフォートダブルである。充分なゆとりがあり、温もりを感じる落ち着いた部屋である。

「あとは自分でするよ」

朝倉はネクタイを緩《ゆる》めながら言った。

「前日泊で用意するところをこんな時間に到着して、何を言っているんだか。我々は君を式場まで案内する担当になっているんだぞ。遅刻したら、上官から咎《とが》められるのは我々なんだ」

国松は本気で怒っているらしい。彼は朝倉よりも年上だが、組織で言えば部下であり、階級も下である。だが、友人でもあるため、プライベートでは歯に衣《きぬ》着せぬ物言いをする。

「そうですよ。それに我々の使命には、朝倉さんの護衛もあります。片時も目が離せません」

中村が相槌《あいづち》を打つ。この男も朝倉を上官と思っていない。三人の共通の趣味は釣りで、よく一緒に出かけるため、彼らは上官というより釣り友と思っているようだ。

「何が、護衛だ。分かった。着替えるよ。あっちは、どうなっている」

ジャケットを無造作にベッドに置いた朝倉は、二人に尋ねた。これから急いで燕尾服《えんびふく》に着替えなければならない。体格がいいためレンタルができず、この日のために用意したオーダーメイドである。

「来賓の受付をしている警視庁チームから、『まだか』って矢の催促だ。佐野《さの》さんが呆《あき》れ返っていたよ」

国松は壁際に置いてあった椅子《いす》に座り、大袈裟《おおげさ》に溜息《ためいき》を漏《も》らした。

警視庁チームとは、朝倉が警視庁捜査一課から引き抜いたベテランの佐野晋平《しんぺい》、それに高島平《たかしまだいら》警察署の野口大輔《のぐちだいすけ》、サイバー犯罪対策課に所属していた戸田直樹《とだなおき》の三人のことである。

彼らを〝特捜班〟のメンバーにするためには、中央警務隊の国松らと同じく国家公務員にする必要があった。そのため一旦《いったん》警察庁に配属を変えてから〝特捜班〟に専属になった経緯があり、国松は未《いま》だに彼らを指して警視庁チームと呼ぶのである。

「それは大変だな」

朝倉は欠伸《あくび》をしながら言った。一週間の休暇を取るために、毎日残業して仕事をこなし、この二日間は徹夜をしている。文字通り休む暇もなかったのだ。

「他人事《ひとごと》ですか。今日は、朝倉さんの結婚式ですよ」

中村は首を左右に振ると、国松の隣りの椅子に座った。

「だから、なんとか仕事を終わらせてきたんだ。そもそも、こんなに盛大にするつもりはなかったんだがな」

朝倉は苦笑いをした。

六年前、朝倉が一課の刑事だったころ、自衛官を狙《ねら》った連続殺人事件を彼は捜査本部の間違った捜査方針を無視して解決している。だが、それが元で三年ほど離島の駐在所勤務を命じられ、冷や飯を食わされた。

だが、悪いことばかりではない。地元の漁師の孫で、当時村役場に勤務していた中《なか》田《た》幸《さち》恵《え》と付き合うようになった。一時交際は途切れていたが、昨年の米軍の麻薬組織の事件に彼女が巻き込まれて人質になったところを、朝倉は命懸けで救って二人の関係は復活し、結婚を約束するに至ったのだ。

「警視庁からは一課長、中央警務隊からは前隊長と現隊長、そのほかにも警視庁や防衛省のお偉いさんが顔を出すんだ。盛大にならないはずがないだろう」

国松は何をいまさらと言いたげである。

当の本人である朝倉と幸恵は、Ｋ島で身内だけの結婚式を望んでいたのだが、それを警視庁と防衛省の幹部が許さなかったのだ。そのため、仕方なく、それぞれの幹部の顔を立てるために都内で結婚式を挙げたのち、Ｋ島でもう一度身内だけの結婚式をすることになった。

また、防衛省の敷地内にあるグランドヒル市ヶ谷で挙式をするのは、施設が整っており、料理も美味《おい》しいということもあるが、自衛官割引があるからである。

「分かっているが、それが、気にくわないんだよな」

朝倉は首を左右に振った。ホテル敷地内にあるチャペルでの結婚式が午後一時から、披露宴はその一時間後に予定されていた。まだ十分ほど時間はあるが、遅刻は許されないことぐらい分かっている。

電子音。

脱いだジャケットに入れてあるスマートフォンが呼び出し音を上げた。

「朝倉です」

シャツのボタンを外しながら、電話に出た。

「ほっ、本当か！……そうだ。……頼む。……ありがとう、恩にきるよ」

英語で答えた朝倉は眉間《みけん》に皺《しわ》を寄せ、通話を終えた。

「どっ、どうしたんだ？」

国松が尋ねても朝倉は俯《うつむ》いたまま微動だにしない。

「緊急事態だ。幸恵は、どこにいる？」

顔を上げた朝倉の形相《ぎょうそう》は凄《すさ》まじく、戦闘モードに入っている。

「西館一階の控え室だが……」

国松は不安げに答えた。

「案内してくれ」

朝倉は脱ぎかけたシャツのボタンを留めながら言った。

２

午後五時二十一分、沖縄嘉手納《かでな》空軍基地。

基地のゲート1を通過した那覇基地警務隊のパトカーが、メキシコ料理店〝チリーズ〟がある交差点を左折し、ＡＭＣ・パッセンジャー・ターミナル（空軍乗客ターミナル）の前で停《と》まった。

朝倉はパトカーから飛び降りると、パッセンジャー・ターミナルに駆け込んだ。出国と搭乗手続きをしなければならないのだ。

ホテルグランドヒル市ヶ谷から朝倉は中央警務隊のパトカーに乗り、サイレンを鳴らして都内の渋滞を抜けて航空自衛隊横田《よこた》基地まで移動し、そこからＣ１輸送機に乗り、航空自衛隊那覇基地に到着している。

ＮＣＩＳのハインズが、午後五時五十八分に嘉手納空軍基地からインドの首都ニューデリー郊外にあるヒンドン空軍基地に向けて離陸する米空軍大型輸送機であるＣ１７への搭乗を手配してくれたのだ。だが、嘉手納基地に午後六時までに到着する米軍機はなかった。そこで、横田基地から那覇基地に向かう航空自衛隊のＣ１輸送機に乗ったのだ。

Ｃ１７はすでに給油と機体の整備をし、離陸の準備を終えていた。インドまでの飛行時間は六時間で、ヒンドン空軍基地には現地時間の午後八時半に到着を予定している。基地から車でインディラ・ガンディー国際空港に一時間で移動すれば、午後十時五分発エアインディアのコロンボ・バンダラナイケ国際空港行きに間に合う。

予定通りなら横田基地からコロンボまでの所要時間は、十四、五時間ですみそうだ。

五時間前、ホテルグランドヒル市ヶ谷。

「朝倉だ」

シャツのボタンを外しながら朝倉は、スマートフォンの電話に出た。

――ハインズだ。たまたまスリランカの米国大使館に、駐在武官の知り合いがいてね。さきほどスリランカで同時多発テロが発生したと知らせがあった。それで、彼の部下が日本の防衛駐在官補佐とスリランカ人の情報将校と会う約束をしていたそうだが、待ち合わせ場所から二人とも姿を消したそうだ。日本大使館にも確認したが、行方は分かっていない。テロに巻き込まれた可能性が高いらしい。防衛駐在官補佐が行方不明ともなれば、君のチームに声が掛かると思うが、日本政府が事態を掌握するのは、まだまだ先だと思って知らせた。ちなみにその日本人の名前は、ヤスヒロ・タムラだ。

いきなりハインズが、英語でまくし立てた。

「ほっ、本当か！」

他人事のように聞いていた朝倉は、声を上げた。田村は特戦群時代、厳しい訓練をともに耐え抜いた仲間であり、親友でもあった。

――知り合いなのか？

「そうだ」

――この手の事件は、初動が大切なことは君もよく知っているはずだ。時間との勝負だが、日本からの直行便はかなり少ない。トランジット便ならあるだろうが、二十時間以上掛かる。急ぐのなら、在日米軍基地から出発する輸送機を調べてみるがどうする？

彼は横須賀《よこすか》の支局に勤務していたこともあるので、日本の事情に詳しいのだ。

「頼む。ありがとう、恩にきるよ」

通話を終えた朝倉は、国松と中村に案内させ、西館一階の控え室に走った。

控え室のドアをノックした朝倉は、国松らを廊下に待たせて一人で入室する。

ウエディングドレスを着た幸恵と母親の中田知加子《ちかこ》が椅子に座っていた。談笑していたようだが、朝倉がまだ着替えていないため、二人とも目を丸くしている。

「おっ」

ウエディングドレス姿の幸恵を見た朝倉は、呆然《ぼうぜん》と立ち尽くした。事前の衣装合わせでも彼女と時間を取ることができなかったため、はじめて見るあまりの美しさに言葉を失ったのだ。

「お母さん、俊暉さんとお話があるの。二人だけにしてもらえないかしら」

幸恵は首を傾げる母親を部屋の外に出るように催促した。

「すみません」

朝倉は母親に頭を下げた。

知加子は二人を交互に見て不安げな表情で、部屋を出て行った。

「緊急なのね」

幸恵が小さく頷いた。彼女は頭の回転が早い。朝倉の格好を見て、判断したようだ。

「スリランカでテロが発生し、田村康弘が巻き込まれて行方不明になった。現地にすぐに飛んで行きたい」

朝倉は彼女にも頭を下げた。

「田村さんって、大親友だと言っていた人？　心配ね。私は大丈夫。あなたもそうだと思うけど、大きな結婚式は気が進まなかったの。母親に逃げ出したいと言っていたところよ」

幸恵は冗談を言いつつも沈痛な表情になった。

「そっ、そうなんだ」

彼女に怒られる前提で言っただけに、気が抜けた。

「でも、あなたの上司や関係者は大丈夫なの？」

「分かってもらうしかないだろう。それに、遊びに行くわけじゃないんだ」

「それならいいけど。一つだけ約束して。何があっても、私のところに戻ってきてね」

幸恵が真顔になった。彼女は朝倉の仕事が常に危険と隣り合わせということを知っている。生きて帰ってきて欲しいという意味が込められているのだ。

「もちろんだ」

朝倉は彼女の手を摑《つか》んで、大きく頷いた。

パッセンジャー・ターミナルで出国手続きを終えた朝倉は、ポケットからスマートフォンを出して小さな溜息を吐《つ》いた。幸恵は警察官の妻になるという覚悟で、不平一つ漏らさずに朝倉を送り出してくれた。にも拘《かか》わらず彼女と別れてからたった数時間で電話を掛けるようでは、この先互いのためにならない。朝倉はショートメールで「沖縄に到着」と短文を彼女に送って、スマートフォンを仕舞った。

ターミナルのカウンターの前に立っていると、警務隊のパトカーの運転をしてくれた那覇駐屯地《ちゅうとんち》の警務隊に所属する大城《おおしろ》陸曹長が現れた。以前に沖縄の捜査で彼が足となり、緊急車両の運転をしてくれたことがあった。

「お忘れ物ですよ。一尉」

大城はポリカーボネート製のアタッシェケースを渡してきた。

結婚式をキャンセルし、中村から借りたスポーツバッグに着替えや下着を詰めて横田基地に行くのが精一杯であった。そのため、現地での捜査に必要と思われるものを大城に連絡を取って用意させていたのだ。

「ご苦労さん」

頷いた朝倉はアタッシェケースを手に、Ｃ１７に乗り込んだ。

３

ニューデリー郊外、ヒンドン空軍基地。

朝倉を乗せたＣ１７は、夜間照明で浮かび上がる滑走路に降り立った。

貨物室には朝倉の他に六人の米国人と二十六人のインド空軍兵士が乗り込んでおり、物資や武器は搭載されていない。米国内で訓練を受けてきたインド空軍将校の輸送が目的の特別機だったようだ。

朝倉は離陸直前に乗り込んだために、後部ハッチ近くの席に座っており、隣りの席に座っていたインド空軍少尉ハルシャから話を聞いたのだ。彼らはパイロットと技術将校で、Ｃ１７をはじめとした輸送機の戦術的な運用を米国防総省の招きで学んできたらしい。近年米国とインドにとって共通の敵は中国であり、関係を深めている両国の思惑が働いているようだ。

時刻は、午後八時三十五分になっている。気温は三十六度、日中は気温が三十九度まで上がったらしい。日が暮れて数時間経《た》っているが、三度しか下がっていないようだ。

Ｃ１７は滑走路の北側にあるエプロンに移動すると、後部ハッチを開いた。

朝倉はスポーツバッグとアタッシェケースを手に、ハッチのスロープを降りる。

「俊暉、幸運を祈る」

後部ハッチの下でハルシャは陽気に手を振った。米国での訓練を終えて故郷に帰ってきたので解放感に浸っているらしい。彼には目的を聞かれたので、スリランカのテロ事件の捜査だと正直に答えた。ハルシャはＣ１７に横付けされたマイクロバスに他の将校に交じって乗り込んでいく。

朝倉も手を振ると格納庫に向かって走った。ハインズがＮＣＩＳの同僚を通じてインド陸軍の憲兵隊に連絡を取り、車を用意してくれたそうだ。憲兵隊の隊長が以前ＮＣＩＳに研修にきたことがあり、その縁らしい。

インディラ・ガンディー国際空港へ一時間で移動すれば、午後十時五分発エアインディアのコロンボ行きに間に合う。チケットはネットで購入してあるが、国際線なのでチェックインは早めにしなければならない。

だが、ニューデリーの北東の郊外にあるヒンドン空軍基地と南西の郊外に位置するインディラ・ガンディー国際空港は、四十五キロほど離れている。夜間で道が空いているはずだが、地図アプリで調べると、車で一時間は掛かる道のりらしい。

朝倉は格納庫から出てきた迷彩ペイントが施されているアントノフ32とすれ違った。

アントノフ32はロシア製の中型双発輸送機である。インド国軍は長らくロシアから武器の供給を受けてきたが、老朽化《ろうきゅうか》にともない数年前から米国製に順次切り替えているそうだ。三十年以上も前に製造された機体で、朝倉も現物を見るのははじめてである。インド空軍に限らず、ロシア製はまだ幅を利かせているようだ。

「うん？」

足を止めた朝倉は首を捻《ひね》った。格納庫に入ったが、車が見当たらないのだ。

警笛音。

振り返ると、クラシックなバイクに乗った男が手を振っている。ビンテージものの風格を備えているが、インド国産のロイヤル・エンフィールドだ。英国発祥の世界最古のブランドで、一九七〇年に英国本社が倒産し、インドのアイシャーがインド支社を買収したことでインド製になった。朝倉もバイクが好きなため、バイク雑誌で見たことがある。

「あんた、日本人か？」

ゴーグルを外した男が尋ねてきた。赤いつなぎの作業服を着ており、空軍兵士には見えない。

「そうだが……」

答えた朝倉は無性に胸騒ぎがした。

「俺は陸軍憲兵隊のアチャラだ。上司から日本人をインディラ・ガンディー国際空港に送るように命令を受けた」

アチャラは顎で後ろを示した。後ろに乗れという意味らしい。

「俺は俊暉・朝倉だが、まさか、バイクで空港まで行くのか？」

スポーツバッグを背負って、アタッシェケースを抱えて乗ることはできるが、両手が塞《ふさ》がってしまうので、バイクに摑まることもできない。移動中に振り落とされたら危険である。

「荷物の心配をしているのか。アタッシェケースは持ってやろう。俺はバイクで曲芸をするチームに所属している。チームはギネス記録も持っているほど有名で、俺も十人乗せる曲芸ができるんだ。これでもパレードの花形なんだぞ」

アチャラは自慢げに言った。

「そっ、そうなんだ。それじゃ、よろしく」

朝倉は、戸惑《とまど》いつつもアタッシェケースをアチャラに渡した。そもそも、拒絶する権利は朝倉にはないのだ。

「人を十人も乗せることを考えれば、なんてことはないんだ」

アチャラは鼻歌交じりにあらかじめ用意してきたロープをバイクのフレームに通し、アタッシェケースを燃料タンクの上に固定した。

アチャラが窮屈な姿勢でバイクに跨《またが》ると、朝倉も後部シートに跨り、シートの後ろにあるタンデムグリップを左手で掴んだ。

「まずは、空軍事務所に行って、入国手続きをしなきゃいけない」

アチャラはアクセルを握ってバイクを発進させ、エプロンに停められたアントノフ32のすぐ近くでUターンさせた。

アントノフの前方のハッチには、梯子《はしご》が掛けられて数人の男が乗り込もうとしていたが、朝倉の乗ったバイクに気付き指を差して笑っている。C17に乗っていた米国人だ。

彼らとは直接会話をしていないが、英語で話しているのは聞こえた。また、朝倉と同じく私服である。米軍人であれば、軍用機の定期便を私的な移動に利用することもできるので、搭乗の際に必ずしも軍服を着用する必要はない。だが、海外に行く特別便に私服で乗るようなケースは珍しい。もっとも、向こうも朝倉のことをそう思っているに違いない。

朝倉は彼らに中指を立てて、余裕の笑顔を作った。どうせ、一度と会わない連中である。

バイクが揺れた。

「おっ！」

慌てて右手でアチャラの腰を掴んだ。エプロンに段差があったらしい。

「しっかり摑まっていろ！　路面が悪い道路も走るからな」

アチャラが大声で叫んだ。

「分かった！」

朝倉も声を張り上げて答えた。

4

四月二十二日、スリランカ、コロンボ、午前一時四十分。

インディラ・ガンディー国際空港を午後十時五分の定刻通りに離陸したエアインディア機が、三時間三十六分のフライトでコロンボ・バンダラナイケ国際空港に着陸した。

朝倉はボーディング・ブリッジを渡り、ターミナルビルに入ると、他の乗客と共に入国審査に向かう。昨日の午後一時にホテルグランドヒル市ケ谷を出発してから沖縄とインドのニューデリーを経由し、日本との時差が三時間半あるため、およそ十六時間で到着したことになる。

二度も乗り換えたことを考えれば、驚異的なスピードである。特にニューデリーでは、陸軍憲兵隊の曲芸バイク乗りであるアチャラの運転で、空軍基地からインディラ・ガンディー国際空港までの四十五キロを五十分で走りきった。夜間ということもあるが、カーブでもスピードを落とさずにアチャラは走るのだ。おかげでタンデムグリップを握りしめていた左手の皮が擦《す》り剝《む》けてしまった。

入国審査は問題なく通過している。職業は公務員、スリランカに来た目的は仕事と答えたのだが、具体的には聞かれなかった。スリランカは親日国のため、日本人ということだけで素性を疑っていないのかもしれない。

だが、保安検査場でアタッシェケースを開けた瞬間、検査官の目付きが変わった。

「入国の目的は、なんですか？　ノートＰＣやデジタルカメラはともかく無線機は何に使うんですか？」

検査官は鋭い視線を向けてきた。

アタッシェケースに入っているのは、ノートＰＣやデジタルカメラの他、無線機や監視カメラ、それに指紋採取の道具などで、那覇の警務隊に揃《そろ》えさせた道具である。

特別強行捜査班は警視庁や県警に捜査協力を求めることができるが、朝倉は特別強行捜査班の捜査官全員に鑑識活動も義務付けている。というのも、独立した捜査機関にも拘わらず、鑑識課がないからだ。自衛隊の警務隊も同じで、朝倉はそれを規範としている。鑑識作業は時間との勝負という場合もあるため、特別強行捜査班の捜査官にとって鑑識道具は必需品なのだ。

「仕事で来たんだが、友人と世界遺産を冒険するつもりなんだ。森林保護区で沢山の写真を撮りたい。無線機があれば、仲間とはぐれても連絡が取れるだろう」

朝倉は肩を竦めて笑った。

スリランカには、世界遺産に登録された六つの文化遺産と二つの自然遺産がある。

「これは、なんですか？」

検査官は血液型検査キットのパッケージを指差した。

「私は製薬会社の仕事もしているんだ。それは、サンプルだよ。不審に思うのなら、調べても構わない。少なくとも麻薬ではないし、武器もないでしょう」

精一杯の笑顔を作り、朝倉は保安検査場の向こうの到着ロビーを見た。

無用なトラブルを回避し、なおかつ朝倉の身分が保証されるように現地の大使館員が、迎えに来ることになっていたのだ。入国審査のカウンターから大使館員に付き添ってもらえるはずだったが、迎えが来ないため案の定トラブルが発生している。

「職業は製薬会社の社員なのですか？」

検査官は朝倉を上から下まで見た。少なくとも、サラリーマンには見えないだろう。それに朝倉のオッドアイの異相で、怪しいと思い始めているようだ。

「いや、そうじゃない。俺は公務員なんだ。製薬会社の仕事はアルバイトのようなものだ」

朝倉は苦笑を浮かべた。下手《へた》な言い訳は、事態を悪化させる。刑事なら知っている基本であるが、自ら首を絞める結果に自嘲《じちょう》するほかない。

「武器はないって、言っていませんでしたか？」

　検査官はアタッシェケースの底から特殊警棒を出した。

　那覇駐屯地の警務隊の大城には頼んでなかったが、気を利かせたのだろう。Ｃ１７に乗り込む前に確認するべきだった。

「あっ、それね。さっき、冒険するって言っていただろう。国立公園にはヒョウとか危険な動物がいるじゃないか。何か身を守る物が必要でしょう」

　朝倉は首を振った。

「別室に来てもらえませんか。アタッシェケースの中身は、こちらで改めて調べます」

　検査官は右手を上げて警備員を呼んだ。

「一緒に来てください」

　二人の警備員が朝倉の両脇に立った。

「分かった」

　溜息を吐いた朝倉は、彼らに従って保安検査場に隣接する小部屋に入った。

　二十平米ほどで、椅子も机も窓すらない部屋である。

「警察官が来るまで、ここに居てください。我々は、ドアを見張っています。決して外に出ないでください」

警備員はそう言い残して部屋を出て行った。

「参ったな」

背負っていたスポーツバッグを下ろすと、朝倉は床に座り込んだ。

長時間の移動で疲れてもいるが、とにかく腹が減って血糖値が下がっているせいで立っている気力がないのだ。自衛官時代にサバイバル訓練は何度も受けており、いざとなれば何日も食事を摂《と》らずに行動する自信はある。だが、今ではない。

三十分ほど待っているとドアがノックされ、さきほどの警備員が現れた。

「出てくれ」

警備員が手招きをした。

朝倉はスポーツバッグを手に無言で部屋を出た。疲れたので返事をする気力もないのだ。

「朝倉さんですね」

ドア口に立っていた若い男に、日本語で声を掛けられた。しかも、男は朝倉のアタッシエケースを持っている。

「そうです」

朝倉は答えると、男に軽く会釈をした。

「到着が遅れました。私は在スリランカ日本大使館の外交官補の草薙誠《くさなぎまこと》です。大使からあなたを出迎えるように命じられていたのですが、空港職員が私の身分を疑って責任者になかなか会わせてもらえなかったので遅くなったのです」

草薙は頭を掻《か》きながら笑った。外交官補は語学研修で配属された若手の外交官のことで、外務省に入省後三、四年目に海外の大使館に語学研修という名目で配属される職員である。草薙の年齢は、二十五、六歳であろう。若々しい顔をしており、外見もどちらかというと学生っぽい。空港職員が、身分を疑うのも頷ける。

「ホテルを教えてください。自分で行きます」

とりあえずここから解放されれば、大使館員に用はない。夜が明けたら現地の防衛駐在官である内藤と打合せをすることになっている。それまで、スリランカの情報に目を通すつもりだ。日本に残っている特別強行捜査班の仲間が、この十数時間で集めた資料が朝倉宛にメールで送られているはずである。

朝倉はハインズから連絡を受けてから、すぐにホテルグランドヒルから横田基地に向かっているが、移動中に警視庁一課長で〝特別強行捜査班〟班長でもある桂木《かつらぎ》修《おさむ》や新任の中央警務隊隊長である近田《ちかだ》信夫《のぶお》とも電話で打合せをしていた。朝倉がスリランカで活動する上で必要な手続きを要請し、彼らはそれを実行している。

「すみません。それが手違いでホテルの予約がされていないのです。それに夜更《よふ》けに対応してくれるホテルはありませんから」

草薙は笑顔で答えた。まったく悪気がない様子である。要請は十五時間以上前になされているはずで、時間はたっぷりあったはずだ。

「それで、宿泊先は？」

右眉を吊《つ》り上げたものの、怒りを堪《こら》えて聞き返した。

「大丈夫です。大使館に空き部屋がありますから」

草薙は朝倉のオッドアイを見ても笑顔を絶やさない。空気が読めないのかもしれないが、朝倉の異相に動じないのはある意味大物かもしれない。

「はあ、そうですか」

朝倉は気の抜けた返事をして、草薙に従った。

5

朝倉はアタッシェケースを提げた草薙に従って到着ターミナルビルから出ると、すぐ近くにある公営駐車場に向かった。

雨が降っている。強い雨ではない。スリランカは四月から六月と十月から十一月が雨季で、十二月から三月が乾季である。気温は二十八度、湿度が高いせいで体感は三十二度ほどか。だが、ニューデリーよりもかなり過ごしやすい。

時刻は午前二時半を過ぎている。民間機を使っても今日の昼前後には着けただろう。だが、朝倉は短縮できるのがたとえ一分であろうと今は惜しい。結婚式をキャンセルし、航空自衛隊と米軍の輸送機を乗り継いでまで現地に駆けつけたのは、一刻も早く仲間を生きて見つけ出すという強い信念があったからである。

ハインズからスリランカのテロ事件に防衛駐在官補佐である田村が巻き込まれた可能性があると聞いた際、二年前の連続殺人事件で暗殺者から逃れるために交通事故に遭《あ》い、大怪我をした田村の姿が朝倉の脳裏を過《よぎ》った。

陸自の特殊部隊でエリート集団と言われる特戦群の中でも、さらに選び抜かれた六人の隊員からなる〝ブルー・フォックス〟というチームに朝倉は所属していた。チームの仲間と過ごしたのは一年あまりだったが、六人の男たちが血を分けた兄弟よりも深い絆《きずな》で結ばれていたのは、他の部隊では想像もできない厳しい訓練に耐え抜いたからである。

一昨年、二人の仲間と担当教官が事故死と見せかけて殺害され、朝倉と田村も襲われた。犯人の一人は紛争地で行方不明になっていた〝ブルー・フォックス〟の一員だった平岡雄《ひらおかゆう》平《へい》であった。彼は国際平和維持活動で南スーダンに着任した際、武装集団に襲撃されて頭部を負傷し、その上麻薬中毒にされて判断力を失い、暗殺者の手先にされていたのだ。

平岡は犯人を追跡していた朝倉と再会することで正気を取り戻し、朝倉を殺そうとした犯人を銃殺すると自らの命も絶った。朝倉は目の前でかつての仲間を死なせたことで、深い闇を背負っている。だからこそ、田村が行方不明と聞いて飛んできたのだ。

「この車です。スリランカでダントツの人気車ですよ。あれっ？」

草薙は白いスズキのワゴンRの前で立ち止まると、小首を傾げた。駐車場の暗闇から抜け出すように走ってきた黒のクラウンが、ワゴンRの隣りに停まったのだ。

後部ドアが開き、スーツを着た初老の男が降りてきた。

「内藤駐在官！」

驚いた草薙が、慌てて男に会釈《えしゃく》した。

「君があまりに遅いから、様子を見にきた。日本から来た捜査官はこちらかね？」

内藤は朝倉をちらりと見た。強張《こわば》った表情をしている。

「特別強行捜査班の朝倉俊暉です。よろしくお願いします」

朝倉は敬礼ではなく、頭を下げた。自衛官でもあるが、同時に警察官でもある。特別強行捜査班の仕組みを知らない自衛官に自衛隊式の敬礼をして部下扱いされても困るからだ。

「話は、車の中でしようか。草薙くんは助手席に座ってくれ。君の車は、警備員が運転する」

内藤はそう言うと、後部座席に収まった。入れ替わるように、スリランカ人と思われる制服姿の男が助手席から降りてきた。

「分かりました」

草薙は車の鍵を警備員に渡し、朝倉のアタッシェケースを抱えて助手席に座った。

「失礼します」

朝倉も後部座席に乗り込むと、車は発進した。運転しているのは日本人の職員らしく、警備員といえども日本人以外に話を聞かれたくなかったのだろう。

「防衛省に田村補佐官の失踪を報告したのは十二時間ほど前だが、早々と君が現れたのは、どうしてかな。タイにでもいたのかね？」

内藤は目を細め、朝倉を見据えた。顔が強張って見えたのは、現地の防衛駐在官の要請もなしに、朝倉が行動していることに腹を立てているのかもしれない。だからこそ、明日の打合せまで待てなくて、空港までやって来たのだろう。

「いいえ、日本にいました。田村補佐官の失踪は、米国のとある筋からテロ発生直後に連絡を受けています。防衛省からの情報ではありません。特別強行捜査班は、防衛省の要請がなくても行動しますから」

朝倉は平然と答えた。

「まっ、待ってくれ。テロはこちらの時間で午前八時四十五分に発生している。直後というと、十七時間ほどしか経っていない。君は、どうやってここまで来たんだ。ニューデリーまで特別機でもチャーターしたのか？」

内藤は腕時計で時間を確認すると、両眼を見開いた。

「そんな裕福な部署じゃありませんよ。空自のＣ１で沖縄に飛び、米空軍のＣ１７で嘉手納からニューデリーに移動しました。そこからは、ご存じのように民間機です。意外とトランジットに余裕がなくて苦労しましたが」

朝倉は淡々と答えた。

「空自に米空軍？　いったいどんな権限を君は持っているのだ？」

内藤は腕組みをした。彼は一等陸佐である。諸外国でいう大佐であるが、彼ほどの階級をもってしても、空自の輸送機に自由に搭乗できない。まして、米空軍などもってのほかだ。

エアインディアの予約こそ自分でしたが、C1は国松が、C17とニューデリーでの移動はハインズがしてくれた。さほど苦労はしていない。もっとも、自衛隊機や米軍機を使えるようになったのは、各方面にこの数年でパイプが出来たからだ。

「私の所属する〝特別強行捜査班〟は、中央警務隊と警察のハイブリッド捜査機関です。中央警務隊は陸海空の警務隊の上部組織であり、警察といってもバックは警察庁です。だからといって、絶大な権限を行使しているわけではなく、あくまでも、各方面に協力してもらっているに過ぎないのです」

朝倉は首を振った。特別強行捜査班の成り立ちは、政府が関与している。だからといって朝倉は権力が物を言うような捜査機関にしようとは思わないし、政府の干渉を嫌っていた。

「分かった。君を歓迎する。田村を探し出してくれ」

内藤は、納得したらしく深々と頭を下げた。

「ありがとうございます」

朝倉も頭を下げた。

「草薙くん、大使館に到着するまで、簡単にスリランカのことを朝倉、失礼だが、君をなんと呼んだらいいのかな？」

内藤は朝倉を見て苦笑した。

「名前だけで結構です」

疲れているので、自衛官と警察官の二つの身分を持つことを説明するのも面倒臭かった。名前に敬称や階級をつける必要はない。

「草薙くん、朝倉さんに説明してくれ」

内藤は改めて指示を出した。草薙を同乗させたのは、意味があったようだ。

「明日、資料をお渡ししますが、簡単にご説明します。スリランカは、ご存じのように北のタミル人勢力と南のシンハラ人勢力が二十六年にも及ぶ大規模な民族対立で、内戦状態でした。二〇〇九年に政府軍がタミル・イーラム解放のトラ（ＬＴＴＥ）の本拠地を制圧し、前大統領のマヒンダ・ラージャパクサが内戦の終結を宣言したことで、平和を取り戻しました」

草薙は丁寧にスリランカの近代史から説明をはじめた。

ラージャパクサは内戦で荒れ果てたインフラを整備し、いささか強引とも言える政策で経済を発展させ、GDPの成長率が八パーセント台になるほどに高度成長を遂げ、世界最貧国を脱している。

二〇一五年にラージャパクサは現大統領であるシリセーナに選挙で敗れた。だが、シリセーナ大統領の失政でスリランカの経済は悪化している。

「それから、対外的には、この国はまるで民主主義国家のように振る舞っていますが、中央集権的社会主義国家に過ぎません。政権にあからさまに反対するような言動は、非常に危険です」

大学で講義をするように草薙は、スリランカの現状を解説した。

「なるほど、よく分かった」

朝倉は大きく頷いた。宿泊先でノートPCを立ち上げて仲間から送られてきた資料を見て学ぶつもりだったが、その手間が省けたようだ。

三十分ほど走った車は、コロンボ7区のグレゴリーズ通り沿いにあるルネッサンス式の美しい建物の駐車場に停められた。在スリランカ日本大使館である。

スリランカが英国植民地時代の一八九一年に最高裁判事であるD・スティーブン・シルバによって建てられ、その後、オーストリア領事館を経て日本大使館になった由緒正しい建物である。

「明日、スリランカの情報将校をはじめとした捜査に協力してくれる人物を紹介しよう。今日はもう遅い。休んでくれ」

内藤は先に車を降りると、運転手とともに車を離れた。

「お部屋にご案内します」

助手席から降りた草薙が、後部ドアを開けた。

「頼む」

朝倉も車から降りると、疲れた体を引きずるように草薙に従った。

フェーズ2：臨場

1

午前八時二十五分、朝倉を乗せた外交官補の草薙が運転するスズキのワゴンRは、バンク・オブ・セイロン・マワサで停まった。

大使館には午前三時に到着し、空き部屋を与えられた。空き部屋といっても客間の一つで充分過ぎる広さがあり、ホテルとは違うので冷蔵庫はないが、バスとトイレも完備されている。経費節約ということもあるので、当分厄介になるつもりだ。

シャワーを浴びて着替えたものの、日本から送られてきた資料やメールに目を通し、今後の対策を練って返信を送るなど意外と忙しかった。気がついたら夜が明けていたので、一睡もしていない。草薙は四時間ほど眠ったらしいが、睡眠不足だと言いたげな疲れた顔をしているので大使館に戻るように言ってある。

田村失踪の一報を聞いた朝倉は、取るものも取りあえずスリランカまでやって来たのだが、感情的な行動を取ったつもりはない。海外だけに初動捜査と呼べるほどのことができるかは未知数だが、現地で調査した上で仲間を呼ぶつもりだ。特別強行捜査班のチームを海外まで呼んで結果を出せなかった場合、朝倉が責任を取ればいいのだが、仲間に無駄足を踏ませるようなことはしたくないのだ。そのため草薙はしばらくの間、朝倉の助手を務めることになっている。

車を降りて歩道に立つと、目の前にはセイロン銀行の本店があり、その左手には高層ツインタワーの貿易センタービルが聳《そび》え建つ。幅の広い歩道に椰子《やし》の街路樹が整然と並ぶ街角は、とても十年前まで内戦で荒廃していた街とは思えない光景である。

欧米の街と見紛《みまが》う景色でもここがアジアだと認識させるのは、新車同様の綺麗《きれい》な乗用車に交じって三輪車の〝スリーウィラー〟が走っていることだろう。タイではトゥクトゥクと呼ばれておりアジアのどの地域でも手軽な乗り物であるが、草薙によるとスリーウィラーの運転手は札付きが多いので、外国人はぼったくられる危険性が高いらしい。

街角を見渡して振り返ると石畳の広場があり、その向こうにオレンジ色の屋根瓦の低層のショッピングモールがあった。営業時間前なので、人影はない。

朝倉は広場を横切り、ショッピングモールの脇を抜けて建物の裏側に回り、従業員専用の出入口を見つけた。ドアノブを回すと、鍵は掛かっていない。

「よし」

にやりとした朝倉はドアを開けて、中に入った。通路を抜けると、平家の建物に囲まれた広い中庭に出た。四角いコンクリート製のテーブル席がいくつも配置されており、西側の端にスーツ姿の男が立っている。

中庭の中央まで進み、周囲の景色を確かめると、朝倉は男に近寄った。

「アユボワン！」

男はシンハラ語で、こんにちはと挨拶《あいさつ》してきた。

「アユボワン！　特別強行捜査班の俊暉・朝倉だ」

朝倉も挨拶だけシンハラ語で、あとは英語で答える。挨拶程度のシンハラ語は、長時間の移動中に暗記したが、会話ができるわけではない。

「陸軍参謀本部のアジャンタだ」

アジャンタは硬い表情で握手を求めてきた。彼は陸軍参謀本部の大尉で、田村と一緒に行方不明になっている情報将校のナナヤッカラ少佐の部下である。防衛駐在官の内藤から連絡をつけてもらい、会うことにしたのだが、場所は朝倉が指定したのだ。

「質問で恐縮だが、どうして、ここを打合せ場所にしたのか、教えてもらえますか？」

アジャンタは表情を変えずに聞いてきた。

「ここで田村二等陸佐とナナヤッカラ少佐が、拉致《らち》されたと思われるからだ」

　朝倉はスマートフォンを出すと、画像を表示させた。

「うん？」

　アジャンタは画像を見て首を捻った。

コンクリートのテーブルの上に折り畳まれたシンハラ語の新聞と英字新聞が置かれている写真である。撮影したのは、米国の駐在武官の補佐であるマイク・ウィリアムズ大尉だそうだ。

「これは米軍の関係者が、ザ・キングスバリー・ホテルで爆弾テロが起きた直後に、ここで撮影した写真だ。彼は事件当時、田村二等陸佐とナナヤッカラ少佐に会う予定だったらしい」

　ウィリアムズは爆弾テロが起きた際に、ショッピングモールの近くにおり、不審な黒のバンが猛スピードで走り去って行くのを目撃している。急いで待ち合わせ場所に行くと、田村らの姿がなく、テーブルに残された新聞を見つけたそうだ。不審に思ったウィリアムズは写真を撮って立ち去ったが、それ以降、田村とナナヤッカラに連絡が取れないことで二人が拉致されたと確信したらしい。

　四月二十一日に起きた同時多発爆弾テロは、午前八時二十五分にコロンボの聖アンソニー教会、続いてシャングリラ・ホテル、ザ・キングスバリー・ホテル、それにネゴンボの聖セバスティアン教会で起きている。その後も、午前九時五分にコロンボのシナモン・グランド・ホテル、九時二十分にはバティカロアのシオン教会で発生した。

「米国はなぜ日本にだけ、それを知らせたのだ？　そんな話は初めて聞く」

　アジャンタは腕組みをして睨《にら》みつけてきた。自国が蔑《ないがし》ろにされていると思ったのだろう。

「日本政府に報告はなかった。これは、俺の個人的なルートで得た情報だ。それに、大使館ではテロ事件直後に日本人の安否を確認している。田村二等陸佐と連絡が取れず、大使館員が市内の病院を確認後、失踪と彼の上司が本国に報告した。君のところもそうだろう。米国の情報筋が他国に対して迂闊《うかつ》に拉致されたと報告はできない。個人的な情報だからこそ、伝わってきたのだ」

　事件当日は、市内はパニック状態であった。事件現場だけでなく、病院に急送された負傷者の身元確認をするのに数時間掛かったことは容易に想像がつく。内藤による本国への報告に時間が掛かったのも、当然であった。

「それもそうだ」

　アジャンタは渋い表情で頷いた。

「説明に戻らせてくれ。英字新聞は田村二等陸佐が、シンハラ語新聞はナナヤッカラ少佐が、残していったのだろう。田村二等陸佐が、この英字紙を読んでいることを大使館では確認済みだ。シンハラ語新聞は、どうなんだ？」

「確かにナナヤッカラ少佐は、シンハラ語新聞を購読している。だが、購読紙が合っているからといって、二人がここにいたとは限らないだろう？」

アジャンタは肩を竦めた。

「この場所は、スリランカの情報将校が使う秘密の打合せ場所なんだろう？」

朝倉は口角を僅かに上げて笑った。

「どうして、そう思う？」

アジャンタは眉間に皺を寄せた。

「俺はこのショッピングモールを指定したが、中庭とは言っていない。開店前なら店の前とか裏とか、具体的に質問するはずだが、君は何も聞いてこなかったはずだ。その証拠に無人の店なのに裏口が開いていた。君がドアの鍵を開けたからだ。それに、ここを使う場合は、中庭のこのテーブル席と決まっていたんだろう。だから、君はここで待っていた。二人が購読する新聞が、偶然にも開店前の店内に残されているのは、不自然だろう？」

朝倉は中庭の中央に立って外を見渡し、西の端のテーブル席が周囲のビルから唯一見下ろすことができない場所であることを確認している。スリランカの情報将校が決めた打合せ場所を、誰にも教えないという暗黙の了解があったに違いない。だからこそ、内藤は田村が失踪した際の場所を特定できなかったのだろう。

「………」

アジャンタは両眼を見開いたまま押し黙った。ぐうの音も出ないようだ。

「別に責めているわけではない。捜査をするには、出来るだけ多くの情報が必要だ。協力してくれ」

失踪したのは二人の軍人である。この国でも軍人が絡んだ事件に警察は介入しないはずだ。今後も、地元の警察の協力は得られないと見た方がいいだろう。

「正直に言うと、日本の捜査機関に対して適当に対処し、帰ってもらうように命令されていた。捜査は参謀本部の情報部で行うことになっている。だが、君の洞察力には感服した。君の捜査に協力できるように上司に進言してみる」

アジャンタは何度も頷いてみせた。

「絶対後悔はさせない。さっそく調査をはじめよう。ここが拉致現場なら、どうして田村二等陸佐が抵抗もなく連れ去られたかが、まず問題になる。彼は精鋭部隊にいた兵士だったんだ」

田村は特戦群の精鋭チーム〝ブルー・フォックス〟の一員だった。武器を持った敵に囲まれたところで、簡単に制圧できるような男ではない。連れ去られた理由があるはずだ。

朝倉は西側のテーブル席から離れて周囲の景色がよく見える中庭の中央に進むと、スマートフォンを出して地図アプリを立ち上げ、自分の現在位置を確認した。

「テロがあったザ・キングスバリー・ホテルは、この方角か」

　地図アプリを見ながら朝倉は、右手を南西の方角に向けて伸ばした。だが、手前にある建物が邪魔で、ザ・キングスバリー・ホテルはほとんど見ることができない。

「爆発したホテルから煙が上がったのなら、建物の隙間から見えたかもしれないな」

　朝倉は斜めに後ずさりしながら言った。平家の建物の屋根越しにザ・キングスバリー・ホテルを見るのなら北東の方角に移動する必要があるのだ。

「この場所なら、なんとか見えるな」

　位置を確認した朝倉は、再び西の端のテーブル席に戻り、コンクリート製の椅子に座った。

　アジャンタは朝倉の行動を、頷きながら腕組みをしてじっと見ている。朝倉の行動の意味を理解しているのだろう。

「午前八時四十五分にザ・キングスバリー・ホテルで爆弾が爆発した。田村二等陸佐は、爆発音に驚き、場所の特定をしようと立ち上がる」

　朝倉は立ち上がると、当時の状況を自分に言い聞かせるように呟《つぶや》きながら中庭の中央に走った。

「そして、南西の方角に煙が立ち上っているのを発見したのだろう。だが、ここではよく見えない。彼は煙を見ながら場所を移動した」

　朝倉は北東の方角に後ずさりして振り返った。そこには、裏口からつながる通路がある。

複数の犯人が裏口から密《ひそ》かに侵入し、田村を背後から襲ったのだろう。

「田村は、爆発の煙に気を取られ、裏口から侵入してきた犯人に気が付かなかったのか」

それまで口を閉ざしていたアジャンタが、駆け寄って言った。

「おそらくそういうことだろう」

朝倉は頷くと、目を細めた。

2

コロンボ、ショッピングモール、午前八時四十分。

朝倉は持参したデジタル一眼カメラで、田村とナナヤッカラが拉致されたと思われるショッピングモールの中庭を撮影していた。今気が付かないことでも後で写真を見れば、何か分かることもある。だからこそ、事件現場の撮影は必要なのだ。

「うん？」

朝倉は足元を見て右眉を吊り上げると、腰を屈《かが》めた。通路から中庭につながる場所である。

「どうした？」

アジャンタも朝倉の傍らで片膝《かたひざ》をついた。

「血痕かもしれない」

　朝倉の足元のコンクリート製の床に直径三ミリと五ミリほどの赤黒いシミがあるのだ。

　デジタルカメラで接写し、カメラのモニターで拡大してみた。血痕に見えなくもないが、雨の影響なのか飛び散った血にしては少々色が薄い。だが、ぎりぎり屋根の下にあるので、直接雨は降りかからなかったのだろう。

　これが血液かどうか調べるには、事前検査として〝ルミノール試験〟か〝ロイコマラカイト緑法〟のいずれかを使う。他にも方法はあるが、朝倉が持参した試薬は、この二つである。

　朝倉はアタッシェケースから遮光シートと小型の三脚を出した。血痕と思われる場所の上に三脚を立てると、その上から遮光シートを被せて簡易暗室を作る。曇り空で日差しが弱いため、これで充分だろう。

「ひょっとして、ルミノール反応を見るのか？」

　側《そば》で見ていたアジャンタが、笑みを浮かべた。生粋の軍人だと思っていたが、科学捜査の知識もあるようだ。

「そういうことだ」

　アタッシェケースからルミノール試薬が入ったスプレーボトルを出すと、遮光シートを頭から被った。ルミノール試薬を赤黒い染みに吹きかけ、光が漏れないようにうつ伏せになる。

赤黒い染みだった跡が青白く光った。

「やっぱりな」

朝倉はデジタルカメラで反応した血痕を撮影した。

「私も見ていいか？」

遮光シートから頭を出すと、アジャンタが尋ねてきた。

「光が漏れないようにするんだ」

朝倉はアジャンタと位置を代わった。

「すばらしい。少佐か田村の血だな」

頭から遮光シートを被ったアジャンタは、興奮した様子で言った。

「いいや、ルミノール反応で分かるのは、これが動物の血液だということだけだ。豚の血か、鶏の血ということもあり得る。人間の血、さらに田村か、ナナヤッカラ少佐の血かを調べるには、ＤＮＡ鑑定しかないんだ」

朝倉は苦笑まじりに答えた。

「我々情報将校は、時として高度な捜査を要求されることもある。そのために警察学校で研修を受けた。だが、鑑識に関しては素人《しろうと》同然だ。それに鑑識課は憲兵隊にはない。だから、警察の鑑識課に頼むことになるんだ。それにこの国は、科学捜査の分野では日本などの先進国に比べたらかなり遅れている」

　アジャンタは肩を竦めた。

軍人が犯罪に関係した際は、当然のことながら憲兵隊が処理するが、それが将校の場合は憲兵隊では手に余る。だから、参謀本部の情報将校が捜査に当たるのだろう。だが、彼らは捜査のプロではないらしい。もっとも、どこの国の情報将校も他国の軍事情報の収集と分析が主な仕事であり、事件捜査は畑違いなのだ。

「今回の捜査には、いずれ人手がいるようになるだろう。憲兵隊の協力は得られるのか？」

　朝倉は遮光シートを畳みながら尋ねた。

「さっき言っただろう。私の上官に要請するって。君との合同捜査が認められれば、捜査に必要な物はなんでも使うことができる。もちろん、憲兵隊もだよ」

　アジャンタは眉を八の字にした後、笑った。あまり期待するなということか。

「今回の事件をどう思う？」

　道具を片付けた朝倉は、近くのコンクリートの椅子に腰掛けた。

「声明は出ていないが、キリスト教徒を狙ったイスラム過激派の仕業《しわざ》だと考えられている。捜査はすでに進められているらしい。近いうちに結果を出せるだろう」

　アジャンタも対面の椅子に座った。

「爆発は、コロンボ、ネゴンボ、バティカロア、デヒワラの四つの都市で、起きた。対象は三つのキリスト教会とゲストハウスと三つのホテル、それに住宅だ。教会が襲撃されただけで、そう判断したのか？」

朝倉は爆破テロ事件のリストをスマートフォンに表示させて尋ねた。リストは大使館を通じて地元の警察から取り寄せたものだ。

「当然だろう。まったくの無差別ならイスラム教のモスクや仏教徒の寺院でもよかったはずだ」

アジャンタは首を横に振って見せた。彼の反応はおかしくない。だが、目付きが気になる。どこか不自然に感じるのだ。

「それなら、どうしてテロリストはホテルやゲストハウスを選んだんだ？　ホテルにはイスラム教徒がいる可能性だってあるだろう？」

朝倉は犯人が無作為にホテルを選んだとは思えないのだ。

「君は過激派のイスラム教徒の思考を知らないようだな。彼らは自爆テロをするにあたって、実行者には死ねば天国に行けると説明している。それは犠牲者にとっても同じだ。非イスラム教徒を殺害するための巻き添えで死んだのなら、それは聖戦に参加したことになり、同じく天国に行けると考えている。もっとも、狙われたのは高級ホテルばかりだ。この国のイスラム教徒は、おしなべて貧しい。対象者は裕福な非イスラム教徒だよ。とにかく、過激派のイスラム教徒はコーランを勝手な解釈で利用し、非道な暴力を行う。それが、彼らが主張するジハードの正体なのだ」

　アジャンタは腕を何度も振って熱く語った。

「分かった、分かったよ」

　朝倉は右手を上げて苦笑まじりに肯定した。過激なイスラム武装集団は、敵対する勢力に対して大きな犠牲が出ればそれでいいのだ。ジハードなどこじつけの言い訳に過ぎない。

「今回の事件で、我国は渡航制限を受けるような危険な国ということになり、経済的にも大打撃を被《こうむ》るだろう。なんとしても犯人を検挙し、今後、昨日のような事件が二度と起きない平和国家だと内外に示さなければならない。それを手伝ってくれるのなら、我々は誰とでも手を組む。だが、足を引っ張るのなら即刻国外退去を命じるだろう。君にその覚悟があるのか？」

　アジャンタは口調を強めて言った。

「当たり前だ。事件を解決し、拉致された二人を無事に取り戻す。それが前提だ。君らの目的に合致する。違うか？」

　朝倉はコンクリートのテーブルを拳で叩いた。

「そっ、それなら、いいんだ」

　アジャンタが、びくりと肩を竦ませた。朝倉のオッドアイが強い眼光を放ち、形相が変わったことに驚いたようだ。

「俺は手段を選ばず、仲間を取り戻す」

再びテーブルを拳で叩くと、朝倉は立ち上がった。

3

朝倉はコンクリートの椅子に腰掛け、曇り空をバックにした高層ツインタワーを見上げていた。

南国を思わせる瓦屋根の建物に囲まれた場所から、周囲の屹立《きつりつ》した高層ビルを眺めていると不思議な気分になる。都会の喧騒《けんそう》が他人事のように思えるのだ。欲を言えば、椰子の木の植え込みが何本かあればもっと気持ちの良い空間になるだろう。

「分かりました。そう伝えます」

少し離れた場所で電話を掛けていたアジャンタが、スマートフォンをポケットに仕舞うと、笑顔で手を振って見せた。数分前から、朝倉の捜査協力の許可を得ようと上官に電話を掛けていたのだ。

「うまくいったのか？」

朝倉は立ち上がり、彼に近寄った。近隣のビルから見下ろせないように、彼は建物の通路で電話していたのだ。

「直属の上官に説明したら、君の協力を歓迎するそうだ。提案した私は、君の相棒ということになるらしい」

アジャンタは手招きすると、軒下を通って西側のテーブル席に座った。よほどこの場所にいることを見られたくないらしい。開店前のショッピングモールに人がうろついていると通報されかねないこともあるのだろう。

「君が相棒か、まあ、いいだろう」

朝倉は彼の前の席に腰を下ろした。

「今日のニュースで、改めて明らかにされるだろうが、昨日の事件の報告をするよ。まだ発表されていないことがあるんだ」

アジャンタは、ポケットからスケジュール帳を取り出してページを捲《めく》った。いまどきローテクの道具を使う人間は珍しい。他人のことは言えないが。

「警察の情報なのか？」

朝倉も、小さなメモ帳を出した。スマートフォンは便利だが、メモを残すにはペンで書き起こすのが一番手っ取り早い。

「そうだ。君が今まで聞いていることと、重複するかもしれないが、時系列で話すよ」

アジャンタはスケジュール帳のメモ欄を見ながら話し始めた。

事件の始まりは昨日の午前八時二十五分から九時二十分の間で、三つの教会と三つのホテルが攻撃され、午後二時前後にも二件の爆破事件が起きている。

教会ではイースター（復活祭）の行事があり多数の信者が詰め掛けていたため、犠牲者が増えた。そのうちの一つ、聖セバスティアン教会では、百四人もの犠牲者が出ている。現段階で邦人一人を含む二百七人が死亡し、四百五十人が負傷した。なお、邦人の負傷者は四人であるとアジャンタはメモを見ながら説明を続ける。

「日本人も被害に遭ったのか……」

朝倉は絶句した。遠く離れた異国で、同国人の被害を聞くのは辛《つら》いものだ。

「午後二時十五分に起きた爆破事件は、コロンボのデマタゴタ地区にある犯人が潜伏している住宅に警察が突入した際、爆弾が爆発したもので、警察官が三人死亡、警察は犯人と思われる人物を十三人拘束した」

「何！　最初の事件からたった四時間で犯人を特定し、逮捕したというのか？」

アジャンタは、朝倉の顔色を窺うように上目遣《うわめづか》いで言った。

朝倉は右眉を吊り上げた。

「いや、実は、警察は十一日に、キリスト教会に対する自爆テロの恐れがあると、治安関係者に警戒通達を出していたんだ。軍の参謀本部にもね」

「十日も前にテロリストの動きを察知していたというのか。それなのに防げなかったのは、どうしてだ？」

朝倉は眉間に皺を寄せて、身を乗り出した。現場の怠慢なのかもしれないが、彼は何かを隠しているようだ。

この国では仏教徒が約七十パーセント、ヒンズー教徒が約十二パーセント、イスラム教徒が約十パーセントで、キリスト教徒は約七パーセントと一番比率が少ない。従ってキリスト教の教会も他の宗教に比べれば多くはないだろう。警察官を張り込ませていてもよかったはずだ。

「警察の現場のことは、我々には分からない。通達は我々にも来ていたが、テロに対応するのは警察の仕事で、彼らの仕事の内容まで把握できないんだ。所詮《しょせん》、違う組織だからな」

アジャンタは力なく首を振った。

「警察の担当者に話は聞けないか？」

「テロの現場は、警察の管轄だ。だが、二人の軍人が失踪した事件は、軍の管轄なんだぞ。君を警察関係者に会わせることはできない。それに警察に事件の情報を流せば、マスコミにリークされる可能性もある。テロリストが拉致を認めて公にするのなら別だが、こちらからは絶対公表しない。まして他国の軍人までもということになれば、国の恥だ」

アジャンタは口調を強め、右手を払うように振った。

「それじゃ、参謀本部はどうするつもりなんだ？」

　朝倉は溜息を吐きながら尋ねた。

「それは、私が聞きたい。君は、この国でどうするつもりなんだ？」

　アジャンタは質問で返した。こっちの出方を見たいのか、あるいは軍ではノープランなのかもしれない。

「ザ・キングスバリー・ホテルで爆発があった直後に、ショッピングモールから不審なバンが猛スピードで走り去って行くのが目撃されている。コロンボ市内の監視カメラの映像を解析してそのバンを特定することが、今現在最優先させるべき事柄なんだ」

　朝倉は右拳を握り締めて言った。

「ここはコロンボだぞ。ニューヨークや東京じゃないんだ。車を特定できるほど、監視カメラがあると思っているのか？」

　アジャンタは大袈裟に両手を上げて苦笑した。

「監視カメラがゼロじゃなければ、可能性はあるはずだ！」

　朝倉は両の拳でテーブルを激しく叩いた。

「なっ！　……分かった。憲兵隊に手配させるよ」

　アジャンタが両眼を見開き、腰を浮かせた。自分の意見を相手に伝えるのに少々演技が必要な時がある。大抵は暴力団関係者だったが、一課で学んだことだ。

「二人を取り戻すことは、共通の目的のはずだ。こちらは協力を惜しまない。他にも情報が得られたら、連絡してくれ」

朝倉はアタッシェケースを手に席を立つと、振り返ることもなく去った。

4

午前十時二十五分、セント・マイケルズ・ロードから右折したスズキのワゴンRが、ガル・ロードに入り、五十メートルほど走ったところで左折して白い門の前で停車した。長さ百九十メートル、高さ三メートル近い石積みの壁を閉ざしている鉄製の白い門の先は、まったく見通すことはできない。コロンボ3区にある在スリランカ米国大使館である。かつてスリランカは内戦状態にあったため、銃弾や爆弾の攻撃も防げる城壁のような造りになっているのだろう。

左手にある守衛室から出てきた二人の警備員が、運転席と助手席の横に威圧的に立った。腰には拳銃を収めたガンホルダーがぶら下がっている。

「日本のスペシャルポリスの俊暉・朝倉だ。駐在武官補のマイク・ウィリアムズと約束がある」

助手席の朝倉は、特別強行捜査班のバッジを見せた。朝一番でスリランカ国軍参謀本部の情報将校であるアジャンタと打合せをした後で、一旦大使館に戻っていた。

草薙に頼らずにスリーウィラーに乗って帰ったのだが、ぼったくられることはなかった。朝倉のオッドアイに気付いた運転手が、妙に恐れていたせいかもしれない。大使館に戻った朝倉は、防衛駐在官の内藤と打合せをして、米国の駐在武官補のウィリアムズと会えるようにセッティングしてもらった。だが、ウィリアムズに限らないのだが、米国大使館の職員は外出を禁止されているため、朝倉が出向くことになったのだ。

運転席側の警備員は草薙の身分証明書と本人の顔を険しい表情で見比べている。日本大使館もそうだが、昨日のテロで厳戒態勢を敷いているからだろう。

「マイク・ウィリアムズ駐在武官補のスケジュールを確認します。失礼ですが、眼鏡《めがね》を外してもらえますか。ＩＤの写真が不鮮明なため、確認がとれません」

無線機で連絡を取った警備員は、朝倉の身分証明書の写真を見て首を捻った。毎度のことだが、左右の瞳の色が違うため、顔写真が不鮮明だと思ったのだろう。異相で他人を刺激しないようにいつもの伊達《だて》眼鏡をしてきたのだが、朝倉は苦笑まじりに外した。

「あっ、ありがとうございました。一〇三〇時、マイク・ウィリアムズ駐在武官補との会合を確認しました。お通りください」

警備員は朝倉のオッドアイを見て驚いたらしく、無線連絡の返事も待たずに慌ててバッジを返してきた。スケジュールは問い合わせるまでもなく、すでに確認していたのだろう。

正面の白い鉄製の門が、ゆっくりと開く。

「うわっ！　広いですね」

眼前の景色を見た草薙が声を上げ、車を進ませた。目の前の広大な空間に目を見張っている。彼もここに来るのは、はじめてらしい。

この国に限らないが、米国大使館はやたらと広いのだ。ゲートも数ヶ所あり、敷地は海岸線に沿って南北に長い。朝倉らが入った一番南側のゲートの先には左右に大きな建物があり、右手奥の北側にも建築中のビルがある。日本の大使館とは規模が桁《けた》違いなのだ。

「米国は、この国を重要だと思っているということだな。中国に対抗する上でも」

朝倉は敷地内を見回して頷いた。

「それって、〝真珠の首飾り〟のことですか？」

草薙はゲートのすぐ近くにある駐車場に車を停めながら尋ねた。

中国人民解放海軍の海上交通路戦略は、〝真珠の首飾り〟あるいは、〝真珠の首飾り戦略〟と呼ばれている。これは、米国防総省が中国人民解放軍の戦略を研究した報告書で使われた言葉だ。

バブ・エル・マンデブ海峡、マラッカ海峡、ホルムズ海峡、ロンボク海峡は、中近東の石油資源を運ぶためには欠くことのできない航路であり、海軍の作戦上、中国の宿敵であるインドを封じ込めるためにも重要な海上水路である。その起点は中国の海南島の海軍基地であるが、セイロン島は、インドにもっとも近いため地政学上の要《かなめ》になるのだ。

ちなみに航路を地図上で見ると、大陸の南アジア側にぶらさがる首飾りに見えることから〝真珠の首飾り〟と名付けられたのだ。

「そういうことだ」

朝倉は返事をして、車を降りた。

右側の建物から背の高い男が現れた。駐在武官補のウィリアムズだろう。

「ミスター・朝倉？」

男が朝倉らに近づいてきた。

「そうだ。ミスター・ウィリアムズか？」

朝倉は男に手を差し出した。

「マイクと呼んでくれ。わざわざ来てくれて、感謝するよ」

ウィリアムズは朝倉の右手を摑むと、力強く握った。身長は朝倉とさほど変わらないが、顔が小さいせいか、背が高く見える。米国人にありがちな握手で相手に威圧感を与えようとしているのだろう。

「こちらこそ、時間を作ってくれて、助かるよ。君からの報告がなければ、初動が遅れただろう」

朝倉はウィリアムズの手を強く握り返した。力なら負けない。以前よりは落ちたが、右手の握力は百二十キロある。

右頬をぴくりとさせたウィリアムズが、手を引っ込めた。ちなみにリンゴを握り潰せる握力は、七十キロで充分である。

「一緒に来てくれ。悪いが若い運転手は、ここで待たせてくれないか」

ウィリアムズが、運転席の脇で立っている草薙を見て言った。あえて「若い《ヤング》」と付けたのは、学生のように見える草薙を馬鹿にしているのだろう。

「彼は運転手じゃなくて、大使館職員の誠・草薙だ」

朝倉は苦笑して草薙を紹介した。

「分かっている。この大使館は建物もエリアごとに管轄が分かれている。これから案内する場所は、国防総省の管理下にあるんだ。一般人はもとより、他国の大使館職員も基本的には立ち入りが禁止されている。警官でありながら、自衛官だという君なら問題ないだろうが」

ウィリアムズは、草薙にも聞こえるように言った。

「朝倉さん、私なら大丈夫ですよ。車の中で待っています。それに米国大使館の中なら安全ですから」

草薙は素直に運転席に戻った。本当はテロ事件直後なので、彼も外出禁止の対象者であるが、朝倉が一緒ということで特別に許可が下りているのだ。

「付いてきてくれ」

ウィリアムズは右手を小さく振って歩き出した。オレンジ色の瓦屋根の大使館の正面玄関ではなく、その左脇を進んでいく。

建物に沿って八十メートルほど歩くと、ウィリアムズは鉄製のドアの前で立ち止まった。ドアの上には監視カメラが付けられている。

「正面玄関から入るのが、面倒なんだ。帰るときもここから出なければならないけどね」

ウィリアムズは首に下げているＩＤカードを、ドア横のセキュリティボックスにかざし、ドアロックを解除して中に入った。

「正面玄関だと何か手続きがいるのか？」

朝倉も入ると、ドアは自動で閉まった。

「金属探知機を通るのが面倒なんだ」

ウィリアムズはジャケットの前をはだけ、ショルダーホルスターの銃をちらりと見せた。ドアは廊下が交差する場所にあり、ウィリアムズは正面玄関と反対側の廊下の奥へと数メートル戻り、木製のドアを開けて入った。

「うん？」

遅れて建物に入った朝倉は、思わず首を捻った。

ウィリアムズから国防総省の管理下のエリアに入ると言われていたが、そこは二階が吹き抜けになっているガラス張りの洒落《しゃれ》たカフェだった。

「ブラックでいいか？」

　セルフサービスになっているらしく、ウィリアムズはカウンターのコーヒーメーカーから紙コップで二杯のコーヒーを入れ、一つを朝倉に渡した。コーヒーメーカーの隣りには、ファミリーレストランによくあるジュースのサーバーもある。

「奥に行こう」

　ウィリアムズは窓際の席にコップを置いて座った。椰子の木の向こうに波が打ち寄せる海岸線が窓から見える。途中にフェンスはあるが、絶景と言えよう。

　カフェは六十平米ほどの広さで、天井は床から六、七メートルの高さがあり、シーリングファンが優雅に回っている。四人席の丸テーブルが十二卓あり、パソコンで仕事をしていたり、読書をしていたりと、数人の職員が使っているに過ぎない。自由な空間はまるで、リゾートのレストランのようだ。

「国防総省の管理下のカフェなのか？」

　朝倉は訝しげにウィリアムズを見た。

「ここはただの休憩室だ。二階に国防総省の職員しか入れないエリアがあるが、外部の人間は入れない。君と二人で話したかっただけだ」

　ウィリアムズは海を見ながら平然と答えた。日本の大使館職員である草薙を入れたくなかっただけらしい。

「そういうことか」

朝倉はコーヒーを啜《すす》りながら頷いた。

「君の経歴は、調べさせてもらった。ＮＣＩＳと共同捜査の経験が何度かあるそうだな。しかも、米軍の麻薬組織の事件を解決している。そのため、ＮＣＩＳから優遇されて、米軍機さえ乗ることができると聞いた。正直言って驚いたよ。ＮＣＩＳの幹部とパイプがあるらしいね」

ウィリアムズもコーヒーを飲みながら、朝倉の顔をしげしげと見ている。眼鏡越しにオッドアイに気付いたらしい。

「昔からの知り合いが、たまたま偉くなっただけだ」

朝倉はこともなげに言った。ハインズは優秀な特別捜査官だが、前任の局長と反りが合わなかったために冷遇されていたらしい。だが、実力があるため、後任の局長から認められて副局長まで上り詰めている。現場主義の本人は、それを望んでいないらしいが。

「今回のテロ事件は、確かに大規模で被害者数も多い。しかも、日本人の犠牲者を出し、自衛官も一人拉致された。だが、この小国に君が輸送機を乗り継いでまで来る理由があるのか？　それとも、日本の捜査機関には、何か特別な理由でもあるんじゃないか？」

ウィリアムズは目を細めて朝倉を見ている。

「行方不明になった田村補佐官は、自衛隊の同期で友人だ。だから、飛んできた。だが、私的な感情で捜査をするつもりはない。自衛隊員が絡む捜査は、俺のチームの仕事と決まっているからだ」

朝倉はウィリアムズの目を見据えて答えた。

「ふーむ。……信じるとするか」

ウィリアムズは朝倉の目をしばらく見つめていたが、短く息を吐くと頷いた。

5

午前十時五十分、コロンボ米国大使館。

「今回の事件をスリランカは、イスラム過激派によるキリスト教徒と非イスラム教徒へのテロ攻撃だと断定しているようだが、米国では、どう見ている？」

しばし、窓の外の風景を見ていた朝倉は、コップのコーヒーを飲み干して尋ねた。米国の自動販売機にありがちな煮詰まったものではなく、ローストした豆が香り立つうまいコーヒーである。

「我々はまだ、結論を出していない。だが、スリランカ警察では、ＮＴＪの犯行だと確信しているようだ」

「ＮＴＪ？　聞いたことがないな」

朝倉は首を傾げた。昨年、沖縄で起きた連続殺人事件を追ってアフガニスタンまで足を延ばしている。捜査のために現地で通訳兼傭兵の寺脇京介《てらわききょうすけ》を雇ったのだが、タリバーン系の過激派に襲われ、危ういところを藤堂浩志《とうどうこうじ》率いる傭兵部隊に救われた。

そのとき、朝倉は藤堂にアラブ世界の情報に疎《うと》いと指摘されている。帰国後、彼の忠告に従って時間のあるときはアラブに限らず世界情勢を見極めるべく、様々な情報を集めているが、まだまだ勉強不足らしい。

「ＮＴＪは、ナショナル・タウヒード・ジャマアの略だが、タウヒードはイスラム世界ではよく使われる『神は唯一であることを信じる』という意味だ。ジャマアは『組織』、『協会』という感じだな。ありふれた単語を組合せた名前だが、これまで正体も知られていない謎の少数組織だ。君が知らないのは当然といえる。スリランカ警察は、この組織を内偵しており、昨日逮捕に踏み切ったらしい。事件が起きてからじゃ、後の祭りだがな。コーヒーのお代わりを飲むかい？」

ウィリアムズは、説明の途中で立ち上がった。

「頼む」

朝倉は空の紙コップを握り潰した。外の景色から室内に視線を移すと、パソコンで作業をしている女性職員と目が合ってしまった。女性は一瞬目を見開いたが、にこりと笑うと、作業に戻る。朝倉のオッドアイが珍しいのだろう。

「色男、モテるな」

ウィリアムズはコーヒーを入れたコップをテーブルに置くと、椅子に腰を下ろした。

「これでも……」

朝倉は「所帯持ち」と言おうとして、ハッと息を呑《の》んだ。

結婚式の前に飛び出し、婚姻届も出していない。予定では、翌日に二人で役所に行くはずだった。そのため、まだ独身なのだ。

さらにまずいことを思い出した。未明に「コロンボに無事に到着」とメールを送っただけで、電話も掛けていない。資料読みや現場検証など、頭の中は事件のことだけで、彼女のことが抜けていた。これでは、結婚前に愛想をつかされてしまうだろう。

「どうした？　気分でも悪いのか？」

ウィリアムズが頭を抱える朝倉を気遣った。

「移動の疲れが出たんだろう。大丈夫だ。説明を続けてくれ」

朝倉は軽く首を振って誤魔化した。

「軍用機の乗り心地の悪さは、私も知っている。一兵卒じゃあるまいし、将校が乗るものじゃないよ。日本に帰る時は、民間機の直行便のファーストクラスに乗るんだな。実は、ＮＴＪは、国内に百人から百五十人程度の組織らしい。我々も存在を知らなかった」

鼻先で笑ったウィリアムズが、説明を続けた。

「それじゃ、どこからの情報なんだ？」

朝倉はコーヒーの紙コップを手にすると、さりげなく尋ねた。米国は、どこの国にもＣＩＡの職員が在留し、その国の情報を集めていると聞く。スリランカもそうなのだろう。

「これは、まだ未確認の情報だが、インドの情報機関がスリランカ当局にもたらしたようだ」

ウィリアムズは声を潜めた。カフェはＢＧＭにクラシック音楽を流しているが、話し声がよく通るのだ。

「自前の情報機関じゃないのか？」

「インドは宿敵であるパキスタンと対抗するために、情報戦にも力を注いでいる。首相直属の情報機関、陸海空軍の情報局、それに国防省・内務省にもある。インド国内の情報は、我国の情報機関より上かもしれない。その内のどれかの機関が、国内のテロ組織の動きを追う中で得られた情報を、スリランカ政府に提供したようだ」

ウィリアムズは肩を竦めて答えた。

「なるほど、あり得るな。だが、ＮＴＪが二人の軍人を拉致する理由があるのか？」

朝倉は自問するように尋ねた。田村らは別の組織に連れ去られ、爆弾テロが起きた時間に拉致されたのは、偶然だったのかもしれない。というのも、スリランカ国内の小さなイスラム武装組織が、二人の軍人を拉致する理由が分からないからだ。

「スリランカの参謀本部は、二人が偶然テロリストを目撃したからだと考えているようだ。爆弾テロ現場のすぐ近くにいたからな。だが、彼らの情報をすべて鵜《う》呑《の》みにしようとは思わない。だから、我々もプロのチームを呼んだんだ。ちょっと待ってくれ」

　ウィリアムズは、腕時計を見ながらスマートフォンで電話を掛けた。

「ちょうどリーダーが、宿舎にいたので呼び寄せた。紹介するよ。五分ほど待ってくれ。顔を見せるそうだ」

　通話を終えたウィリアムズは笑顔を見せた。

　敷地内の建物から推測すると、大使館職員以外にも大勢働いており、外部に住居を構える者もいるだろうが、多くは大使館内に寄宿しているようだ。また、規模からすれば、大使館の本館以外にも宿泊施設があるのだろう。駐車場を挟んで南側にある建物は、造りからして宿舎に違いない。もっとも、宿舎といってもホテル並みの設備が整えられているはずだ。

「プロって？」

　朝倉はさりげなく尋ねた。積極的に聞くと、協力してやるという上から目線の態度を取られかねないからだ。

「本人に聞いてくれ。君はこれまで米国の捜査機関と関わりがあり、セキュリティーレベルは高いようだが、他部署の職員の所属は勝手に教えられないんだ」

ウィリアムズは笑ってみせた。だが、他部署の紹介が勝手にできないというのは、はじめて耳にした。冗談じゃないとしたら、紹介できない極秘のチームということだろう。

「来た、来た」

十分ほど待っていると、ウィリアムズが手を振った。

「なっ！」

振り返ってカフェの出入口を見た朝倉は、両眼を見開いた。

カフェに現れた男は、ニューデリー郊外にあるヒンドン空軍基地で、アントノフ３２に乗り込もうとしていた数人の米国人のうちの一人である。彼らはインド空軍のアントノフ３２に乗り、朝倉よりも数時間早くコロンボ空港に到着したのだろう。

「知っているのか？」

朝倉の様子を見たウィリアムズは、怪訝《けげん》そうな表情で尋ねてきた。

「ニューデリーで見た顔だ」

朝倉は、憮然《ぶぜん》とした表情で答えた。インド陸軍憲兵隊のアチャラが運転するバイクに乗る朝倉を、指を差して笑っていた連中の一人である。

「日本のスペシャルポリスのミスター・俊暉・朝倉だ」

ウィリアムズは朝倉の態度に構わずに紹介した。

「ジェイク・マクヒューだ」

男は渋い表情で朝倉の目の前に立つと、腕を組んで名前だけ告げた。握手はもちろん所属を言うつもりもないらしい。身長は一八六センチほど、朝倉よりも若干背が高い。

「朝倉だ。よろしく」

朝倉も立ち上がると、腕を組んだ。

「どこかで見た顔だと思ったら、一緒に嘉手納基地からＣ１７に乗ってきた日本人じゃないか？　ヒンドン空軍基地でバイクに乗せられて立ち去ったと思ったら、ここに来ていたんだ」

宿舎から来るのに三分もあれば、充分である。マクヒューはここに来るまでに朝倉のことを調べてきたに違いない。わざと朝倉に気が付かない振りをして、からかっているのだろう。

「今にも墜落しそうなアントノフ３２に乗るよりは民間の旅客機の方が安全だから、インディラ・ガンディー国際空港に行ったんだ。移動は、曲芸乗りのライダーが運転するロイヤル・エンフィールドだった。滅多に経験できないぞ。残念だったな」

朝倉は表情も変えずに答えた。

「曲芸乗りのライダー？　面白い表現だ。そんなに運転が下手くそだったのか」

マクヒューが笑みを浮かべた。曲芸乗りは本当のことだが、比喩《ひゆ》だと思ったらしい。

「曲芸乗りのギネス記録を持っているらしい」

朝倉は鼻先で笑った。

「ギネス記録！　おかしなことを言うのは、止《や》めてくれ。腹の皮がよじれる」

マクヒューが手を叩いて笑い出した。

「嘘《うそ》はついていない。おかげで、タンデムグリップを握っていた手の皮が剝けた」

「本当か」

今度はウィリアムズも笑い出した。

「ジョークを言う奴《やつ》は好きだ。気に入ったよ。俺はＤＣＩＳの特別捜査官だ。本部に問い合わせて、君と情報の共有を許可された」

マクヒューが右手を伸ばした。宿舎で本部と連絡していたようだ。ＤＣＩＳとは国防総省の国防犯罪捜査局の略で、米軍のトップクラスの捜査機関である。

「助かる」

朝倉は彼の右手を握った。

フェーズ3：拉致

1

田村は耳障りな音で、重い瞼《まぶた》を開いた。

周囲は暗闇に閉ざされている。

「うん？」

また、腹に響く大きな音がし、両眼を見開いた。どこかで聞いた覚えがある。だが、思い出そうとすると、激しい頭痛に襲われた。

コロンボ市内のショッピングモールで、武器を持った数人の男たちに襲われた。爆破テロに気を取られて敵に気付くのが遅れたため、迂闊にも攻撃を許してしまったのだ。その際、後頭部を殴られたらしい。頭痛のせいか、体が上下に揺れるような感覚がある。

「田村、目覚めたのか？」

少し離れた場所からナナヤッカラの声が聞こえてきた。

「ナナヤッカラ、大丈夫か？」

姿は見えないが、彼の声のする方向に田村は顔を向けた。

「気を失っていたらしい。後頭部を殴られたようだ。うーむ、頭が酷《ひど》く痛い」

ナナヤッカラは呻《うめ》き声を上げた。

「ここが、どこだか分かるか？」

田村は体を起こそうとして、手錠が掛けられていることに気が付いた。状況からして閉じ込められていることは分かる。また、周囲の闇は、光が射さない場所だからだろう。

「おそらく貨物船の倉庫だと思う。さっき、汽笛が聞こえた」

ナナヤッカラは小さな声で答えた。声を出すと、頭痛がするからだろう。田村もそうなのだ。

「頭がふらついていると思ったが、船の上か」

田村は頷いた。そうだとすれば、かなり大きな貨物船に違いない。漁港ではなく、貨物船のコンテナの積み下ろしができるような港湾ということになる。とすれば、コロンボ港か、スリランカ島の南端にあるハンバントタ港のどちらかだろう。

「君も手錠を掛けられているのか？」

ナナヤッカラの声とともに金属が触れ合う音がした。手錠の鎖の音である。

「そういうことだ」

田村は立ち上がると、障害物にぶつからないように両手を前に突き出し、ゆっくりと歩き始めた。このまま大人しく拉致されては自衛官の恥である。

「気をつけろよ」

ナナヤッカラは小声で言った。音で田村の行動が分かったのだろう。

「むっ」

両手の先が、壁に当たったらしい。掌《てのひら》で壁を確かめると、冷たい感触が伝わってくる。壁は金属製のようだ。指先でなぞってみると、縦に走る溝がある。間隔は二、三十センチごとにあるので、金属板を強化するための構造になっているらしい。

田村は両手を壁に当てたまま、横に移動した。三メートルほどで突き当たり、そのまま移動を続けると二・三メートルほどでまた突き当たった。闇雲に移動するのではなく、歩幅で寸法を測っているのだ。嫌な予感がするものの、再び移動を始めると、六メートル弱で角に当たる。

「やはりそうか」

向きを変えると、金属製の両開きの扉だと分かった。押しても開かないので、外から閉じられているのだろう。

「ここは、船室か？」

ナナヤッカラが尋ねてきた。

「いや、二十フィートのコンテナに閉じ込められているらしい」

田村は溜息を吐いた。

二十フィートの貨物コンテナの内寸は、長さが五・八九八メートル、幅が二・三五二メートル、高さが二・三八五メートルである。鉄製であるため、外から鍵を掛けられていたら脱出は不可能だ。

「まずいな。このまま海外まで運ばれてしまう」

ナナヤッカラが不安げな声で言った。

「それならまだいいが、出港後に殺されて海に捨てられる可能性もある。死体は魚の餌《えさ》だな」

田村は舌打ちした。

「出港前に脱出しなければ」

ナナヤッカラが鎖を鳴らした。立ち上がったようだ。

「ここから出せ！」

田村は両の拳で、鉄の扉を叩いた。

「よっ、よせ！」

ナナヤッカラが高い声を上げた。

「ドアを開けろ！」

田村はナナヤッカラに構わずに力一杯扉を叩いた。

扉の鍵が外される音がする。

「ドアから離れろ！　撃ち殺すぞ！」

外から怒鳴《どな》り声が聞こえた。

「まっ、まずいぞ！」

ナナヤッカラの声が間近に聞こえる。田村を止めようと慌てて近寄ってきたのだろう。

「ナナヤッカラ、後ろに下がれ」

声を張り上げると、田村も二歩下がった。

扉が開き、ＡＫ７４を構えた男が二人立っている。アジア系の顔つきをした男たちだ。左側はスキンヘッド、右側は長髪と相反する風貌をした男たちだが、年齢はどちらも三十歳前後だろう。その背後にサングラスを掛けた男が、銃も持たずに無言で立っている。年齢は四十代半ばか。

辺りは日が暮れかかっていた。近くにキリンと呼ばれる港湾の巨大なガントリークレーンが見える。

「うるさいぞ！　大人しくしていろ！」

スキンヘッドの男が、凶悪な表情で怒鳴った。

「落ち着け。俺は君らと話がしたいだけだ。それに、銃で殺されなくても、水もなしじゃ、俺たちは死ぬ。なんとかしてくれ」

田村は両手を上げて、笑顔を浮かべた。港にいるのなら、彼らは銃を使えないだろう。港湾で働く労働者が聞きつけたら、通報される可能性があるはずだ。

「おい！」

サングラスの男が叫ぶと、コンテナの陰から別の男が現れた。ビニール袋に入ったペットボトルを手にしており、田村の足元に投げてよこした。もともと、持ってくるつもりだったらしい。とすれば、すぐには殺さないということだろう。

「俺たちを拉致した目的はなんだ？」

田村は鋭い視線をサングラスの男に向けながら、少しずつ右に移動した。状況は圧倒的に不利であるが、右の長髪の男に飛び掛かって銃を奪い、男を盾《たて》にして左のスキンヘッドを銃撃できる。銃さえ手に入れれば、敵は何人いても切り抜けられる自信はあった。

「動くな！」

スキンヘッドの男が叫び、発砲した。

「なっ！」

立ち止まった田村は振り返り、眉間に皺を寄せた。ナナヤッカラが撃たれて倒れているのだ。

「貴様！」

田村は鬼の形相で睨みつけた。

「だから、動くなと言ったんだ」

スキンヘッドが歯を見せて笑うと、鉄の扉は閉じられて鍵を掛けられた。

「ナナヤッカラ！」

田村は両手を前にして暗闇を進んだ。

足が何かに引っ掛かり、転倒した。ナナヤッカラにつまずいたらしい。田村は四《よ》つん這《ば》いになって手探りでナナヤッカラの頭を確認すると、彼を抱き起こした。

「どこを撃たれた？」

尋ねたが返事はない。手探りでナナヤッカラの体を触ると、胸の辺りが濡《ぬ》れていた。べっとりとする感触は血である。しかも、とめどもなく噴き出している。心臓を撃ち抜かれたらしい。やがて、ナナヤッカラは意識を戻すこともなくびくりと体を痙攣《けいれん》させると首を垂れた。

「……すまない」

田村はナナヤッカラを静かに横に寝かせた。

2

午後七時五十分、コロンボ米国大使館、職員宿舎の一室。

二つのテーブルを部屋の中央に並べ、六台のノートＰＣが背中合わせに置いてある。それぞれのＰＣにジェイク・マクヒューらＤＣＩＳの特別捜査官が向かい合っていた。彼らが作戦室として使っている部屋である。

「ウィリアムズがショッピングモール近くで目撃したバンは、中国の上海《シャンハイ》汽車のＬＤＶＧ１０と見て間違いないだろう。同じ時間帯に周辺の監視カメラに映っていた黒のバンは、この一台だけだった」

マクヒューは、黒いバンが映り込んでいる自分のパソコンの画面を指差した。彼と部下は、手分けして田村とナナヤッカラが拉致されたショッピングモールから範囲を広げて監視カメラの映像を分析していたのだ。

スリランカでは、先進国のようにネットワーク化された監視カメラを警察機関や情報機関が管理していない。そもそもネットワーク化された監視カメラもないのだ。そのため、マクヒューらは、監視カメラを管理している会社のパソコンをハッキングして情報を集めていた。

マクヒューの部下で、ＩＴの専門家であるマイク・ジャンセンという男がハッキングしてデータをダウンロードし、他の仲間が解析する。また、ネットワークに繋《つな》がっていない監視カメラは、朝倉がスリランカ陸軍の参謀本部の大尉であるアジャンタを通じて映像データを取り寄せるほかなく、時間が掛かっているのだ。

「ナンバープレートも映っている。日本なら、探索システムに掛けられるのにな」

朝倉は溜息を吐いた。

日本にはＮシステムと呼ばれる自動車ナンバー自動読取装置が、幹線道路に設置してある。そのため、車のナンバーを専用のコンピューターに入力するだけで瞬時に所在が特定できる。もっとも、Ｎシステムが設置されていない道路を通る車は探知できない。

「まったくだ。この国では、捜査は進まない」

マクヒューは首を左右に振った。

「スリランカにエシュロンは、ないのか？」

朝倉は何気に聞いた。

エシュロンは米国が中心になり、世界中に構築された通信傍受システムで、無線だけでなく有線データ通信でさえ盗聴している。また、監視カメラの映像も対象で、史上最強の盗聴機関とまで言われているのだ。

「スリランカはエシュロンに加盟していないんだ」

マクヒューが素っ気なく答えた。日本では三沢《みさわ》基地に専用のアンテナが設置されており、エシュロンの協力国なのだ。

「それは、建前だろう？」

朝倉は鼻先で笑った。

「スリランカでも盗聴はしているかもしれないが、局が違うからよく知らないんだ。もし、有力な情報があれば、現地入りしている我々にも連絡が入る。もっとも、情報が得られないから、我々が派遣されたんだがな」

マクヒューが肩を竦めて見せた。

エシュロンは、米国防総省の諜報《ちょうほう》機関であるＮＳＡ（国家安全保障局）が管理しており、彼が所属するＤＣＩＳとは役割が異なる。

「地道に車の行方を追うほかないのか？」

朝倉は壁に張り出されている地図を見て腕を組んだ。

コロンボとスリランカ全体の地図の二枚が張り出されている。

〝カーン時計台〟が建つロータリーの交通監視カメラとザ・ガラダリ・ホテルの監視カメラがＬＤＶ Ｇ１０の姿を捉《とら》えている。

地図上の二ヶ所に赤いピンが打たれ、そのほかにも青いピンが数ヶ所ある。ピンは監視カメラの所在位置を示し、赤いピンはターゲットであるＬＤＶ Ｇ１０の姿を捉えたカメラを意味する。赤いピンの映像を分析し、ＬＤＶ Ｇ１０はジャナーディパティ・マワサ通りを南に向かったということが分かる。

「ザ・ガラダリ・ホテルの監視カメラはガル・フェイス・ラウンドアバウトのＬＤＶ Ｇ１０を映しているが、そのまま直進したのか、左折してロータス・ロードに向かったかは、分かっていない。ホテルのカメラは、交通監視カメラと違ってランドアバウト全体を映し出すように設置されていないんですよ」

　ＩＴの専門家ジャンセンが、答えた。

「まいったな。拉致現場から、半径四百メートルの監視カメラを調べるのに、九時間近く掛かってしまった。先が思いやられる。もっとも、車を特定するのに時間を費やしたから、今後はもう少しスピーディーに調べられるだろう」

　マクヒューがパソコンの画面に視線を戻した。

「少なくとも南に向かったようだ。もう少し、行き先が分かれば、目的地を予測できるかもしれないな」

　朝倉は腕組みをして答えた。

「引き続き我々は、交代で監視カメラの映像を調べる。君はもう宿泊先に帰ったらどうかな」

　マクヒューは、欠伸をしながら言った。六人とはいえ、監視映像を見続けているため疲れるのは当然である。

「できれば、このまま行動を共にしたい。人手は多い方がいいだろう」

朝倉も昨日から一睡もしていないが、まだ眠るつもりはない。今この時も田村の生命が脅かされていると思うと、ベッドで眠ろうという気にはならないのだ。それに、ここまで送ってくれた草薙は、日が暮れないうちに大使館に帰している。気を遣うこともないのだ。

「さすが、もと軍人だな。いや、現在もか。改めて軍人と警察官の二つの身分を持っているとは驚きだな。だが、人間であることに変わりはないだろう。今日はゆっくり眠ることだ」

マクヒューは、腕組みをして天井を見上げた。そうとう疲れているらしい。

「あと一日眠らなくても、普通に行動ができる。それに仮眠するとしても、床で充分だ」

別に粋がっているつもりはない。それだけ鍛《きた》えてあるからだ。

「我々も君の協力を歓迎している。だが、大使は、外国の捜査官が大使館に長期滞在、あるいは宿泊することを好まないのだ。悪く思わないでくれ」

マクヒューが苦笑して見せた。どこの世界でも政治的な問題が出てくる。日本は米国の同盟国であるが、互いに情報をすべてさらけ出すことはない。そういう意味では、大使館は他国での情報が集まる基地と言えるので、大使としては客でもない外国人が大使館にいることを嫌うのだろう。

「それじゃ、タクシーを呼んでくれ」

「こんな時間にタクシーは、来ない。ブレッドに送らせる。それにマルコ」

マクヒューが、ジャンセンの隣りに座っている黒人男性とイタリア系の部下を指差した。

「仕方がない。帰るとするか」

朝倉は椅子に掛けてあったジャケットを羽織った。

3

午後八時五分、朝倉が乗り込んだフォード・エクスプローラーが、雨降る中、米国大使館の南側ゲートを出発した。日が暮れると同時に降り出した雨は、不快指数を高めている。ハンドルを握るのは、マクヒューの部下であるブレッド・アブレイユで、助手席には同じくマルコ・ベロッティーが護衛として乗り込み、朝倉は後部座席に座っている。米国大使館では、大使館関係者の単独行動を禁止しているのだ。

大使館前のガル・ロードを北に1ブロック進んで右折し、突き当たりの複雑な四差路を右に曲がり、ベラエラ・マワサ通りに入る。左手に建物はなく、歩道に街路樹が生い茂る。夜なのでただの暗闇にしか見えないが、小さな湖があるのだ。

「ベレ・レイクか」

朝倉は、スマートフォンの地図で現在地を確認しながら呟いた。暇を見つけてはコロンボの地理を覚えているのだ。刑事時代から行ってきたことで、聞き込みをするためには必要なことであった。土地鑑がないのでは、捜査に支障を来すからである。

「ウォーターパークになっている。この通りには観光客相手のレストランやカフェが多いんだ。どこの店もうまい紅茶を出す。彼女とお茶を飲みながら、湖畔の景色を見るのはお勧めだ。それに湖の小島にあるシーマ・マラカヤ寺院は、とても神秘的だよ。もっとも同じ仏教国の日本人には珍しくないかもしれないがな」

ブレッドが、朝倉の独り言を聞いて観光ガイドのように説明した。ブレッドは話好きらしい。

コロンボは行政上十五の地区に分けられており、数字表記だけでなく歴史的な由来がある地区名も併せ持つ。米国大使館がある3区はコッルピティヤという名があり、英国やオランダの統治時代の首長の名に由来する。高級ホテルやショッピングモールがある商業地帯だ。

また、日本大使館がある7区が、シナモン・ガーデンズと呼ばれるのは、十八世紀に広大なシナモン農園がこの地にあったからである。首相官邸や市役所、各国の大使館や国立博物館などもある高級住宅地だ。

「湖畔道路を抜けて、突き当りの三叉路《さんさろ》を右折すれば、3区から7区に変わるんだな」

朝倉はスマートフォンの地図から目を離し、湖畔の暗闇に目をやった。

衝撃音。

車が上下に激しく揺れる。

「まずい！」

ブレッドが叫び声を上げると同時に車は、左に曲がり湖にダイブした。

午後九時四十分、ベレ湖畔。

ずぶ濡れの朝倉は腕組みをし、投光器で照らされた湖を見下ろしていた。

隣りにはブレッドが立っている。

助手席に座っていたマルコは湖に落下した際に頭部を打って気絶したため、すでに救急車で病院に搬送されていた。朝倉が沈みゆく車の中からマルコを助け出し、ブレッドが地元の警察に通報し、救急車を呼んだ。

駆け付けた警察にブレッドは、タイヤがバーストしたためにハンドル操作を誤って湖に転落したと告げていた。二台のパトカーが駆けつけてきたが、朝倉らが無事だと分かると、単なる自損事故だと判断し、一台は署に戻っている。

「それにしても、明日じゃ、ダメだったんですか？　どうせ、車はもう使い物になりませんよ」

近くにいた年配の警察官が、苛立《いらだ》ち気味に尋ねてきた。現場の指揮を執っているらしい。

「俺もそう思うが、事故車は米国大使館の車なんだ。夜が明けてから作業をして、ナンバープレートを見た住民からよくない噂を立てられたら困るからね。ひょんなことから反米感情につながる可能性もあるだろう。事情を察してくれ」

朝倉は日本人だと説明するとややこしいので、米国大使館関係者のように振る舞っている。

「分かりました」

頷いた警察官は、大きな溜息を吐いて離れていった。

朝倉は参謀本部のアジャンタと連絡を取り、車を湖から引き上げるように要請している。警察に頼んでも拒絶されることは分かっていたからだ。

アジャンタは参謀本部から警察本部に要請し、警察幹部が警察署長に命令を出したらしい。彼には狙撃された可能性があると伝えてある。そのため、緊急に動いているのだが、警察にはそのことは知らせていない。情報がマスコミに漏れる恐れがあるからだ。

さすがに警察の上層部からの命令だったために、大型のラフタークレーンが夜間にも拘わらず一時間後に到着している。また、潜水夫はアジャンタの要請で海軍から二名の兵士が送り込まれた。作業に掛かってからすでに三十分近く経過している。

「君の予感が当たればいいが、警官の言うように明日の朝でもよかったんじゃないのか？」

　ブレッドが耳打ちするように言った。

「何者かが左の前輪を狙撃してバーストした可能性が高い。原因を早く知りたいとは思わないか？」

　朝倉には確信があった。雨のせいで路面は濡れているため条件は悪いが、タイヤがバーストする理由にはならない。それにスマートフォンから湖畔に視線を移した際に、一瞬何かが光ったのを見ており、マズルフラッシュではないかと疑っている。そのため、車のタイヤがバーストした理由を早急に調べたいのだ。

「もし、狙撃されたのなら、今も狙われているはずだ。こんな無防備な姿で立っているのは、危険だろう」

　ブレッドがそわそわしている。

「殺すつもりなら、とっくに狙撃されている。心配するな」

　朝倉は鼻先で笑った。

　車道からブレーキ音が聞こえた。

　振り返ると、パトカーの前に停められた黒いランドクルーザーの後部座席から、制服姿のアジャンタが降りてきた。制服には階級章だけでなく、勲章も付いている。階級は大尉だが、参謀本部に所属しているので格式が高いのかもしれない。

この国では輸入車には、新車も中古車も同じ比率の輸入関税が掛けられる。車種にもよるが日本の二倍近い価格になるため、ランドクルーザーは滅多にお目にかかれないだろう。

さきほどの年配の警察官が、アジャンタを最敬礼で出迎えている。

「遅くなってすまない。各方面に根回しをしていたら、思いのほか時間が掛かったんだ」

アジャンタは警察官に軽い敬礼を返して通り過ぎると、朝倉の前に立った。

「色々と面倒を掛けた。ただの自損事故ならいいんだがな」

朝倉はアジャンタの肩を叩いて労《ねぎら》った。

「そう願いたいが、タイミング的に事故というのは、都合が良すぎる。敵は、君の命を狙ったのか？」

アジャンタは投光器で照らされた湖面を見て尋ねた。

「暗殺ではないだろう。殺すつもりなら、直接俺を狙撃するはずだ」

「脅しか？」

「分からないが、何らかのメッセージと思って間違いない」

朝倉も作業を見守りながら答えた。

数分後、潜水夫が湖面に顔を出し、両手を振った。ようやくワイヤーを車に固定したようだ。

ラフタークレーンが唸《うな》りを上げ、ワイヤーを巻き上げる。

車が水面に現れ、開いた窓やボディーの隙間から水を吐き出しながら吊り上げられていく。

「オーライ、オーライ！」

湖岸に立つ作業員が右手で誘導する。

ラフタークレーンが旋回し、車をゆっくりと湖岸に下ろした。

「作業を続けろ」

さきほどの年配の警察官が、待機していた交通課の警察官に号令を掛ける。水没した車の前輪の下に牽引《けんいん》するためのハイトレッカーを差し込むのだ。ハイトレッカーは自力で走行できない車でもウィンチであげることができる。本来は駐車違反の車を強制的に運ぶためのもので、ハイトレッカーで前輪を持ち上げて二トン車で牽引するのだ。

交通課の警察官は慣れた手つきで、バーストしている左前輪のホイールの下に添え木をし、ハイトレッカーを車の下に固定させた。

「ちょっと、待ってくれ」

朝倉は作業が終わったのを見計らって警察官らに声を掛けた。

「なっ、なんですか？」

指揮をとっている警察官が険しい表情になった。

警察官をどかせてハンドライトを出した朝倉は、左前輪のタイヤハウスを照らしながら覗《のぞ》き込んだ。ここを見たいがためにわざわざ車を引き上げたのである。

「やはりな」

朝倉はアジャンタとブレッドを手招きで呼んだ。

「何か分かったか？」

アジャンタが隣りに跪《ひざまず》くと、ブレッドは遠慮がちにその背後に立った。

「これを見ろ、タイヤハウスの上に二つの凹《へこ》み傷があるだろう。斜め前方の低い位置から撃たれた証拠だ。弾丸はタイヤを貫いて威力が弱まり、タイヤハウスに跳ね返ったらしい。車体を貫通してはいない。狙撃手は湖畔からライフル銃で狙撃したんだ」

朝倉はタイヤハウスの上部の傷を指先で示した。

「相当な腕だな」

アジャンタが口笛を吹いてみせた。

「そうでもない。走る車の真横から撃つのは難しい。だが、斜め前なら狙いやすいんだ。しかも、二連射だ。ただし、狙撃手はプロであることは間違いないだろう」

朝倉は立ち上がると、アジャンタとブレッドの肩を叩き、車道に出た。

「帰るのか？」

ブレッドが尋ねてきた。アジャンタも怪訝そうな表情をしている。

「夜が明けて交通量が増える前に、タイヤをバーストさせた銃弾を探すに決まっているだろう。タイヤハウスに跳ね返った銃弾が、どこかに落ちているはずだ」

朝倉はハンドライトで道路を照らしながら平然と答えた。

「なっ！」

両眼を見開いたブレッドとアジャンタが、顔を見合わせた。

4

四月二十三日、午前四時五十五分、コロンボ・バンダラナイケ国際空港、到着ロビー。

朝倉は小脇に挟んであった英字新聞を、到着ゲートから出てくる二人の男に向かって振った。

特別強行捜査班の国松と中村である。二人とも大きな荷物を載せたカートを押していた。

「お疲れ様です」

国松が手を上げて答えた。

「お疲れ様です」

傍らの中村も小さな声で挨拶し、頭を下げた。強張った表情をしている。移動で疲れているのだろう。彼らは昨日の午後二時二十五分に成田《なりた》国際空港を出発し、タイを経由して十八時間近く掛けて到着したのだ。タイではバンコクのドンムアン国際空港から北部にあるチェンマイ国際空港まで国内線で移動しており、トランジットに七時間も掛けていた。

「ご苦労さん」

頷いた朝倉はターミナルビルを出て、駐車場に向かった。夜明け前の駐車場は、空《す》いている。白いワゴンRの後方で立ち止まると、朝倉はハッチバックを開けた。国松らの荷物が多いことは分かっていたので、自分で運転してきたのだ。

「ずいぶん、可愛らしい車を使っているんだね」

国松がカートの荷物を車の荷台に積みながら笑った。空港ビルを出て、ほっとしたのだろう。気持ちは分かる。

「大使館の車だ。スリランカで人気の車種らしい。どうした？」

朝倉は黙々と荷台に荷物を積み込む中村の肩を叩いた。

「なんでもないです」

中村は首を振って作業を続けている。

「こいつは、スリランカで釣りが出来そうにないから不満なんだ」

国松は苦笑を浮かべた。

「私がまるで釣りバカみたいなことを言わないでください。田村さんが、拉致されたんですよ。そんな、不謹慎なこと考えるわけがないじゃないですか」

中村は不機嫌な顔で答えた。

「スリランカは、海に囲まれているんだ。魚は釣り放題らしいぞ。しかも、漁をするのは、一部のキリスト教徒だけだから、ポイントだっていつでも空《あ》いているようだ」

朝倉はさりげなく言った。この国の大多数を占めるシンハラ人は敬虔な仏教徒のため、殺生《せっしょう》はしない。漁業はキリスト教徒、精肉業はイスラム教徒、と宗教により業種が分かれている。

「本当ですか！」

声を張り上げた中村は、頬を緩ませた。わざと釣りの話題を持ちかけたのだが、簡単に引っ掛かった。腕利《うでき》きの捜査員だが、本当の釣り馬鹿なのだ。

「馬鹿者。何を喜んでいる」

国松が呆れ顔で首を振った。

「田村を取り戻したら、付き合ってやるよ」

朝倉は苦笑を浮かべた。

「了解です」

中村はわざとらしく敬礼してみせた。

五十分後、朝倉はシナモン・ガーデンズの日本大使館に到着した。

「悪いが、この部屋を二人で使ってくれ」

朝倉は自分の部屋の隣りに国松らを通した。ほとんどの職員はまだ眠っているため、直接案内したのだ。

「もっと狭い部屋かと思ったが、充分な広さがあるな」

国松は部屋の中を見渡し、大きな息を吐いた。安心したのだろう。朝倉の部屋と同じ広さである。違うのは、シングルのベッドが二つ置いてあることと、部屋の壁際に折り畳みの長テーブルが設置してあることだ。

中村は持ち込んだ荷物を普段にない慎重な面《おも》持《も》ちで解いた。血痕や指紋などを検出する光源装置や試料の分子構造同定や物性を評価するためのラマン分子装置など、高性能な精密機械ばかりである。日本と違って、精密な鑑識鑑定ができないため、彼らに機材を搬入するように要請したのだ。

また、少人数での尾行や監視活動のための無線機やGPS発信機、それに盗聴盗撮器など、銃を除いて特別強行捜査班で使用している捜査に使う特殊な機材も搬入させた。

「これも機材か？」

朝倉は中村のスーツケースの横に置かれている小型のアタッシェケースを見て首を捻った。

「そっ、それは、単なる、私物です」

作業をしていた中村が慌てて、アタッシェケースを背中に隠した。

「怪しいぞ」

朝倉は右眉を吊り上げた。

「私も怪しいと思っていたんだ。日本から持ち込む際に、私には見せないようにしていたからな」

国松が腰に手をやり、中村を睨みつけた。

「まさか、税関の目を誤魔化して、銃を持ち込んだんじゃないだろうな」

朝倉は腕組みをして、オッドアイを見開いた。

「とっ、とんでもない。そんなことできるわけがありません。……分かりました、分かりましたよ。お見せします」

中村は観念した様子で、アタッシェケースの鍵を開けて、ケースを開いた。

「やはりな」

ケースの中を見た朝倉は、鼻先で笑った。大小サイズが違う釣りのリールが四つにルアー（疑似餌）を収めたポーチなどが詰め込まれている。

「呆れた奴だな。もっとも、おまえが、手ぶらでスリランカに来るはずがないと思っていた。ロッド（釣竿《つりざお》）は、現地で借りるつもりだったのか」

国松は吐き捨てるように言った。

「銃は引っ掛けだったんですね。なんで、分かったんですか？」

中村は肩を竦めている。

「おまえの性格は把握している。予測の範囲だ。作業を進めてくれ」

朝倉はベッド脇の椅子に座り、足を組んだ。

「早く終わらせるぞ」

国松は中村の背中を叩いた。

「これが最後だ」

国松が梱包《こんぽう》を解くと、中村が機器をテーブルに載せた。

「それじゃ、こいつを調べてくれ」

朝倉はポケットから銃弾を取り出し、二人に見せた。

「ライフルの銃弾かな。拳銃ではなさそうだな」

国松は銃弾を受け取り、天井のライトの光にかざした。

「昨日、銃撃された時の銃弾だ」

朝倉はこともなげに言った。

「銃撃された！」

国松と中村が同時に叫んだ。

「乗っていた車の左前輪に二発撃ち込まれ、車ごと湖に突っ込んだ。そのうちの一発だ。もう一発は米国の捜査官が持ち去った。もっとも俺はこっそり、持ち帰ったんだがな」

朝倉はにやりとした。線条痕は同じはずだ。それなら、一発あればいい。先に朝倉が見つけたのだが、一緒に探していたブレッドやアジャンタに渡すつもりはなかった。アジャンタが鑑識作業までするとは思えない。ブレッドの場合も、得られた情報が国防に関わるようなら、もらえる保証はないからだ。

「了解です」

国松は頷いた。

5

午前七時二十分、在コロンビア日本大使館。

国松は両手を大きく上げて背筋を伸ばし、測定器が置かれているテーブルの前の椅子から立ち上がった。

一時間半ほど前に朝倉から一発の銃弾を渡され、日本から運び込んだ精密測定器で一通り、調べた。銃から発射されているので正確に言えば、弾頭である。

弾頭の鑑識検査はそんなに種類はない。顕微鏡で線条痕を撮影し、サイズを測るぐらいである。預かった弾頭は、車のタイヤハウスに当たる前にタイヤを貫通しているために威力が弱まったらしく、歪《ゆが》みが少ない。そのため、当たった衝撃が少ないというのは、見れば分かる。

歪みが大きいと線条痕を正確に調べることができないので、今回はラッキーと言えよう。弾頭の直径は、デジタルノギスで測った。直径は、七・六二ミリ、長さは三十八ミリだが、多少歪んでいるため、元の長さは三十九ミリだろう。また、線条痕は四条右回りである。

数字だけ見るのなら、ロシアのアサルトライフルであるＡＫ４７Ⅲ型から発射された７・６２×３８ミリ弾の弾頭という結論に達する。

同じ口径でも初期のⅠ型なら線条痕は六条で、Ⅱ型は基本的にⅠ型と同じである。また、歪みが少ないというのは、弾頭の材質も弾芯が鉄で出来ているので強度があるためだろう。弾頭の傷から弾芯の周りに被せてある鉛が覗いている。周囲は、銅メッキがされているからで、材質も外観も間違いなく７・６２×３８ミリ弾だ。

これでＡＫ４７Ⅲ型から発射されたことが確実になったとしても、ＡＫ４７は世界で一番量産されたライフル銃であり、７・６２×３８ミリ弾にいたっては世界でもっとも安価で大量に生産されている弾丸ということが分かったに過ぎない。

「しょうがない奴だ」

振り返った国松は、苦笑を浮かべた。中村が、ベッドで大の字になって眠っているのだ。時差ボケになってしまうので、寝ないようにしていたのだが、我慢できなかったらしい。

国松は弾頭の検査結果を一枚のレポートにまとめて朝倉にメールで送った。中村の仕事だったのだが、起こすまでもない。

朝倉はガル・ロード沿いにあるバーガーキングのカウンターで注文をしていた。せっかくスリランカに来たのだから地元の料理を食べたいところだが、マクヒューに待ち合わせ場所として指定されたのだ。

待ち合わせ時間は午前七時半だが、どうせなら朝飯もと思い開店時間に合わせて草薙に送ってもらった。大使館の職員は館内のレストランで食事ができるが、彼らに気を遣いたくないということもある。

「ベーコンチーズワッパーにブレンドコーヒー、それにフレンチフライ」

隣りに立った男が、注文した。マクヒューである。

「朝飯が目的か？」

朝倉は注文を待ちながら尋ねた。これまで米国捜査機関と何度か合同捜査をしたことがあるが、その捜査員と打合せを兼ねた朝飯は例外なくファストフードであった。

「当然だろう。大使館の飯は上品過ぎてね。朝からボリュームが欲しくなることがあるんだ。もっとも、君の場合は毎日ハンバーガーでも構わんだろう？」

マクヒューは朝倉のトレーを見てにやりとした。朝倉の注文はダブルワッパーチーズとホットドッグ、チキンナゲットにオニオンリング、それにブレンドコーヒーである。これでも控えたつもりだが、マクヒューは自分よりも量が多いとでも言いたいらしい。

「まさかな。毎朝バーガーを食べる奴は、いないだろう。一時間ほど仮眠を取ったが、疲れが残っている。栄養を取る必要があるんだ」

朝倉はトレーを持って窓際の席に座った。目の前の通りは四車線の一方通行である。バイクや乗用車に交じり、スリーウィラーが通り過ぎていく。車体が小さいこともあるが、車線に関係なく自由に走る車もあり、ある意味アジア的な風景である。

スマートフォンが反応した。メールが届いたのだ。

「やはりな」

朝倉はメールに添付されているデータを見て頷いた。国松からのもので、朝倉を銃撃した弾丸の検査結果が送られてきたのだ。弾丸はＡＫ４７の７・６２×３８ミリ弾のようだ。

「道を挟んで正面にあるホテルの監視カメラが、中国の上海汽車のＬＤＶ Ｇ１０の姿を捉えていた。ウィリアムズが目撃した車に間違いないだろう」

朝倉の向かいの席に座りながら、マクヒューが言った。バーガーキングを選んだのは、ハンバーガーが食いたいだけではなかったらしい。

「米国の情報網を以《もっ》てしても、時間が掛かるんだな」

朝倉は包装紙からハンバーガーを取り出し、豪快にかぶり付いた。

「監視カメラがネットワーク化されていない国での捜査が、これほど手こずるとは思わなかった。拉致現場からここまでたったの三キロだが、調べるのに二日間も掛かっている。

正直言って、苛ついている。君の言葉は、皮肉にしか聞こえないよ。ＬＤＶ　Ｇ１０の持ち主を探す手もあるが、そこまで手が回らない」

マクヒューはコーヒーを飲みながら答えた。あまり食欲がないらしい。

「皮肉を言ったつもりはない。正直な感想なんだ。ＬＤＶ　Ｇ１０が、現場から南に向かったことは分かった。もう少し、絞れればいいんだがな」

朝倉はコーヒーで口の中のワッパーを流し込んだ。

「南部にも街はいくつかある。それに港もな。拉致犯の目的が分からなければ、対処のしようがない。そもそも、なぜ拉致したのだ。犯人は今後どう出るんだ？」

マクヒューは窓の外を見ながら言った。

「もし、ウィリアムズも拉致されていたら、米国の対応は変わったか？」

はやくもダブルワッパーチーズを食べ終えた朝倉は、箸《はし》休めにオニオンリングを摘《つま》んだ。

「当然だ。今回派遣されたのは、一チームだが、少なくとも三チームは送り込まれただろう。なんせ武官や武官補佐は、重要な軍事情報を把握している。テロリストがその情報を握ったら大変なことになるぞ」

マクヒューは、ベーコンチーズワッパーを食べ始めた。

「田村は日本の防衛駐在官補佐だぞ。同盟国という理由だけか？」

首を傾げた朝倉はコーヒーを飲むと、今度はホットドッグに手を出した。この手のファストフードはお菓子のようなものである。食べ始めると止まらない。

「米国と日本は、一部とはいえ軍事情報を共有している。田村防衛駐在官補佐を介して、米国の軍事情報が漏れる可能性はないとは言えないだろう。それに、本当の狙いは、ウィリアムズだった可能性もある。だからこそ、我々が派遣されたんだ」

朝倉の食べっぷりを見ていたマクヒューが、その食欲に驚いたのか苦笑顔になった。

「それじゃ、もし、ウィリアムズがまったく事件に関係していなかったら、派遣されなかったということか」

「そういうことだ。米国が世界の警察官だった時代はとっくに終わったんだ。自国の不利益にのみ対処するという普通の国になっている。今後も我々は捜査を進める。だが、たった六人のチームでは、捜査は進まないだろう」

「それじゃ、昨夜の襲撃の標的は俺じゃなく、ブレッドだった可能性もあるということか」

朝倉はホットドッグを二口で食べた。

「今の段階では、推測もできない。だが、ＩＳＩＬ（イスラム国）が、その支配下にあるＮＴＪが実行したと犯行声明をさきほど出した」

マクヒューはポケットから自分のスマートフォンを出し、アラブ語で「拡大と拡張」と記されたＩＳＩＬの旗をバックにした八人の男たちの写真を見せた。男たちは横一列に並び、中央の男以外は顔をターバンで隠している。

「ＩＳＩＬがインターネットで公開したのか？」

「中央の男がＮＴＪのリーダーであるザフラン・ハシムだ。まだ、発表されていないが、二十一日のシャングリラ・ホテルの自爆テロを起こしたのは、この男らしい」

マクヒューは声を潜めた。スリランカ政府の発表前の情報を彼が握っているということは、米国の情報機関が彼をサポートしているということだろう。

「ＮＴＪはＩＳの支援を受けていたということか」

朝倉は残りのオニオンリングをまとめて口に放り込んだ。

「だが、ＮＴＪは所詮弱小テロ組織だ。ＩＳＩＬの支援を受けたとしても、今回のような大規模なテロを起こし、なおかつ他国の駐在武官補佐を拉致できるのかという疑問が生じる」

マクヒューは渋い表情でハンバーガーを咀嚼《そしゃく》している。捜査の先行きを心配しているのだろう。

「背後にＩＳＩＬ以外の組織が関係しているのかもしれないな」

朝倉はコーヒーを飲み干すと、トレーを手に席を立った。

「どうした？」

ハンバーガーを手にしたマクヒューが首を捻った。

「確かめたいことがある」

朝倉は店を出ると、目ざとく近寄ってきたスリーウィラーに乗り込んだ。

6

午前七時四十分、スリーウィラーを降りた朝倉は、日本大使館の守衛室に顔を見せ、正門から徒歩で入った。

「お帰りなさい」

玄関で草薙が出迎えた。

「内藤防衛駐在官は、どこにおられる？」

朝倉は尋ねた。

「さきほどまで大使の執務室で打合せをされていましたが、ちょっとお待ちください」

草薙は近くにある内線電話の受話器を取った。さすがに見習い外交官というだけあって、腰が軽い。

「内藤防衛駐在官は、ご自分の執務室に戻られたようです」

草薙は大使に直接内線電話で確認したようだ。

「ありがとう」

朝倉は頷くと大股で廊下を歩き、二階にある内藤の執務室のドアをノックした。

「どうぞ」

内藤の低い声が響く。

「失礼します」

朝倉は敬礼をして入った。自衛官としての身分も持ち合わせているのに、執務室に敬礼なしで入室するのは気まずいからである。

「朝倉さん、タイミングがいいな。君を呼ぼうとしていたところだ」

内藤はちらりと朝倉を見ると、右手を軽く上げただけで執務机の引き出しから書類の束を出しながら言った。机の整理をしているのか、書類の束が積み上げられている。

「お取り込み中じゃなかったのですか？」

朝倉は直立したまま尋ねた。

「ああ、大丈夫だ。まずは、君の用件を聞こうか」

内藤は自分の椅子に腰を下ろすと、朝倉に執務机の前の椅子に座るように右手で示した。

「最初に伺っておくべきでしたが、田村が拉致される理由に心当たりがありますか？」

朝倉は単刀直入に尋ねた。

「うん？」

内藤は首を傾げた。

「田村はまだ殺されていないと思います。殺すつもりなら、その場で殺害したでしょう。ＩＳＩＬの犯行声明が出されましたが、田村らの拉致については一言も触れていません。テロリストらは、田村を今後利用するためと思われます」

朝倉は質問の意図を話した。

「これまで逮捕されたＩＳＩＬの戦闘員の解放を要求するんじゃないのか？」

内藤は頷きながら答えた。

「それなら、すぐにビデオ付きのメッセージを流すはずです。それよりも、田村から米軍に関する情報を引き出す可能性もあると思います。田村は統合幕僚監部に一年間勤務していました。米軍と共有する情報もかなり持っていたんじゃないのですか？」

朝倉はマクヒューとの会話で疑問に思ったため、内藤に質問すべく戻ってきたのだ。

「統合幕僚監部に勤務していれば、極秘情報に触れる機会は多い。だが、米軍が中近東に展開する軍事情報を彼が持っていたとは思えない」

内藤は首を左右に振った。自衛官は三佐《さんさ》になった時点で、統合幕僚監部と各地の駐屯地勤務を経験し、幹部になっていく。当然のことながら内藤も統合幕僚監部の経験者である。

「米軍の中近東の情報に限らないと思います。テロリストは手に入れた情報を第三者に売ることも考えられますから」

朝倉も田村が米軍の中近東での軍事情報を握っていたとは思っていない。

「統合幕僚監部に連絡して、聞いてみるよ。もっとも、確認しても君に話せない場合もあるよ」

　内藤は難しい顔で答えた。

「結構です。よろしくお願いします。ところで、私を呼び出そうとされたのは、どんな用件だったのですか？」

　朝倉は質問した。田村の件では即答が得られるとは思っていなかったので、あっさりと引き下がった。

「急なことで私も戸惑っているんだが、私に帰還命令が出たのだ」

　内藤は疲れた表情で答えた。

「えっ、交代されるのですか？」

　朝倉は右眉を吊り上げた。田村が拉致されたことで、内藤は責任を取らされるのかもしれない。事情はともあれ、部下に起きたことで責任を取るのは、自衛隊では当たり前のことだからだ。

「いや、上層部では、田村に起きたことが、今後私にも起きる可能性があると心配している。その為の帰還なのだ。私としては、彼が戻るまでここにいるべきだと進言したのだが、通らなかったよ」

　内藤は上目遣いに答えた。一等陸佐ほどの階級でも所詮組織の人間である以上、命令は絶対なのだ。

「ということは、防衛駐在官はしばらく不在ということになるのですか？」

朝倉は険しい表情で尋ねた。部下が拉致されたにも拘わらず帰国すれば、内藤だけでなく日本は弱腰だと非難されるだろう。

「君の言いたいことは分かる。田村が拉致されたことは、今のところ極秘になっているが、いずれは公表する予定だ。だが、ここで撤退すれば、諸外国に馬鹿にされるだろう。特に中国に対して背中を見せることになる。それは上層部も分かっているはずだ。当然、私自身も卑怯者《ひきょうもの》の誹《そし》りを受けるに違いない。だから、私は帰国した段階で責任をとって退官を申し出るつもりだ」

内藤は朝倉の目をじっと見つめて言った。命令には逆らえないが、退官することで自らの意思を示すつもりらしい。

「そんな馬鹿な。田村自身も拉致されたのは、不可抗力です。一等陸佐の責任じゃありません」

朝倉は腹立ち気味に言った。日本の組織は世間体やマスコミ対策で、簡単に意志を曲げる。朝倉が離島勤務になったのも、マスコミ対策だった。

「はっきり言われたわけではないが、米国の意向らしい。田村はともかく、私まで拉致された場合、軍事情報の漏洩《ろうえい》が深刻なレベルに達すると恐れているようだ」

内藤は鼻先で笑った。彼は米軍の軍事情報を持っているということだ。

「なっ、……」

朝倉はマクヒューの言葉を思い出し、言葉をつぐんだ。米国は日本から軍事情報が漏れることを恐れている。結局米国は自国の利益しか考えていないのだ。

「分かっているよ。米国の顔色を窺うのかと言いたいのだろう。君も陸自の士官なら分かっていると思うが、基地まで差し出し多大な犠牲を払っている日本は、米国抜きでは防衛はなりたたないと思われている。というか、思わされている。結局、歴代の総理大臣の意向が防衛省まで浸透しているのだよ」

内藤は静かに言ったが、憤《いきどお》りを押し殺しているようだ。

「……いつ発《た》たれるのですか？」

溜息を吐いた朝倉は、尋ねた。

「今日明日中と言われているが、スリランカ政府関係者に挨拶しなければならない。だから、出発は、早くて明日の夜になるだろう。駆けつけてくれた君にも挨拶をしなければと思ってね」

内藤は苦笑してみせた。

「なるべく帰国を延ばすことはできませんか？」

「どうしてだね？」

「捜査の方向性もまだですが、田村を奪回する糸口が見出《みいだ》せたら上層部の考えも変わるんじゃないかと思います。せめてあと三日間、お時間をいただけませんか」

朝倉は深々と頭を下げた。三日が限度だと思っている。それは、内藤のためではない。田村が生きて帰ってくるリミットだと考えているからだ。

「分かった。三日だな。よろしく頼む」

内藤は立ち上がると、朝倉に握手を求めてきた。

フェーズ４：上海汽車ＬＤＶ Ｇ１０

１

コロンボ１０区、Ａ１道路、午後三時。

朝倉は黒いランドクルーザーの後部座席から、制服姿のアジャンタとともに降りた。

「この界隈《かいわい》は、自動車用品やパーツ、それに中古車を扱う店が軒を連ねる。上海汽車のＬＤＶ Ｇ１０の情報を得るのならこの場所が一番のはずだ」

アジャンタは得意げに説明した。

マクヒューは、監視カメラの映像でＬＤＶ Ｇ１０の行き先を追っている。だが、監視社会でないスリランカにおいては困難を極める作業で捜査は進んでいない。そこで朝倉は、拉致犯が使ったＬＤＶ Ｇ１０の持ち主をアジャンタの協力を得て探しているのだ。

国内自動車メーカーを有しないスリランカは、すべて輸入車に頼っている。人気なのは車の左側通行がスリランカと同じ右ハンドルの日本車で、次は〝タタ〟など価格が安いインド車である。

　輸入する場合、中古車でも製造から三年以内と決められているため、新車同様の車が多い。中でも石油資源に乏しいためエコカーは税率が軽減されることもあり、日本のハイブリッド車が富裕層には人気でよく見かける。そのため世界最悪の排ガス汚染の隣国インドと違い、スリランカは市街でも空気が汚れていないのだ。

「なるほど、面白そうな街だな」

　朝倉は周囲を見回し、頷いた。

「中国車の正規代理店は聞いたことがないんだ。外国車を扱うディーラーが何軒かあるから、そこで話を聞いてみよう」

　アジャンタはポケットから例のメモ帳を出した。日本車が大多数を占めるスリランカでは、中国車を見つけることは比較的簡単と思われたが、規制が強化されるまで中国車の中古もかなり出回っていたようだ。しかも個人輸入がほとんどのため、探し出すことは難しいらしい。マクヒューが手を出さない理由はそこにあった。

「やけに詳しいな」

　朝倉はメモ帳を覗き込んだ。

「実は、陸軍の補給部隊の車両担当の士官に、ディーラーの名前と連絡先を聞いてきたんだ」

　アジャンタはメモ帳を見せてくれたが、びっしりと書き込んであるものの、シンハラ語で書いてあるのでさっぱり分からない。彼には午前中に拉致に使われた車の車種を教えてあったのだ。

「とりあえず、聞き込みをしよう」

　にやりとしたアジャンタは、すぐ目の前にある車のパーツ店に入った。捜査で朝倉にイニシアチブを取ることができて嬉しいようだ。

　この界隈の店は、どこも間口が狭い。しかも、店内には所狭しと、様々な車の部品が置いてある。

　アジャンタは、店のオーナーと思われる男にシンハラ語で話し始めた。朝倉は理解出来ないため、店先で待つほかない。店のオーナーは朝倉を気にしつつも答えている。聞き込みのためにいつもの伊達眼鏡を掛けているので、オッドアイにはまだ気がついていないはずだ。日本人だと思って気にしているのかもしれない。

「この店では、インドの中古車しか扱っていないようだ。作戦を間違えたらしい。陸軍の制服を着てくれれば、警官と同じ効果があると思ったが、この界隈の商売人には逆効果で反感を覚えるだけだと店の主人に注意されたよ。ちょっと待っていてくれ。着替えてくる」

　アジャンタはそう言うと、店の前に停めてある車の後部座席に乗り込んだ。

「ニーハオ、あんた中国人かい？」

店のオーナーが出てきて、中国語で挨拶すると流暢《りゅうちょう》な英語で尋ねてきた。シンハラ人は大抵シンハラ語と英語が話せるそうだ。少数民族のタミル人は、必要に迫られてタミル語と英語、それにシンハラ語の三言語を会得しているという。もっとも、あとで分かったことだが、学校教育をきちんと受けていればという条件が付くらしい。

スリーウィラーに乗っても、ニーハオとよく声を掛けられる。それだけ、この国が中国に依存している証拠だろう。

「いや、日本人だよ」

朝倉は笑顔で答えた。

スリランカの二〇一七年のＧＤＰが八百七十一億ドルに対して、政府の対外債務は三百十億ドルと異常に高い。この中で二〇〇八年から二〇一八年の間で中国からの借り入れは七十二億ドルもあり、返済できないでいる。

しかも、中国の融資と彼らの主導で建設されたノロッチョライ発電所やマッタラ空港、それにハンバントタ港はほとんど機能せず、経済的効果も上げていない。

そのほかにも、一時中断されていたが、中国から融資を受けることで二〇一六年に再開した〝コロンボ国際金融シティー〟がある。コロンボ港に二百ヘクタール以上を埋め立てた人工島に、シンガポールやドバイのような金融都市と中華街を建設するという。だが、隣国インドを差し置いてこの地域が金融の中心地になるとは考えにくい。

ハンバントタ港は巨額債務を払えずに中国企業に権益を売り渡すはめになった。高い金利で金を貸し、使い物にならない物を作り出すことにより債務不履行に陥らせるという、すでに中国がアフリカ大陸でも行ってきた〝債務の罠《わな》〟で、スリランカは中国に頼らざるを得ない状態になっているのだ。

「日本人は大好きだ。スリランカ人と同じで戦争で苦労した。だが、まじめで勤勉だから、経済大国になった。尊敬するよ。スリランカ人はみんな日本のようになりたいと思っているんだ」

男は笑みを絶やさず饒舌《じょうぜつ》に話した。

スリランカでは一九八九年にはじめてＮＨＫの番組である〝おしん〟が放映され、絶大な人気を博した。貧しい農家に生まれた少女が、様々な困難に立ち向かう姿に、スリランカ人は心を打たれたのだ。そのため、我が子に男女関係なく〝おしん〟と名付ける親が続出したという。何度も再放送され、未だに〝おしん〟はスリランカ人の中で有名な日本人なのだ。

「ミスター・朝倉。行くぞ」

ジーパンに綿のカラーシャツとカジュアルな格好のアジャンタが、手を振っている。

「話を聞かせてくれてありがとう」

朝倉は店のオーナーに礼を言って別れた。アジャンタが声を掛けなかったら、店の主人は一方的に話し続けていただろう。

「熱烈な君のファンだったようだな。君が日本人だから、当たり前だが、私の時と態度がぜんぜん違うよ」

アジャンタは自嘲気味に笑って、車を置いたまま歩き出した。

「次の店は、近いのか？」

「四軒先だ」

アジャンタは、メモ帳を見ながら店の看板を見ている。

「次の店は、俺が聞き込みをする。任せてくれ」

朝倉は〝オート・ライティング〟という看板の店に入った。ガラス張りのカウンターで店は仕切られ、陳列ケースも兼ねているカウンターには、車の点火プラグやワイパーやケーブルなどが並べられている。

「ニーハオ！」

三十前後の男が顔を出した。中国語で挨拶した割には、笑顔ではない。

「日本から来た雑誌記者だ。実は雑誌のコラムで、コロンボの国別の車の販売台数を特集する記事のために取材している。日本車の販売台数はほぼ分かっているが、その他の国を調べているんだ」

朝倉は適当に話を繕《つくろ》った。

「日本人なら協力するよ。中国人ならお断りだけどね。スリランカの一番人気なら、日本車だと誰でもすぐに答えられる。他の外国の車は何があるかなんて一般人にはすぐには答えられないだろうね。面白い雑誌の記事だと思うよ。二番人気は、インド車だろうね。うちもインドの車を扱っているんだ。タタは安くて人気があるけど、マヒンドラのＳＵＶは、かっこいいから意外と人気があるよ」

　店員は後ろの棚からインド車のパンフレットを出して見せた。どこでも経験することだが、中国語の挨拶をしても、中国人は嫌いというのがスリランカ人の本音のようだ。

「ありがとう。インド車の情報は、ほぼ揃えてあるんだ。この街で中国の車を販売している店は、知らないかな？」

　朝倉は本題に入った。聞き込みも尋問も単刀直入に聞くのではなく、まずは話す環境を作ることがコツである。

「中国車？　どうだろう。この街でインド車を扱っているのはタミル人だから、よく知っているけど、中国車を扱っている店はあるのかな。仲間に聞いてみるよ」

　店員はズボンのポケットからスマートフォンを出すと、電話を掛け始めた。おそらくタミル語なのだろう。シンハラ語とは違う気がする。タミル人はインドから移り住んだ人々で、彼も祖先はインド人なのだろう。

　振り返ると、アジャンタが親指を立ててみせた。聞き込みは刑事だっただけに得意である。もっとも、嘘をついて調べるのはいささか気が引けるが。

「この街に中国車を扱う代理店はないそうだよ。中国人が経営する正規ディーラーもないしね」

店員はスマートフォンを仕舞うと、首を振った。何ヶ所か電話を掛けてくれたようだ。

「販売する車も人種別なのか？」

朝倉は苦笑を浮かべた。

「まあ、そういうことだね。日本は違うのかい？」

店員は首を傾げた。

「確かに日本でも中国人が中華レストランをやっていたり、インド人がカレー店を経営していたりするな。ある意味、人種別の職種も存在するということか」

朝倉は大きく頷いた。

「中国人がたくさん住んでいる街に行けば、車の代理店もあるんじゃないのかな。役に立てなくて、本当にすまなかったね」

店員は手を振って残念そうな顔をした。心からそう思っているのだろう。それほど、この国は親日国なのだ。〝おしん〟だけの効果ではない。日本は一九六五年の五百万ドルの円借款を皮切りに毎年スリランカにＯＤＡで支援している。

それには理由があった。一九五一年のサンフランシスコ講和会議で後にスリランカの大統領となる当時のジャヤワルデネ財務大臣は「憎悪は憎悪によって止むことはなく、慈愛によって止む」という仏陀の教えを引用して対日賠償請求権を放棄し、日本を国際社会の一員として受け入れるように演説した。日本政府はその恩義に報いているのだ。

もっともサンフランシスコ講和条約には、連合国は「すべての賠償請求権」と「戦争中日本軍がとった行動から生じた損害の請求権を放棄する」ことが、規定に盛り込まれている。それを各国は潔く受け入れたのだ。唯一戦勝国側でもない隣国を除いての話ではあるが。

「いいんだ。ありがとう。助かったよ」

朝倉は店員に礼を言って店を出た。

「迂闊だったよ。この街なら中国車も扱っていると思ったんだ」

店の外で聞いていたアジャンタが頭を掻いて見せた。

「中国人街を知っているか？」

「多分、分かると思う」

朝倉の問いにアジャンタは即答した。

2

コロンボ１０区、マラダーナ・ロード、午後三時四十分。

アジャンタは車関係の店が多いエリアからＡ１道路を一・五キロほど西の交差点を右折してマラダーナ・ロードに入り、車を停めた。

通りにレストランはあるものの、横浜の中華街を思わせるような漢字の看板や赤提灯《あかちょうちん》など中国を主張する雰囲気はない。スリランカではありふれた商店街に見える。

「このあたりは、山東《さんとう》省出身の古い華僑《かきょう》が多く住んでいる。スリランカに馴染《なじ》んでいるので、海外にあるような中華街とは違うんだ。だから中国語の看板もない」

車を降りたアジャンタは、歩きながら説明した。

「スリランカの情報将校は、集めるのは軍事情報だけじゃないんだな」

首を振った朝倉は感心した。警察官なら地元の裏情報を知っていても不思議ではないが、彼は参謀本部の軍人なのだ。

「スリランカの歯医者は中国系が多い。実は、私が子供の頃から通っていた歯科医院はここにあるんだ。治療を受けながら世間話をするから、よく知っているんだよ」

アジャンタは白い歯を見せて笑った。

「なるほど。歯科医は様々な患者を診《み》る。情報も集まるということか」

　朝倉は大きく頷いた。

「ここだよ。もっと近代的な設備の歯科医もあるんだけど、私はここの先生が気に入っているんだ」

　アジャンタは歩き出した。その先に大きな歯の写真と、〝リュー・ホアン〟の下に〝デンタルクリニック〟と英文字とシンハラ文字で併記された看板が掲げられている。出入口にあるショーウィンドウには、入歯の模型がぶら下がっていた。日本人の知っている歯科医院とは様相が違うらしい。

　朝倉はアジャンタに従ってショーウィンドウ横のガラスドアから入った。そこは、待合室になっており、二人の患者がソファーで待っている。

　受付の女性がアジャンタにシンハラ語で話しかけてきた。受診するのかと尋ねているのだろう。アジャンタは、朝倉を指差して受け答えをすると、女性は診察室のドアを開けて何事か話した。

「こっちの部屋で待たせてもらおう」

　アジャンタは診察室の向かい側にあるドアを開けた。子供の頃から通っているというだけあって、よく知っているらしい。

　部屋は十畳ほどで診察台があり、壁際にソファーが置かれている。

「この部屋は、ＶＩＰ用の診察室なんだよ。私も大人になってからこちらの診察室で受診するようになったんだ。ソファーに座ろうか。十分ほど待たされるそうだよ。このクリニックの経営者は看板のリュー・ホアンだが、今は代替わりして息子のジュニアが診療している。私と歳《とし》も近いから仲がいいんだ。それに母親はスリランカ人だから、彼は中国人とのハーフだよ」

「なるほど」

アジャンタに促《うなが》されて朝倉はソファーに腰を下ろした。彼と一緒に捜査する方が、マクヒューらと行動するより、地元に密着しているだけに情報が得られるかもしれない。

十分ほどで銀縁眼鏡を掛けた三十代前半の白衣の男が現れた。彼がリュー・ホアン・ジュニアで二代目らしい。

「やあ、アジャンタ、今日は治療じゃないんだね」

ジュニアは朝倉とアジャンタを交互に見ると、気さくに英語で話し始めた。受付の女性から朝倉が日本人だと聞かされていたのだろう。

「紹介するよ。日本の警察官で俊暉・朝倉だ。私は今、彼と一緒に捜査をしている。ちょっと複雑な事情で、捜査内容は明かせないが、協力してもらえないかな」

アジャンタは立ち上がって朝倉を英語で紹介した。

「朝倉です。よろしく」

朝倉も立ち上がり、ジュニアに握手を求めた。

「歯科医の私が役に立てるのかな？」

握手に応えたジュニアは、自問するように言った。

「実はある事件の犯行に上海汽車のＬＤＶ Ｇ１０が使われたらしいんだ。スリランカには何台あるか知らないが、一台ずつ調べようと思う。持ち主を調べるために販売した会社、あるいは個人を知りたいんだ」

アジャンタは質問した。

「そういうことか。この国で、中国車を扱うのは間違いなく中国人だろうね。探しているのは、中国人のディーラーか」

ジュニアは腕組みをして考え込んだ。

「一刻を争うんです」

朝倉は真剣な表情で言った。

「分かった。知り合いの華僑に尋ねてみるよ」

ジュニアは白衣のポケットからスマートフォンを出し、電話を掛け始めた。中国語ではなくシンハラ語で話しているようだ。

「この地域に住む華僑は、スリランカに移住して何世代も経つが、中国語が通じていたのは、彼の親の世代までだよ。彼の世代はもうシンハラ人と変わらないんだ。だが、華僑のネットワークは未だに健在だそうだ」

アジャンタは耳打ちするように言った。

五分ほど話をしてジュニアは、通話を終えた。

「分かったようだね」

聞き耳を立てていたアジャンタは尋ねた。

「3区にある〝コッルピティヤ・スーパーマーケット〟に隣接する〝ザ・グレート・ウォール・ショップ〟と〝チャイナ・ファースト・ストア〟が、中国車の代理店をしているそうだ。詳しい場所は、メールで今、送ったよ」

ジュニアはスマートフォンを操作しながら、答えた。

「ありがとう。さすがだね」

自分のスマートフォンで確認したアジャンタは、両眼を見開いた。

「ただ、情報を教えてくれた仲間も言っていたが、彼らは新華僑だ。我々とは違う。充分注意してくれたまえ」

ジュニアは渋い表情になった。

「新華僑？」

アジャンタは首を傾げた。

だが、朝倉は小さく頷いた。華僑は外国に移住している中国人のことであるが、新旧がある。日本でも新華僑の勃興《ぼっこう》で古い中華街は様相を変えた。横浜の中華街がいい例だろう。新華僑が旧華僑の飲食店を買い取って食べ放題の店を次々と作り、中華街を情緒のない街に変えてしまった。

「中国が改革・開放の経済政策に変換した七〇年代後半以降に海外に移住した中国人を新華僑と呼び、我々のようにそれ以前から国外に出ている中国人を老華僑と区別するんだ。新華僑の連中は、拝金主義で道理をわきまえない連中が多い。我々老華僑は、古き良き時代の中国人の子孫だと自負している。同じ中国人でも人種が違うぐらい差があるんだ」

　ジュニアは自慢げに答えた。

「ありがとう。患者を待たせては申し訳ないから、我々は退散するよ」

　アジャンタはジュニアの肩を叩いた。

「また、なんかあったら言ってくれ」

　ジュニアは朝倉に右手を軽く上げて見せると、部屋を出て行った。

「さっそく、行こうか」

　朝倉はアジャンタを促し、歯科医院を後にした。

3

コロンボ3区、〝コッルピティヤ・スーパーマーケット〟、午後四時十五分。

アジャンタは、一方通行のティッサマハラマ・ロード沿いにあるスーパーマーケットの前に並んでいるスリーウィラーの近くに車を停めた。

スーパーの一階には手芸店や写真館に交じり中国の菓子屋などが並んでいる。漢字で堂々と看板を出しているので、中国人が経営しているのだろう。

アジャンタは道を戻る形で二十メートルほど歩き、英語表記の看板がある〝ザ・グレート・ウオール・ショップ〟の前で立ち止まった。店の前に停めたかったのだが、ここにもスリーウィラーが列をなしている。スーパーマーケットの客待ちなのだろう。

「ザ・グレート・ウオールか、いかにも中国らしい名前だな」

傍らの朝倉は看板を見て笑った。看板には、漢字はなくチャイナとも表記されていないが、英語で万里の長城と書いてあるので間違いなく華僑の店だろう。

「ここは、私が聞いてみる」

アジャンタはガラスドアを開けた。

「任せる」

朝倉は彼に従って店に足を踏み入れた。

店内は意外にも洒落たカー用品が陳列してある。扱っている商品のパッケージには英語と中国語が併記されていた。また、店頭に飾ってあるキーホルダーの値札を見ると、メイドインチャイナと記されている。すべて中国から輸入されたものだろう。

「アユボワン。ご用件は？」

四十代前後の中国人と思われる男が、訝しげな表情で朝倉とアジャンタを交互に見て尋ねてきた。二人をただの客だと思っていないようだ。男の他には同年代の女性が、奥のガラスカウンターの後ろの椅子に座っている。夫婦かもしれない。

アユボワンは、シンハラ語で「こんにちは」、「はじめまして」、「さようなら」など、これ一つで様々な場面に使える、どちらかというと軽い挨拶である。

「アユボワン。取引先が中国車を買いたいというので、友人からこの店を紹介されたんだが、扱っているかい？」

アジャンタも挨拶すると、朝倉を指差して英語で話した。朝倉にも分かるようにということもあるが、聞き込みの方法を変えたようだ。

「もちろんですとも」

男は微《かす》かな笑みを浮かべ、名刺とカウンターに載せてあったちらしを朝倉とアジャンタに渡してきた。手作りらしいＡ４判サイズのちらしで、第一汽車と東風《とうふう》汽車の二社のラインナップが掲載されている。名刺には、カーディーラーシップ（自動車ディーラー）という肩書きの王皓《ワンハオ》と中国語と英語で併記してあった。

「ほお、中国のビッグ5のうち二社を扱っているんだ」

アジャンタは英語で話し続けた。

「よくご存じですね。私どもは貿易のライセンスを持っていますが、扱っているといっても個人輸入の代行です。パンフレットから車を選んでいただき、詳しいスペックはパソコンでメーカーのサイトを見て決めていただきます。あとはあなた方に代わって、面倒な手続きをこちらでいたします。お支払いいただくのは、車体価格と関税、それと手数料だけです。基本的には輸入代金だけですね」

王皓は、英語で答えてにやりと笑った。商売上手らしいが、癖のある顔をしている。カウンターの向こうで椅子に座っている女も一癖ありそうなアクの強い顔だ。

ちなみに中国の自動車メーカーのビッグ5とは、第一汽車、上海汽車、東風汽車、長《ちょう》安《あん》汽車、奇瑞《きずい》汽車の五つだ。

「上海汽車と長安汽車は扱っていないのか？」

パンフレットを見ながら朝倉は尋ねた。わざと長安汽車を加えて目的をぼかした。

「ここだけの話ですが、上海汽車と長安汽車は、値引率が悪いんですよ。それに第一汽車の方が、いい車を揃えていますよ」

王皓は肩を竦めた。彼らは輸入代金だけだと言っているが、取引先のメーカーに車体価格の値引きをさせ、差額をマージンにしているのだろう。いい商売である。

「彼は中国車でもこだわりがあってね。他の店を当たってみるよ」

アジャンタは右手を振って店を出た。

「次にいくか」

朝倉も店を出ると、車に向かった。

二人の乗った車は、ガルメイン・ロードを南に進む。ガル・ロードとは1ブロック離れているが、反対方向の一方通行の道である。

アジャンタは〝コッルピティヤ・スーパーマーケット〟から一・八キロほど南にある中国の火鍋の写真が載せられた〝美肥羊《シャオフェイヤン》〟という店の看板の前を通り過ぎ、十数メートル先にあるスーパーマーケットの駐車場に車を停めた。

「コロンボには他国にあるような中華レストランが軒を連ねるような中華街はないんだ。だが、華僑が多く住むエリアは、けっこうあるようだ。私も教えられるまで知らなかったよ」

車を降りたアジャンタはスーパーマーケットには入らずに、歩道を南に向かって次の交差点を曲がった。スーパーマーケットは駐車場を利用しただけらしい。

時刻は午後五時を過ぎている。太陽は西の空の低い位置で赤く輝いており、気温はまだ三十三度近くあった。湿度も高く、不快指数もかなり高い。

朝倉は額に浮いた汗をハンカチで拭《ぬぐ》い、アジャンタの後に続いた。

アジャンタは通りを曲がった次の交差点角にある二階建てのビルの前で立ち止まり、スマートフォンの情報を確認した。一階のガラス張りのオフィスのような店の看板に、〝チャイナ・ファースト・ストア〟と記されている。

「アユボワン」

朝倉らが店に入ると、若い男が冷めた表情で挨拶してきた。顔立ちから言っても中国系だろう。白いカウンターが中央にあり、その後ろにはスチール棚がある。棚にはびっしりと書類が並べられており、不動産屋か旅行代理店のようだ。壁には車やバイクなど様々なポスターが貼り出されている。取引先から貰《もら》ったのだろう。

「アユボワン。この店は中国製品の個人輸入代行店と聞いたけど、車も扱っているんだよね。シンガポールから来た知人が車を欲しいと言うんだ」

アジャンタは先ほどの店と同じように朝倉を英語で紹介した。だが、今度は、シンガポール人になったらしい。英語で話すことにストーリーを持たせたというわけだ。

「当社がこれまで輸入した中国車の実績は三十七台ですが、中国製の車なら大抵の車種は輸入できますよ。ここだけの話ですが、中国車の輸入関税を安くする方法があるんですよ。日本車なんて買うのが馬鹿馬鹿しくなりますよ」

若い男はずるそうな顔で笑うと、棚から数冊のパンフレットを抜き出してカウンターの上に並べた。どれも中国の自動車メーカーのパンフレットである。

「上海汽車の車も扱っているんだね」

朝倉はカウンターの上海汽車のパンフレットを手に取った。メーカーが配布している立派なパンフレットで、探しているＬＤＶ Ｇ１０の写真も掲載されている。

「ええ、上海汽車の実績はあまりありませんが、何台か輸入したことがありますよ。上海汽車の車が欲しいんですか？」

若い男は答えた。

「ＬＤＶ Ｇ１０を、輸入したことは？」

朝倉は質問で返した。

「ＬＤＶ Ｇ１０？　……ああ、バンですね。これまで、輸入したのは栄威のようなセダンだけですが、バンももちろん輸入できますよ」

若い男は上海汽車のパンフレットで車種を調べて答えた。

「ＬＤＶ Ｇ１０をまったく輸入したことがないのか？」

朝倉は眼鏡を外し、カウンター越しに凄《すご》んだ。

「ほっ、本当です」

男は朝倉のオッドアイを見て、声を裏返らせた。

「それなら、この国で走っているＬＤＶ Ｇ１０は、誰が輸入したのか知っているか？」

朝倉はカウンターに身を乗り出して男に迫った。

「そっ、それなら、〝ザ・グレート・ウオール・ショップ〟でしょう。うちでは扱わない車種もあの店なら実績がありますから」

男は後ずさりして棚に背をぶつけた。

「あの店では、上海汽車の値引率が悪いから扱わないと言っていたぞ」

朝倉は、声のトーンをいささか落とした。

「そんな馬鹿な。メーカーによって値引率が悪くても、損をするわけじゃないんですよ。書類を書いて申請するだけでお金が入るんです。そんなことで、客を断るはずがないでしょう。あの店はうちと競合しているんです。中国のメーカーはすべて扱っていますよ」

男は落ち着きを取り戻したらしく、強い口調で抗弁した。

「そうか。よく分かった。ありがとう」

朝倉は眼鏡を掛けて、にやりと笑った。

4

午後五時五十分、３区、ガル・ロード。

朝倉を乗せたランドクルーザーは、夕方のラッシュに巻き込まれていた。

「それにしても、どうして〝ザ・グレート・ウオール・ショップ〟の王皓は、嘘をついたんだ？」

ハンドルを握るアジャンタは、自問するように言った。

「理由は二つある。拉致犯と共謀しているか、拉致犯に脅されたかのどちらかだろう」

朝倉は車のセンターパネルを操作しながら答えた。渋滞でランドクルーザーの周りは、スリーウィラーとバイクばかりで排ガスが車の中まで臭《にお》ってきたのだ。スリランカでは乗用車の規制は厳しいが、スリーウィラーやバイクには甘いようだ。

朝倉らは〝ザ・グレート・ウオール・ショップ〟に戻り、上海汽車のＬＤＶ　Ｇ１０を扱ったことがあるか王皓に問いただすつもりである。拒否するようなら、アジャンタは陸軍の捜査ということで強権的に台帳の開示を求めるという。軍で捜査官の資格を持つ彼が適切と判断すれば、裁判所の令状はいらないそうだ。

「いつもながら、この渋滞はどうしようもないな」

アジャンタは、腹立ち紛れにクラクションを鳴らした。スリランカ人は温厚であるが、車の運転は荒く、やたらとクラクションを鳴らす者が多い。

「〝コッルピティヤ・スーパーマーケット〟までは、あと、どのくらい掛かりそうだ？」

朝倉も腕時計で時間を見て苛立ち気味に尋ねた。

「ティッサマハラマ・ロードとの交差点までは、一・五キロほどだが、二、三十分掛かるかもな。いつもより混んでいる気がする」

アジャンタは大きな溜息を吐いた。

「先に行く」

朝倉は車を降りて、歩道を走り出した。

歩道も交通機関を諦《あきら》めた通行人で溢れかえっている。朝倉は人ごみをかき分けながら進んだ。

「これじゃ、車と変わらない」

朝倉は車道に出て、車の間を縫うように走った。

「馬鹿野郎！　車道を走るな！」

スリーウィラーのドライバーに怒鳴られた。シンハラ語でも罵声《ばせい》の内容はなんとなくわかる。

道幅が広くなり、右二車線は右折専用の五車線になった。百メートルほど先でティッサマハラマ・ロードと交わる三叉路になるのだが、まるで駐車場のように車が動く気配はない。

朝倉は車の隙間を通り抜けて三叉路を斜めに横断し、ティッサマハラマ・ロードに入った。

〝コッルピティヤ・スーパーマーケット〟周辺が騒がしい。しかも煙が充満しているのだ。警察官が野次馬だけでなく、車やバスに乗っている乗客を避難させている。渋滞の原因はこの通りだったらしい。

「なっ！」

朝倉は思わず立ち止まった。

〝ザ・グレート・ウオール・ショップ〟から炎が上がっているのだ。

裏通りを抜けてきた消防車が一方通行を逆行してきた。警察官がホイッスルを吹き、スリーウィラーを歩道に上げさせるなど、道を開けるように誘導をはじめた。消防車が、スーパーマーケットの前で停まった。それ以上進めないのだ。

「下がれ！　下がれ！」

〝ザ・グレート・ウオール・ショップ〟に近寄ろうとした朝倉は、行く手を警察官に阻まれた。

「くそっ！」

朝倉は店から遠ざかり、遠巻きにしている野次馬に近寄った。

「あの店が、どうして燃えているのか、知っているか？」

ハンカチで口元を押さえ、険しい表情で見ているネクタイ姿の男に声を掛けた。コロンボではネクタイをしているサラリーマンをよく見かけるが、彼らは間違いなく英語を話せる。

「火炎瓶を投げ込まれたんだ」

男は期待通り、流暢な英語で答えた。

「犯人を見たか？」

朝倉は黒煙を吐き出す店を見ながら尋ねた。

「二人組の男で、バイクに乗っていた。後ろに乗っていた男が、火炎瓶を二本も店に投げ込んで、あっという間に走り去ったんだ。二人ともフルフェイスのヘルメットを被っていたから顔は分からなかったよ」

ネクタイの男は咳《せ》き込んで、交差点の方に歩き出した。西風が吹いており、煙が交差点とは反対方向に流されているのだ。

「バイクのナンバーは見ていないか？」

朝倉はネクタイの男に付いていき、ダメ元で質問を続けた。

「ガムテープが貼《は》ってあったよ。あれじゃ、警察もお手上げだね」

男は煙から逃れると、振り返って答えた。

「店の者も助からないな」

朝倉は燃え盛る建物を見ながら言った。

放水銃を手にした消防士が、消火活動をはじめたが、黒い煙に交じって炎が噴き出している。鎮火には時間が掛かるだろう。

「二人とも自力で逃げている。もっとも服に火が点《つ》いていたから、かなり火傷《やけど》はしたと思う。ついさきほど救急車で運ばれたよ」

ネクタイの男は、消火活動を見ながら言った。

「よく救急車がここまで入れたな」

「反対側の交差点に停まった救急車まで、警察官が担架で運んだんだ」

「どこの病院に運び込まれたんだろう。実は、店の店員は知り合いなんだ」

名刺をもらってよかった。名前なら分かる。

「この辺りなら、間違いなくスリランカ国立病院だろう」

「ありがとう」

朝倉は礼を言うと、スマートフォンを出してアジャンタに電話を掛けながら反対側の交差点に向かって走った。アジャンタと合流しても渋滞でどうしようもないからだ。

「アジャンタ。俺だ」

朝倉は〝ザ・グレート・ウオール・ショップ〟の状況を説明した。

――驚いたな。私は身動きが取れないが、次の交差点で右折して、とにかく渋滞から抜け出るように努力するよ。

「また、連絡を入れる」

通話を終えた朝倉は、スマートフォンの地図アプリを立ち上げてスリランカ国立病院を表示させた。三キロほど東に位置するようだ。

ティッサマハラマ・ロードの反対側の交差点に出た。パトカーが交差点を封鎖している。消防活動に支障をきたさないようにしているのだろう。そのため、交差点に通じる道路はどこも渋滞しているようだ。これでは、スリーウィラーに乗ることもできない。

「走るか」

朝倉はラウンドアバウトの車からクラクションを鳴らされながらも、交差点を横切った。

5

午後六時三十四分、7区、スリマス・アナガリカ・ダーマバラ・マワサ通り。

日が暮れて暗闇が西の空の僅かな明かりも閉ざそうとしている。

朝倉は〝ザ・グレート・ウオール・ショップ〟から東に二キロ地点を走っていた。すでに渋滞を抜けている。スリランカ国立病院まであと一キロほどなので、いまさらスリーウィラーに乗るまでもない。むしろ朝倉なら走った方が早いだろう。

というのも、スリーウィラーの運転手は地図を読めない者が多く、乗ってから行き先を告げても目的地に着けない場合もあるという。しかも料金メーターを備えていない車もあり、乗る前に料金交渉をしないと、とんでもない料金を請求されることもある。

まだ一部ではあるが、最近では〝スリーウィラー〟の配車アプリ〝Pick Me〟で、簡単に呼ぶこともできるようになったので、ぼったくりを防ぐ上でもアプリを使うのが賢明のようだが、今はそんな時間ももったいない。

ジョージ・ウオール記念噴水とデ・ソイザ・サーカスの二つのラウンドアバウトが隣り合わせている巨大な眼鏡のような交差点を通り抜け、ＥＷペレラ・マワサ通りに入った。対面通行の通りである。

五百メートルほど先のＴ字路を右に曲がり、百メートルほど走ったところで国立病院の入口が見えてきた。

「うん？」

朝倉は病院のゲートから敷地に入り、立ち止まった。

玄関脇の救急口で医師と看護師がゲートの外を窺っている。救急患者を受け入れるために待機しているのだろう。

「ひょっとして、火災現場の負傷者を乗せた救急車を待っているんですか？」

朝倉はゲート近くにいる看護師に尋ねた。

「そうですが、なぜですか？」

看護師は驚いた様子で聞き返してきた。

「私は火災現場にいたんです」

「そうなんですか。救急車が、渋滞のために到着が遅れているのです」

頷いた看護師は答えた。朝倉は一方通行や信号も無視し、ひたすら走ってきた。渋滞や一方通行を迂回《うかい》している救急車を追い越したようだ。

「実は、被害者の王皓は知人なんです。治療に立ち会えればと思いまして」

朝倉は王皓からもらった名刺をポケットから出して見せた。

「助かります。これで患者の身元が分かります。ありがとうございます」

看護師は名刺をスマートフォンで撮影して記録すると、朝倉に返してきた。

サイレンの音が近づいてきた。

救急車がゲートを通過し、看護師らの前で停止した。

救急士が救急車のバックドアを開け、男性の患者をストレッチャーに載せると、女性の患者は看護師に付き添われて自分の足で降りてきた。女性の方が軽傷だったらしい。

「女性を車椅子に乗せるんだ」

医師が看護師に指示を出し、ストレッチャーの患者とともに救急口から中に入っていく。

「むっ」

朝倉は右眉を吊り上げた。

ゲートの陰にフルフェイスのヘルメットを被った男がいた。医療チームが患者を収容するのをじっと窺っている。〝ザ・グレート・ウオール・ショップ〟を襲撃した連中かもしれない。救急車をバイクで尾行してきたようだ。身長は一七〇センチほどだが、がっちりとした体格をしている。

朝倉は医療チームから離れ、男から距離を取った。だが、ヘルメットの男は車椅子に乗せられた女性を窺っており、朝倉を気にする様子はない。

さりげなくゲートを出た。

ゲートと反対側の路上にバイクが停めてあり、ナンバープレートにガムテープが貼ってある。〝ザ・グレート・ウオール・ショップ〟を襲撃した連中に違いない。エンジンが掛けっぱなしになっているので、いつでも逃げられるようにしているのだろう。

朝倉は男の背後を抜けてバイクに近づき、燃料タンクとラジエーターの隙間に素早く手を突っ込んだ。

特別強行捜査班では、スマートフォンを失っても仲間に自分の位置を教えるためにＧＰＳ発信機を常時携帯することになっている。朝倉は携帯していたＧＰＳ発信機をバイクに取り付けたのだ。

「……！」

朝倉は気配を感じて振り返り、咄嗟に仰け反った。

フルフェイスのヘルメットを被った別の男が、暗闇から抜け出すように現れ、いきなり殴りかかってきたのだ。痩《や》せてはいるが、身長は一八二、三センチと高い。

男は続けざまにパンチを繰り出してきた。

「くっ！」

右肩に鋭い痛みを覚えた。男の右手にはいつの間にか小型のサバイバルナイフが握られている。リーチが長い上にナイフを持っていては、少々厄介だ。

男はボクシングスタイルに構えた。朝倉がパンチとナイフを紙一重で避《よ》けたので、只者ではないと構え直したようだ。

ゲートの陰から病院内を見張っていた男が戻ってきた。朝倉と仲間が争っていることに気付いたらしい。男は背の高い仲間の左側に立つとポケットからナイフを出し、いきなり朝倉の心臓めがけて右手を伸ばしてきた。喧嘩《けんか》慣れしているようだ。

朝倉はすばやく左に避け、手刀で男のナイフを叩き落とした。だが、右側の背の高い男が朝倉の顔を狙って、横一文字にナイフを振った。

首を捻って避けると、ナイフの切っ先が目の前を通り過ぎる。背の高い男の方がナイフの扱いはうまい。左側の男がすかさず、蹴《け》りを入れてきた。

朝倉は左手で軽く払った。二人の男はチンピラではなく、訓練を受けた闘い方をしている。朝倉の敵ではないが、今は倒す時ではない。

二人の警備員がゲートから出てくると、手を振って救急車を誘導した。

救急車が朝倉らの傍らを通り過ぎる。

鋭いホイッスルの音。

救急車を誘導した警備員が、朝倉らに気が付いたのだ。

二人の男たちは慌ててバイクに跨り、走り去った。

警備員が声を掛けてきたが、理解できない。

「ストゥティー」

とりあえず、シンハラ語でありがとうと答えると、警備員は笑顔で立ち去った。

朝倉があえてバイクの男たちの逃走の邪魔をしなかったのは、もともと見逃してやるつもりだったからだ。彼らはどうせ下っ端だろう。下手に捕まえても、口を割るとは限らないし、得られる情報も期待はできないだろう。それなら泳がせる方が効果的なのだ。

朝倉はスマートフォンを出すと、大使館にいる国松に電話を掛けた。

「俺の発信機の信号を確認してくれ」

――ちょっと、待ってくれ。……確認した。高速で移動しているな。車にでも乗っているのか？

国松はのんびりとした口調で答えた。

「実は、俺を襲ってきた連中のバイクに取り付けた。発信機の信号を監視していて欲しいんだ」

——何！　大丈夫か！

国松の声が高くなった。

「心配無用だ。ところで、例の物は手に入ったか？」

——中村が働いてくれたよ。

「助かったよ」

朝倉は通話を終えると、病院に戻り、救急対応の受付に顔を出した。

「急患ですか？」

受付の男がシンハラ語で尋ねてきた。朝倉にはよく理解できないが、口調から咎めている様子はない。

「さきほど、救急車で運ばれた二人の患者の知り合いですが、彼らは治療中ですか？　すぐにでも面会したいのですが」

朝倉は英語で尋ねた。

「なんだ。中国人か。待っていてくれ。担当の看護師を呼ぶから」

受付の男が内線電話を掛けた。朝倉の顔を見て中国人だと判断したらしいが、説明も面倒なので否定するのは止めた。

ほどなくして王皓の名刺を見せた看護師が現れた。

「さきほどの方ですね。……残念ですが、男性は亡くなりました。救急車で移送中にショック症状に陥っていたらしく、ＥＲに運び込んだ直後に心停止しました」

　看護師は上目遣いに言った。

「残念だ。一緒に運ばれた女性は？」

「彼女は腕と足を負傷していますが、間もなく治療が終わります」

　女性の怪我の具合は、大したことはないようだ。

「面会できますか？」

「どうでしょう。本人に確認してみます。名前を聞いていいですか？」

「亡くなった王皓の知り合いの孫《ソン》と言いますが、彼女は私のことをよく知らないかもしれない。ただ、お悔やみを言いたいのです」

　朝倉は適当に名字だけ言って誤魔化した。

「お待ちください」

　看護師は頷くと、ＥＲに戻ったが、すぐに顔を見せた。

「多分、ご家族が亡くなったショックだと思うのですが、今は会いたくない。しかも、中国人には絶対会わないと言っていました」

　看護師はすまなそうに顔を左右に振って見せた。

「そうですか。よほどのショックだったんでしょうね。また、見舞いにきます。それから、さきほど不審者を見かけましたので、警備を厳しくしてください」

女性はどうして襲われたのか分かっているのかもしれない。だが、恐怖で真実を聞き出すことは難しいだろう。

「ありがとうございます。警備員にそう伝えます」

看護師は、ERに戻っていった。

朝倉はスマートフォンを出し、アジャンタに電話を掛けた。

「今どこにいる？」

——もうすぐ病院に着けそうだ。

「来ても仕方がないようだ」

朝倉は王皓が死んだことを告げ、病院で襲われたことも言った。

——病院の警備はすぐ手配する。大使館まで送ろうか？

「大丈夫だ。こちらからまた連絡する」

朝倉は通話を切ると、スマートフォンの地図アプリを立ち上げて位置を確認し、走り出した。日本大使館は、一・五キロ南にある。走れば数分の距離であった。

フェーズ５：夜の捜査網

1

午後九時三十分、コロンボ１３区、ピッカリングス・ロード。

コロンボ北部の１３区、１４区、１５区はスラム街も多く、治安の悪いエリアである。暴力がはびこり、犯罪率も高いので観光客が寄り付く場所ではない。

スズキ・Ｖストローム６５０に乗った朝倉はスキナーズズ・ロードから路地に曲がり、二百メートルほど先の古いヒンズー教寺院がある交差点を左折し、ピッカリングス・ロードに入った。対面通行の道であるが、路面は舗装道路とは思えないほど凹凸《おうとつ》がある。

Ｖストローム６５０は、六百四十五ＣＣ水冷四スト、九十度Ｖツインエンジンを搭載したアドベンチャーツアラーだ。オフロードバイクではないが、この程度の凹凸の道路でも無難に走ることができる。中村が市内のレンタルショップで借りたバイクで、一日四十ドルと、店で一番高額である。

レンタルショップには、一日十五ドルのインド製バイクもあったが、朝倉が日本製にこだわったのだ。スリランカでレンタルバイクを運転するには、国際運転免許証の他にも、旅行者用運転許可証が必要になる。そのため、中村を通じて大使館員に急いで用意させた。

朝倉は速度を落とし、道路の中央を走る。

二、三階建ての低層住宅に交じり、平家の店舗もあるようだが、シャッターが閉じられて通りはひっそりとしていた。治安が悪いエリアなので、住民も夜の外出を控えているのだろう。

朝倉は二階建ての建物の前に、インドのバジャージ社のパルサー220Fが置かれているのを横目で確認し、そのまま通り過ぎた。

朝倉は無線でアジャンタに連絡した。

「こちら、ブルーフォックス01、コティヤ01、応答せよ」

ブルーフォックス01は朝倉が特戦群時代に使っていたコードネームだ。コティヤはアジャンタのチームが使用しているコードネームで、シンハラ語でトラの意味だそうだ。

——コティヤ01、どうした?

「ターゲットを発見。一旦戻る」

——了解。

朝倉は三時間ほど前にスリランカ国立病院で二人の怪しい男たちに遭遇した際、彼らのバイクにＧＰＳ発信機を取り付けた。それを国松と中村に監視させていたところ、取り付けたＧＰＳ発信機の信号は、ペター地区の繁華街で二時間ほど停止したあと、現在の場所に三十分前に移動した。時間的に見て自宅、あるいはアジトに戻った可能性が高いとし、朝倉は行動を起こしたのだ。

ピッカリングス・ロードからスキナーズズ・ロードに左折し、朝倉は駐車帯に停めてあるランドクルーザーの後ろについた。片側三車線で、一車線が駐車帯になっている広い道路である。

ランドクルーザーの後部座席からアジャンタが降りてきた。彼は朝倉から不審者の居場所を特定したという連絡を受けて、三名の部下を伴ってやって来たのだ。

朝倉はバイクを降りてヘルメットを取った。チンガードがないジェット型ヘルメットである。これは中村の趣味で、彼が街のバイク屋で購入してきたものだ。

「いつでも突入できるぞ」

近寄って来たアジャンタが、意気込んで言った。

「それなら手っ取り早いが、下っ端に興味はない。彼らが誰と接触するのかが問題なんだ。奴らを誰が操っているのか知りたい。ＮＴＪは幹部が自爆テロでいなくなって壊滅状態だが、拉致事件に関しては、もっと大きな組織が背後にいるような気がするんだ」

朝倉は捜査令状も必要としないアジャンタの手法ではなく、捜査の手順を踏みたいのだ。

「まさか、地道に犯人のアジトを見張り、出入りする連中の尾行をするというのか？」

　アジャンタは肩を竦めてみせた。

「それが、捜査の正道だと思うが」

　朝倉は渋い表情になった。ここが日本でないことを忘れていた。しかも、スリランカは自由主義国家のようだが、実態は社会主義国家なのだ。

「それほど、手間を掛ける人員を、参謀本部の捜査課では確保できない。兵力ならいくらでも集められるが、捜査員は限られているんだ」

　苦笑したアジャンタは首を左右に振った。

「突入して犯人に抵抗され、反撃して撃ち殺して終わり、あるいは犯人が自爆、なんてことになったらどうするんだ？」

　朝倉はアジャンタを真似して、肩を竦めた。

「自爆？　……むろん生け捕りにしたい。殺したら、その先を望めないからな。だが、人員が限られている以上、時間は掛けられない」

　アジャンタの声のトーンが落ちた。自爆という言葉に反応したようだ。

　四月二十一日の爆弾テロ事件を受け、警察は午後二時十五分、デマタゴタ地区にあるテロ組織のアジトに突入した。だが、犯人は自爆し、三人の警察官が死亡している。彼はそれを思い出したに違いない。

「せめて、明日まで監視活動をして、彼らの行動を見極めることぐらいはできるだろう」

朝倉は諭《さと》すように言った。

「それぐらいはできそうだが、このエリアで監視活動は難しいぞ。警察や軍に反感を持っている住人は多い。捜査の邪魔をされる可能性もある。犯人にも気付かれるだろう」

「そう言うと思った。任せろ。……こっちに来てくれ」

朝倉はブルートゥースイヤホンをタップし、無線連絡をした。

「仲間を呼んだのか？」

アジャンタは首を傾げた。彼は朝倉が単独でスリランカに来ていると思っていたようだ。

「近くに待機させていたんだ」

朝倉が手を振ると、後方から走ってきたトヨタのハイエースが、ランドクルーザーの前に停まった。ハイエースはバイクと同じく、中村がレンタルショップで手配したのだ。

「手回しがいいなあ」

アジャンタは小さく頷いた。

「作戦会議を開こうか」

朝倉はハイエースの後部ドアを開けた。後部座席が折り畳まれ、荷台には机とテーブルが設置してあり、机の上には二台のノートＰＣが置かれている。運転席には中村、助手席には国松が座っていた。

「狭いが座ってくれ」

朝倉は手前の椅子に座り、アジャンタに奥の椅子を勧めた。

「驚いたな。いつの間にこんな準備をしていたんだ」

アジャンタはテーブルのパソコンだけでなく、後部に置かれている三つのコンテナを見て驚いている。コンテナには捜査で必要な機材が収められていることを彼は見て取ったのだろう。

「とりあえず、これを見てくれ」

朝倉は掌に収まる小型カメラをＵＳＢケーブルでノートＰＣに繋ぎ、撮影した映像を再生させた。カメラはバイクのハンドルに据え付けておいたものである。

「ほお」

アジャンタは、映像を見て唸った。

ピッカリングス・ロードを暗視モードで撮影した映像で、バイクのスピードを落としたせいもあるが、高感度カメラなのではっきりと町並みが映っているのだ。

「ここだ」

朝倉は映像を停めて、パルサー２２０Ｆが置かれている建物を指差した。

「なるほど、ナンバープレートにガムテープが貼ってあるな。それだけで犯罪行為だが、この地域なら不思議ではない。だが、病院からここまで来たのなら、間違いなく犯人だろう。とすれば、この前の家が犯人のアジトなのか」

アジャンタは腕組みをした。

「この建物の向かいにある二階建ての建物を見てくれ。屋上に監視カメラを設置できると思う。そうすれば、住人を気にせずに監視活動が可能だ」

朝倉は映像で確認すると、運転席の中村の肩を叩いた。

中村が頷くと国松とともに車を降りた。

「この辺りの住居は密集している。屋上に監視カメラを取り付けるには、住民の許可を得なければならない。そもそも住民が、我々に協力してくれないだろうな」

アジャンタが溜息を漏らした。

「君らの真似を少々すれば、可能だ」

朝倉はにやりとした。アジャンタらとは違うが、勝手にという意味だ。

中村が後部バックドアを開け、コンテナの一つから小型のドローンを出した。

「ドローン！」

アジャンタが声を上げた。

「今回は、予備も含めて三台のドローンを日本から持ち込んだ。飛行時間は二十一分だが、最大四時間撮影可能な小型のＷｉ－ＦｉビデオカメラをX搭載できる。二回交換するだけで夜明けまで監視活動が可能だ。屋根を借りるだけだから、捜査令状はもちろん、住民の許可もいらないだろう」

朝倉は淡々と説明した。

人員不足を補うために、特別強行捜査班では様々な工夫がされている。人的な補給はされないが、予算は充分あるため機材でそれを補っているのだ。

半ば趣味のようなものだが、中村が使えそうな新兵器を見つけては申請して購入している。市販のドローンをカスタマイズし、ドローンと電源を別にしている超小型ビデオカメラを搭載したのだ。そのため、ドローンを着陸させれば、長時間撮影が可能になった。今後、さらに高性能なドローンが誕生するだろうが、現状はこれで充分である。

「素晴らしいとしか言いようがないな」

アジャンタは何度も頷いてみせた。

国松がタブレットＰＣにドローンのコントローラーを接続した。

「飛ばせてくれ」

朝倉の合図で国松がドローンを飛ばした。

2

四月二十四日、午前三時二十分、コロンボ１３区、スキナーズ・ロード。

朝倉はハイエースの荷台に直《じか》に横になり、水の入ったペットボトルを枕に眠っていた。気温は二十七度、深夜に三十度を下回ったので、多少は過ごしやすくなった。

「むっ！」

朝倉はびくりと体を震わせて起きた。額にびっしょりと汗をかいている。

「どうしたんだ。飛び起きて。蚊《か》に起こされたか？」

傍らの椅子に座ってノートＰＣの監視映像を見ていた国松が声を上げた。中村は隣りの椅子で船を漕《こ》いでいる。

ドローンのカメラ映像は、コントローラーに接続されたタブレットＰＣに映し出されるが、搭載しているＷｉ－Ｆｉビデオカメラの映像はノートＰＣで確認しているのだ。

監視は二時間交代とし、サブは一時間後に入る。そのため、二回目の当番は三時間後になる。朝倉は一番手で監視活動を零時半までしていた。

「寝苦しくて起きた。変わりはないか？」

朝倉は何気ない顔で、枕がわりにしていたペットボトルの水を飲んで尋ねた。本当は、田村が銃殺される悪夢を見てうなされていたのだ。

国松が蚊と言ったのは、スリランカは蚊が多いからである。日本の比ではなく、デング熱に感染する恐れもあるので、注意が必要だ。

「相変わらず、監視対象の建物は真っ暗だ。朝まで変わりはないだろう。交代まであと十分ある。それまで休んでいてくれ」

国松は朝倉に、ドライパイナップルを勧めた。携帯食として、この国名産のドライフルーツは適している。中村が用意したもので、ドライパイナップルにドライバナナ、それにココナッツチップの三種類がある。難を言えば、どれも甘いことだろう。

「大丈夫だ。三時間近く眠れた」

朝倉はドライパイナップルを摘んで口に放り込んで胡座《あぐら》をかき、右の拳で腰を叩いた。硬い床で横になっていたため、腰に違和感があるのだ。このまま横になっていれば、筋肉を痛めただろう。

「中村」

国松がうたた寝をしている中村の肩を揺さぶった。

「はっ、はい！」

中村は慌ててよだれを掌で拭った。

「少し早いが、二台目のドローンの準備をしてくれ。一台目のビデオカメラのバッテリーの減りが、思ったより早いんだ」

国松が見ている監視映像には、撮影しているビデオカメラのバッテリー残量が表示されているのだ。

「スリランカは暑いんですよ。バッテリーの放電が早いかもしれませんね」

中村は欠伸をしながら、コンテナから別のドローンとＷｉ－Ｆｉビデオカメラを出した。

「氷点下で電池の蓄電能力が落ちるのは分かるが、暑さで電池の放電が早くなるのは、都市伝説のようなものだ。単純に日本で充電したために、輸送途中で放電したのだろう」

国松が苦笑しながら言った。

「そうなんですか。コロンボに着いてからもう一度、充電しておけばよかったですね」

中村はドローンにＷｉ－Ｆｉビデオカメラを組み込みながら舌打ちした。Ｗｉ－Ｆｉビデオカメラは優れものだが、一体型でないのでドローンに一々組み込む必要がある。

「おっ！　建物から誰か出てきたぞ。背の高い男だ。バイクに乗るぞ！」

国松が興奮した声で言った。国松らには朝倉が目撃した男たちの特徴を伝えてある。

「本当か！　無線機をオンにしろ」

朝倉は足元のバックパックを手にすると、後部ドアから飛び出した。ランドクルーザーのウィンドウを叩いて、車内で眠っているアジャンタらを起こすと、バイクに跨った。

――こちらサラディーン０１、ブルーフォックス０１、応答願います。

ブルートゥースイヤホンに国松の声が響いた。さっそく無線連絡が入った。彼はサラディーン０１、中村はサラディーン０２というコードネームを使っている。

「こちらブルーフォックス０１、感度良好だ」

朝倉はスマートフォンをバイクのハンドルに設置してあるスタンドに取り付け、ＧＰＳ

発信機のアプリを立ち上げた。

――背の高い男がバイクで、東に向かって走り出した。

国松からの連絡と同時にアプリの地図上の赤い点が、東に移動しはじめた。朝倉がパルサー２２０Ｆに取り付けたＧＰＳ発信機は、正常に作動しているということだ。

「了解。ターゲットは、一人なんだな。引き続き監視を続けろ」

犯人は二人だった。一人なら別行動を取るということだ。先にアジトを離れるのなら囮《おとり》かもしれない。国松らには見張りを継続させるべきだろう。

朝倉はバックパックを背負うとエンジンを掛けたが、ライトは点けずに待った。交通量が少ない夜間の尾行は気付かれやすいため、アプリを使ってターゲットと距離をとって追跡するのだ。

――こちらサラディーン０１、ターゲットは、スキナーズ・ロードに入った。さらに東に向かったぞ。

「分かっている。追跡する」

――こちらコティヤ０１、我々はどうしたらいい。

アジャンタらとは無線の周波数を共有していたのだ。

「待機してくれ。まだアジトに一人残っている。夜が明けても動きがないようなら、突入しても構わない」

――任せろ。

「頼んだぞ」

朝倉はライトを点灯し、バイクを走らせた。

闇が揺れた。

田村は浅い眠りから覚めた。

船体に横波でも当たったのだろう。すでに出港しているのだが、それが数時間前なのか、一日前なのかも分からない。時間の感覚はもはやないのだ。

手探りでペットボトルを探した。出港前に犯人側から、五百ミリリットルのペットボトルを三本渡されている。少しずつ飲んでいるが、すでに一本飲み干し、二本目を飲み始めていた。

半身を起こし、手に当たったペットボトルを摑むと、コンテナの壁に背をつけて座った。こんな動作でも余計な労力を使いたくない。というか食事をしていないせいで、血糖値が著しく落ちて力が入らないのだ。

殺されたナナヤッカラの死体は、出航後にコンテナから運び出された。沖に出たところで捨てられたのだろう。

田村はキャップをゆっくりと開けるとペットボトルを高く掲げ、直接口をつけずに少しだけ水を飲んだ。口をつけて飲めば、ペットボトル内の水が口内の雑菌で汚染されてしまう。戦場での常識であり、サバイバル訓練でも同じことをしてきた。

「俺は死ぬのか？」

ペットボトルのキャップを閉めた田村は自問した。船はコンテナ船のようだ。とすれば最終的な港に到着するのはおそらく一、二週間掛かるはずだ。その前に飢えと渇きで死ぬだろう。

ふと、友人であり特戦群時代の仲間である朝倉の顔が頭に浮かんだ。一昨年殺し屋に命を狙われた際、誰よりも早く病院に駆けつけてきてくれた。彼は友人であると同時に、自衛隊と警察のハイブリッド捜査機関の特別捜査官でもある。田村の失踪を受けて、スリランカまで来ている可能性はあるだろう。

だが、さすがに今度ばかりは彼の聡明《そうめい》な頭脳で推理しても田村の行方が分かるとは思えない。スリランカに赴任する前に、友人として会っておくべきだった。

体力の消耗を防ぐため横になり、目を閉じた。今度また生きて目を開けられる保証はないが、できるだけ生き続けるのだ。瞼を閉じようが開けようが、闇の濃さは変わらない。

「友よ、さらばだ」

田村は暗闇に向かって呟いた。

3

午前五時四十分、Vストローム650のスロットルを握る朝倉は、E01・サウザン・エクスプレスウエイを南に向かっていた。

コロンボ13区から約二時間。百十キロ移動しているが、平均時速は五十五キロほどで高速道路を使っている割には時間が掛かり過ぎている。追跡しているパルサー220Fに乗った男が急ぐわけでもなく、走っているからだ。

「どこまで行くんだか」

朝倉はスマートフォンの地図上の赤いシグナルを見て溜息を吐いた。パルサー220Fは一キロ先をまだ移動している。もっとも、高速道路上なので、次のインターチェンジの出口はまだ先である。すでにスリランカ島の南端に近付いていた。

暗闇が薄れ、道路脇に広がるジャングルと夜空の際がはっきりとしてきた。まもなく日の出である。

朝倉はバイクのライトを消すと、スピードを上げた。パルサー220Fとは、二百メートルほどの距離まで縮めるつもりだ。

「うん？」

朝倉はスマートフォンに表示されたＧＰＳ発信機のシグナルを見て首を捻った。パルサー２２０Ｆが、五百メートル先のインターチェンジから出てアクセス道路に入ったのだ。

「ガル？」

道路の左手に現れた道路標識の英語表記を読んだ。出口五百メートル、ガルとシンハラ語とタミル語、それに英語で表示されている。英語表記での発音も日本語表記の地図でもガルだが、地元の人間はゴールと発音する。

インターチェンジの出口からアクセス道路に入り、料金所を抜けてそのまま三キロほど進む。信号機があるはじめての交差点も通過するとアクセス道路の突き当たりのＴ字路に出た。その先は、朝日に照らされた海岸になっていた。

パルサー２２０ＦはＴ字路を右折し、海岸道路であるティッサマハラマ・ロードを西に進み、ゴールの中心部へと向かっている。

「むっ」

朝倉はスピードを落とした。

パルサー２２０ＦのＧＰＳ発信機の信号が静止したのだ。

一キロほど進み、朝倉はＧＰＳ発信機の場所を通り過ぎた。

地図上では通り越したのだが、バイクを視認することができなかった。ＧＰＳ発信機が捨てられていないのなら、近辺の建物の中か陰にバイクは停められているのだろう。ＧＰ

Sの誤差は、数メートルから十メートルほどある。バイクを肉眼で確認できなければ、どこに停まっているのか判断がつかない。

通りは、電化製品販売店、中古車販売店、レストランなど小さな店が肩を並べる地元の商店街である。

百五十メートルほど先でUターンし、再び同じ場所を通り過ぎた。

「おっ」

朝倉はにやりとすると、百メートル先の〝ミルキーウェイ〟というファミリーレストランの駐車場にバイクを停めた。

パルサー220FのGPS発信機がある場所が分かった。中華料理の写真をバックに〝中国餐庁《ツァンティン》・客桟《コーチェン》〟と中国語の簡体字で大きく記された看板を掲げる建物があり、英語で〝チャイニーズレストラン&ホテル〟と書かれている。その他の店は、シャッターを下ろしていた。朝倉が追いつくまでにシャッターを上げて、バイクを隠したとは思えない。

〝中国餐庁・客桟〟は、三階建てである。一階は〝餐庁〟と看板にあるようにレストランになっているが、その上は〝客桟〟、直訳すれば旅館だがビジネスホテルのようだ。しかも建物の脇に車が一台通れるほどの通路があり、裏に駐車場があるらしい。パルサー220Fは、建物の陰になっている駐車場に停められたに違いない。

朝倉はバイクをレストランの駐車場に置き、ヘルメットをハンドルに括《くく》り付けると、バックパックからペットボトルの水を出して喉《のど》を潤した。

一息ついてスマートフォンで周囲の地理を調べていると画面が突然通話モードに変わり、呼び出し音が鳴った。

「俺だ」

通話ボタンを押して返事をする。

——夜が明けたので、アジャンタはアジトに突入するそうだ。

国松からの電話である。彼も追跡アプリでパルサー２２０Ｆの位置は掴んでおり、予備のＧＰＳ発信機を朝倉自身も携帯しているので、こちらの現状を理解しているはずだ。ＧＰＳ発信機の信号の位置が停止したので、連絡してきたのだろう。

「一晩見張りをして、くたびれたのだろう。彼らの捜査に口を出すことはできない。アジトに踏み込み、犯人を逮捕したら、俺と合流してくれ」

立ち止まった朝倉は、苦笑した。できれば今日一日、監視活動は続けて欲しかったが、仕方がない。

——了解。突入は午前六時半らしい。我々も機材を引き上げる。

機材とはドローンのことである。

「了解。こちらの状況は、ターゲットが、ホテルに入ったようだ。とりあえず、ターゲットの位置を確認後に監視活動を始めるので、早く合流してくれ」

朝倉は簡単に説明した。

スマートフォンをポケットに戻した朝倉は、ジャケットを脱いだ。

気温は二十八度ほどだが、朝日を浴びているせいか体感温度は、三十度を超している。今日も暑くなりそうだ。

朝倉は〝中国餐厅・客栈〟とは反対の東に向かって百メートルほど歩き、海岸に延びる細い路地に入った。

パルサー220Fを確認するのに〝中国餐厅・客栈〟に直接乗り込むのはまずい。尾行の有無を確認している可能性があるからだ。そのため、裏道から侵入を試みるつもりだ。百メートルほど先に木々が生い茂る路地があった。朝倉は路地に入り、西に向かって進む。木陰が気持ちのいい小道である。

三百メートルほど歩くと、開けた場所に出た。右手には一・五メートルほどの高さのフェンスの向こうに空き地が広がり、左手はゴール港で、埠頭《ふとう》に小型の貨物船が停泊していた。港の反対側にある桟橋には漁船が沢山停泊している。

ゴールは州都でかつ県都でもあり、世界文化遺産にも登録されているため、港は観光に力を入れているかと思ったが、ただの漁港である。

右手を額にかざして周囲を見渡したが、人気はない。住民が活動する時間帯ではないらしい。

朝倉は右手をフェンスに掛けると、軽々と飛び越し、広場を小走りに通り抜けた。椰子の木の向こうに小さな駐車場がある。敷地を区切るフェンスまで近付いたものの、白いバンと青いワゴン車、それに赤い乗用車が停めてあるのは見えるが、バイクは確認できない。また、田村を拉致したと思われる黒いバンはなかった。淡い期待ではあったが、バイクよりも黒いバンがあればと念じていたのだ。

仕方なくフェンスを飛び越して駐車場を横切ると、一番奥の白いバンの隣りにパルサー２２０Ｆが停めてあった。

バイクのすぐ後ろには裏口と思われるドアがあり、鍵は古いシリンダー錠である。

「よし！」

周囲の状況を確認した朝倉は踵《きびす》を返して駐車場のフェンスを飛び越し、瞬く間に走り去った。

4

午前九時二十分、ゴール、ティッサマハラマ・ロード。

朝倉は、ファミリーレストランの駐車場の片隅にあるパラソルを挿した屋外用のテーブル席に座っている。気温は三十二度、晴れているせいか湿度は若干下がったようだ。それにパラソルの作り出す影のおかげで、意外と過ごしやすい。スリランカの気候に慣れてきたせいもあるのだろう。

テーブルには空のグラスと、大小二枚の皿が載せられている。

空のグラスには、ガスラブと呼ばれるパパイヤジュースが入っていた。また、大皿はご飯の周りにチキンカレーと豆カレー、それにフィッシュカレーの盛り合わせ、小皿にはお椀《わん》型の小麦の薄皮の中に玉子を入れて焼いたエッグホッパーと呼ばれる軽食が載せられていたのだ。ゆっくり食べたのだが、十分ほど前に食べ終わっている。

カレーはココナッツミルクをベースにしているため、そこそこ辛かったが優しい味で、インドカレーよりも油っぽくなく意外とあっさりと食べられた。また、ホッパーは朝ごはんに限らず、スリランカでは子供のおやつ代わりに食べられるそうだ。食べ方は工夫次第らしいが、カレーをかけて巻いて食べてみたところ、抜群にうまかった。

レストランは午前七時四十五分から開店しており、駐車場を気兼ねなく使うために朝食を食べることにしたのだ。

目の前にハイエースが停まった。国松と中村が到着したのだ。

「ご苦労さん」

朝倉が軽く右手を上げると、二人は疲れた様子で車を降りてきた。

「あれっ、朝ご飯食べたんですか？」

目ざとく中村がテーブルの空の皿を見て、恨めしそうな顔で言った。

「皿を片付けるついでに、朝ごはんを食べてこい。打合せは後で構わない」

朝倉は空の皿とグラスを中村に渡した。彼の態度は予想の範囲である。

「ありがとうございます」

皿を手にした中村は、駆け込むように店に入っていった。よほど腹が減っていたのだろう。

「仕方のない奴だ」

苦笑した国松は、朝倉の正面の席に座った。

「飯に行かないのか？」

「ドライフルーツを食べ過ぎて、腹が減っていないんだ」

朝倉の問いに国松は、首を振った。よほどドライフルーツが気に入ったらしく、よく口にしていたのを知っている。糖分が高いので血糖値が下がっていないのだろう。

「胸焼けがするほど、食べたのか、呆れたな。とりあえず、報告してくれ」

鼻先で笑った朝倉は、国松を促した。アジャンタが監視していた13区のアジトに突入し、三人の男を逮捕したことは報告を受けている。

「逮捕した三人の男は、黙秘を貫いているそうだ。驚いたことにアジトに二十丁ものAK47と爆薬が隠されていた。NTJの残党という可能性が高いようだ」

　国松は目を擦《こす》りながら答えた。

「ＡＫ４７が二十丁！」

　朝倉は声を上げた。

「アジャンタに聞いたんだが、昨日、警察がイスラム教の寺院で、大量の武器弾薬を見つけたそうだ。イスラム教徒は、革命を起こすつもりだったとスリランカ政府は見ているらしい。恐ろしいことだ。放っておけば、内戦になる可能性もあった」

　国松は大きな息を吐き出すと、持参したペットボトルの水を飲んだ。

「イスラム教徒か……」

　朝倉は腕を組んで首を傾げた。

「疑問でもあるのか？」

　国松は訝しげに朝倉を見た。

「爆弾テロ事件は、確かにＮＴＪが関係していたのだろう。だが、イスラム教徒は、この国では少数派だ。革命や内戦に発展することはないだろう。それに田村の拉致事件に関しては、イスラム教徒とは関係ない気がする」

「それじゃ、テロリストのバックはなんなんだ？」

　首を傾げた国松は尋ねてきた。

「まだ分からないが、華僑が関係していると思っている。ここまで来たのも華僑のルートを追ってきただろう」

朝倉は渋い表情で答えた。

「華僑の暴力団が絡んでいるのかもしれないな。拉致犯の中国車、その車を販売した華僑の輸入代理店、その輸入代理店のオーナーを殺害した男たちは、なぜか中国系のホテルに泊まっている。まるでパンくずを拾ってここまで来たような感じだな」

国松は何度も頷いてみせた。

「中国マフィアが、中国資本と一緒にこの国に流れ込んできたのだろう。彼らが犯罪に関わっていたとしても不思議じゃない」

朝倉も大きく頷いた。

「なるほど中国マフィアか。だが、彼らを手先にしている組織を暴かないと、田村二佐を見つけることはできないだろうな。国軍の協力はなんとか得られているが、それでも人手不足は深刻だよ。長期戦を覚悟しないといけないだろうな」

国松は苦り切った表情で言った。

「いや、時間の経過とともに田村の生存率は下がる。黒幕を暴くのは最終目的だが、田村はまだその手先に囚《とら》われている可能性が高い。まずは目の前の敵を倒すことだ」

朝倉は焦っていた。事件が発生してから、すでに三日経っている。アジャンタではないが、人手不足なりの捜査をするとしたら、見つけた敵を片っ端から捕まえて尋問するほかないのかもしれない。

「それじゃ、ホテルにチェックインした男を逮捕するつもりなのか？　我々には権限がないぞ」

　国松は肩を竦めた。

「コロンボ13区のアジトのようにアジャンタに頼むほかないだろうな」

　スマートフォンを出すと、朝倉はアジャンタに電話を掛けた。

「朝倉だ」

――ライダーの動きはあるか？

　アジャンタは眠そうな声で電話に出た。朝早くに行った大掛かりな捜査で、疲れているのだろう。

「まだ、動きはない。だが、移動する前に逮捕した方がいいと思う。君が言うように人員が足りない。我々も三人ではいつまでも監視体制を維持できない。すまないが、男を逮捕するために捜査員を送ってくれないか？」

　気は進まないが、致し方ない。

――残念だが、それはできない。今朝、逮捕した男たちを拷問《ごうもん》、いや、尋問している。なかなか口を割らないんだ。こっちも手一杯で、そっちに送る人員はいないんだ。

　口を滑らせたように、拷問しているらしい。

「だが、背の高い男の方が、背後の組織に詳しい可能性がある」

朝倉は説得を試みた。極端な話、今朝捕らえた三人の男は、尋問は後回しにして勾留しておけばいいのだ。

——悪いが、人員は割《さ》けない。もし、逃げられそうなら、そっちで逮捕してくれ。

アジャンタは面倒臭そうに言った。

「馬鹿な。我々はこの国では民間人と同じだ。逮捕権もないんだぞ」

朝倉は思わず右手を振った。

——大丈夫だ。逮捕したら、ロープで縛り上げて車にでも拘束しておいてくれ。後で我々が引き取りに行けばいいんだ。

「逮捕した男から、人権侵害だと訴えられたら、それでお終《しま》いだぞ」

現行犯逮捕なら、民間人にも逮捕権はある。だが、突入して逮捕したら現行犯逮捕にはならない。

——人権侵害？　どこの国のことだ？

アジャンタの鼻息が聞こえた。

「いや、しかし……」

——君の言いたいことは分かる。人権無視をしていると言いたいのだろう。我々も避けたいところだが、仕方がない。それにこの国では、時と場合により、人権問題は後回しになる。臨機応変に振る舞ってくれ。君たちの身分は保証する。思う存分、働いてくれ。ただし、……武器を所持しての逮捕は避けてくれ。

「抵抗されたらどうするんだ？」

――……反撃はあくまでも正当防衛の範囲を超えないでほしい。それから、警察沙汰にならないように、密かに捕らえてくれ。

アジャンタは言いにくそうに答えた。

軍の方で法の解釈を曲げようとしているようだが、犯人逮捕時の武器所有を許さないと言うのは矛盾している。一方的に相手に怪我をさせては、まずいということなのだろう。

「分かった。警察に知られずに、激しい抵抗を受けないように逮捕すれば問題ないんだな」

苦笑した朝倉は溜息を漏らした。

5

午後五時四十分、昼過ぎから降り始めた弱い雨は、止むことを知らない。

気温はまだ三十度ある。

ビジネスホテル〝中国餐厅・客桟〟の道を挟んで斜め向かいに、一階にレース生地専門店と家電の店が入っている二階建てのビルがあった。

ゴールは植民地時代に航海上の要所として栄え、様々な欧米文化が流入した名残《なごり》があり、その一つであるボビンレース（レース織り）が職人の手で今も受け継がれている。

二階は一階のレース生地専門店のオーナーの住居になっており、親子二世帯が住んでいるそうだ。

迷彩柄のポンチョを着た朝倉は、そのビルの屋上で暗視双眼鏡を手に立っている。日本から来た写真家と名乗り、屋上から野鳥の観察をしたいとオーナーに申し出て許可を得ていた。スリランカは野鳥天国で、ジャングルや水辺で珍しい鳥を見ることができるため、オーナーも疑うことはなかった。

いつまでもファミリーレストランの駐車場に居座ることができないこともあるが、ここなら〝中国餐庁・客桟〟を肉眼で監視することができ、何かと都合がよかったのだ。ビジネスホテルの正面に自動車販売店があるが建物が平家のため、少し離れていてもレース生地専門店の建物の方が監視に適していた。

監視をはじめて十時間以上経つが、パルサー220Fはまだビジネスホテルの駐車場にある。追跡してきた背の高い男も外出していない。

ホテルの客室の窓には、カーテンが掛けられているが、辺りが暗くなってきたためにカーテンの隙間から光が漏れている。驚いたことに全室に明かりが灯《とも》っていた。客を装って電話を掛けて空き室状況をフロントに聞いてみたところ、満室だという。

　ホテルの看板には二十二部屋と記されている。リゾートホテルならともかくビジネスホテルにも拘わらず駐車場に車が三台とバイクが一台で、二十二部屋が満室というのはおかしなことである。一台の車に何人も乗って移動してきたということだろう。

「そろそろ交代する時間だ」

　背後に設置してある雨よけのタープから同じポンチョを着た国松が出てきた。雨季のスリランカに雨具は必須である。陸自に供給されている迷彩の軽量ポンチョを用意してきたのだ。中村は近くの道路脇に停めたハイエースの運転席で待機している。交代で車の中で休憩を取り、体力を回復させるのだ。

　パルサー２２０Ｆの男を日が暮れたら拘束しようと思っていたが、彼がチェックインしている部屋も分かっていない。このままでは長期戦になってしまう。

「日が暮れてカーテンを開けることもないだろう。一晩粘っても無駄かもしれないな」

　朝倉は国松に暗視双眼鏡を渡した。

「男が外の様子を覗くかもしれない。とにかく、できるだけのことをするだけさ」

　国松は暗視双眼鏡でホテルを覗きながら言った。コロンボ１３区のアジトで背の高い男の姿だけでなくヘルメットを被る前の顔も監視ビデオで撮影したので、国松や中村も男の顔を見れば分かるはずだ。

「悠長に構えることはできない。期限は、今夜までだと思っている。それ以上は、待てない」

朝倉はタープの下に入り、腰を下ろした。拉致された田村が、まともな扱いを受けているとは思えない。状況は、刻々と悪化しているはずだ。それを思うと、正直言って焦っていた。

「どうするつもりだ？」

国松は双眼鏡を下ろし、振り返った。

「ホテルのフロントで、宿泊名簿を調べ、例の男を確保するつもりだ」

朝倉はスリランカのジンジャーエールであるＥＧＢを飲むと、プラスチック容器に入ったパティスを摘んだ。パティスは魚のすり身や卵が入っている揚げ餃子《ギョーザ》のような食べ物である。中村がファミリーレストランからテイクアウトしたもので、手を汚さずに食べることができ、張り込み中の携帯食としてもってこいだ。

「宿泊客になりすましてフロントに尋ねても答えてはくれまい。それとも、フロント係の胸ぐらを摑んで脅すのか？」

国松は双眼鏡を覗きながら尋ねた。

「そんな必要はない。金で喋《しゃべ》らせるんだ」

「まあ、地方のビジネスホテルだから、金を渡せば、話してくれるかもしれないな。だが、こっちは背の高い男の名前も分かっていないんだぞ。どう尋ねるんだ？」

「チェックインの時間だ。男は俺の五百メートル先を走っていた。ホテルに到着したのは俺より、数分前だろう。とすれば、午前六時五、六分にチェックインしたはずだ。しかもそれ以降にチェックインした客はいない……」

朝倉は自分の言葉に首を捻った。

「なるほど、午前六時五、六分にチェックインした客は誰かと尋ねればいいんだな」

国松は頷いた。

「ビジネスホテルは、満室のはずだ。チェックアウトした客が誰もいないのはおかしくないか？　仲間が逮捕されたことで、背の高い男が外出を控えている可能性もあると思っていたが、他の客には関係ないはずだよな」

朝倉は腕組みをして考えた。

「今日は水曜日だ。ビジネスマンが平日に仕事に出かけないのは、怠慢だな」

暗視双眼鏡で監視しながら国松は肩を竦めた。

「あのホテルに宿泊しているのが、ビジネスマンとは限らないが、外食もせずに三食を一階のレストランで済ますのはおかしくないか？」

このあたりにはスリランカ料理だけでなく、他の食事を出す店もある。三食中華料理というのは解せない。個人差はあるだろうが、宿泊客全員がそれで済ませられるというのは、不自然である。

「確かに変だな」

国松は暗視双眼鏡を下ろして首を振った。

「あのホテルもアジトだという可能性が、高くなったということだな」

朝倉は眉間に皺を寄せた。

「それなら、フロントに尋ねて金を渡したとしても、まともに対応するとは思えない。一斉に踏み込まないと、手の打ちようがないか」

国松は難しい顔になった。

「小さなホテルだが、包囲網を築き、四方から一斉攻撃をするのなら相当な兵力がいる。アジャンタに頼めば、小隊クラスは動員できるかもしれない。だが、特殊部隊の協力を得られるのならともかく、人質奪回のための隠密攻撃ができるとは思えない」

朝倉は特戦群時代に、敵陣地を攻略するための様々な特殊な訓練を受けている。それこそ落下傘降下、ヘリコプターからの降下であるヘリボーン、ビルからの降下など、あらゆる場面を想定した厳しい訓練を毎日のようにこなした。だが、通常の普通科の部隊にはそんな技術も経験も求めることはできない。

「そうかもしれないが、男が逃走するのは防ぐことができるだろう」

答えた国松は、首を傾げている。朝倉の危惧《きぐ》していることが分からないようだ。

「もし、ホテルがアジトの場合、武装したテロリストが潜伏している可能性も考える必要がある。それだけじゃない。もし、田村が囚われていたらどうする。踏み込んだことがバレた時点で殺されるぞ」

朝倉が一番心配しているのは、田村の存在であった。

「たっ、確かに」

国松は両眼を見開いた。

「だが、やらなきゃな」

朝倉は立ち上がると、国松と並んで立った。

6

四月二十五日、午前一時十分、ゴール港。

小さなバックパックを背にした朝倉は、ゴール港の埠頭に近い道路から貨物船が波に揺られる様を見つめていた。

気温は二十七度まで下がっている。雨は止んで湿度は高いが、海風が心地よい。

――こちらサラディーン０１、ブルーフォックス０１、応答願います。

国松の声が、ブルートゥースイヤホンから聞こえる。無線連絡が入ったのだ。

「ブルーフォックス01、どうぞ」

返事をした朝倉は、振り返って空き地の向こうにあるホテル側の暗闇を見つめた。

――ホテルに変わりはない。

国松と中村は、ティッサマハラマ・ロードからビジネスホテル〝中国餐庁・客桟〟を監視している。

ホテルの各部屋の照明がすべて消えてから一時間半が経った。ホテル内の人間は眠ったころだろう。

「了解。これから、潜入する」

――こちら、サラディーン02、本当に一人で大丈夫ですか？

中村が無線に割り込んできた。

ホテルには朝倉が一人で潜入することになっている。武器は不携帯で潜入するため、頼れるのは己の力だけである。中村も警務隊で様々な訓練を受けてきたが、朝倉から見れば力量不足なのだ。

「緊急の場合は、要請する。待機していろ。これは命令だ！」

朝倉はいつにない強い調子で言った。

仕事はできる男だが、中村はともすると公私の境目が不明瞭になる傾向があった。私的な場面では、一切こだわらないが、任務中はそれでは困る。彼と国松は朝倉にとっては部下であるが、釣り仲間でもある。さすがに中村はタメ口を利かないが、朝倉を上官と思っていない節があるのだ。朝倉と実戦的な厳しい訓練をした経験がないせいだろうが、それが現場では命取りになる可能性がある。戦闘力うんぬんの前に危険が伴う今回のような作戦では使えないのだ。

——りょ、了解しました。

中村は声を裏返して返事をした。

朝倉はポケットから防刃グローブを出し、両手にはめた。特殊作戦群でも採用されているもので、防水防刃の上に掌の甲の部分は強化樹脂のプロテクターで強化されている。

「よっしゃ！」

両手で頬を叩いて気合いを入れると、道路脇のフェンスを飛び越し、広場をゆっくりと進んだ。走りたいところだが、周囲に明かりがなく墨《すみ》を流したように暗い。記憶に従って七十メートルほど先にある〝中国餐庁・客桟〟の建物を目指して進むよりほかないのだ。

広場の反対側のフェンスの前で立ち止まった。今のところ誰にも気付かれずにここまで来られたらしい。朝方に忍び込んだ際に、防犯システムは特になかったことは確認している。ホテル側のフェンスも飛び越し、駐車場を横切って裏口のドアの前に立つ。

試しにドアノブを回したが、鍵がかかっている。朝倉はバックパックからピッキングガンを出して鍵穴に差し込み、トリガーを数度引いてロックを解錠した。

ドアを少し開いて中を覗くと、非常灯が照らし出す薄暗い廊下が見える。人気がないことを確認すると、朝倉は建物に足を踏み入れた。

廊下を進むと、フロントの脇からエントランスに出た。小さなカウンターの上に服務台（フロント）＆會計（会計）と記された三角プレートとキャッシャーが置かれている。一階のレストランと上階のホテルのフロントを兼ねているようだ。観葉植物の鉢が置かれ、その向こうには四人席テーブルが、八つある。

カウンターの引き出しに、ノートＰＣがあった。電源を入れると、当然のことながらパスワードを聞いてきた。ダメ元で、何パターンか四桁の数字を入力してみたが、誤入力とメッセージが表示されるだけである。

「くそっ」

朝倉は舌打ちした。特別強行捜査班に所属している捜査員ならＩＴには強いが、セキュリティーを破れるほどの能力はない。それが出来るのは、サイバー犯罪対策課に所属していた戸田だけである。彼はハッカーとしての腕もあり、未だに元の部署から応援を頼まれるほどだ。

手書きの宿泊名簿か台帳があればと思ったが、引き出しにはパソコンの他には、キャッシャー用の感熱紙のロールだけである。

カウンターの背後には昔ながらの部屋の鍵を収める棚が置かれていた。棚に残されている鍵は一つもなく、満室というのは本当のようだ。

　朝倉はカウンターの周りを調べはじめた。フロント係が迂闊にもパソコンの暗証番号を忘れた際の予防措置として、パスワードを記載したメモや付箋《ふせん》が貼り付けてあるかもしれないからだ。

「おっ」

　カウンターの天板の下を覗いた朝倉は、思わずほくそ笑んだ。長さが八センチ、幅が五センチ、厚さは一センチほどのプラスチックのケースが貼り付けてある。朝倉はケースをカウンターから取り外した。マジックテープで貼り付けてあったのだ。

ケースの蓋をスライドさせると、中には小さな鍵が入っていた。鍵を手にした朝倉が、周辺を調べると、鍵棚の横の壁に縦長の扉があった。壁紙が貼られているため、鍵穴がなければその存在に気が付かなかっただろう。鍵を差し込んで回転させると、問題なく扉は開いた。

「なっ！」

　中を見た朝倉は、眉を吊り上げた。棚の中にはＡＫ４７が四丁立てかけてあったのだ。ここがただのビジネスホテルでないことはこれで明白である。ＡＫ４７を取り出し、マガジンに銃弾が入っているか確認する。隠し場所からしても、銃はいつでも使える状態にしてあるようだ。

朝倉は銃を元に戻してポケットからスマートフォンを出し、ＡＫ４７を撮影すると、扉を閉じて鍵を掛け、鍵も元の場所に戻した。

「……？」

朝倉は首を傾げ、耳を澄ませた。微かに足音が聞こえてきたのだ。エントランスには階段があるが、エレベーターは見当たらない。誰かが階段を降りてくるらしい。

ビジネスホテルに忍び込んだ理由は、フロントで宿泊名簿か帳簿を見つけて背の高い男の部屋を調べ、密かに男を拘束することだった。拘束するといっても、力尽くで男を拉致するほかない。そのためには武器を持った敵と素手で闘うことも覚悟してきたが、部屋が特定できないのでは、まったく意味がない。

「撤収するか」

呟いた朝倉は足音を忍ばせ、ホテルから退却した。

フェーズ６：ゴールのアジト

１

午前三時五十分、ゴール、ティッサマハラマ・ロード。

道路脇に立って東の方角を見ていた朝倉は、近付いてくるランドクルーザーに手を振った。アジャンタが部下を連れてやってきたのだ。

朝倉はビジネスホテル〝中国餐庁・客桟〟のフロントの隠し棚にＡＫ４７を発見したことをアジャンタに連絡し、協力を要請した。

彼はコロンビア１３区のアジトで逮捕した三人の男の尋問に没頭し、朝倉が追跡している背の高い男に興味は示さなかった。だが、さすがに新たなアジトを見つけた可能性があると聞き、駆けつけてきたのだ。もっとも、拷問に近いことをしていたにも拘わらず、逮捕した男たちが口を割らなかったこともあるらしい。

「日本の捜査機関は、いつも休まずに犯人を追い詰めるのか？」

アジャンタは、首を振りながらも右手を上げて車から降りてきた。皮肉っぽく聞こえるが、彼独特の冗談だろう。

「時と場合による。今は寝る間もない。頼んだものは、手に入ったのか？」

朝倉は意に介さずに尋ねた。

「ああ、持ってきたよ」

アジャンタが振り返ると、彼の部下が大きなタクティカルバッグを手にランドクルーザーから降りてきた。

「さすがだな」

朝倉は部下からタクティカルバッグを受け取ると、ファスナーを開けて中を確認した。暗視ゴーグルが付いたヘッドセットとボディーアーマーが三セット入っている。朝倉と国松と中村の三人分をアジャンタに頼んでおいたのだ。

もう一度〝中国餐庁・客桟〟に潜入し、背の高い男を拘束するつもりである。前回と違い、ビジネスホテルは一般市民が経営しているものでないことは分かっている。保管されていた銃から判断するに、テロリストのアジトだと判断してもいいだろう。

「これなら、一緒に行動できますね」

傍らに立っていた中村が、自分と国松の分のヘッドセットとボディーアーマーをバッグから取り出し、笑って見せた。ある程度装備を整えれば、一緒に突入することを許可していたのだ。

「まあな」

朝倉は苦笑がてら頷いた。

「準備に取り掛かろう」

アジャンタの指示で、三人の部下がボディーアーマーを着用しはじめた。

「援軍はどうした？」

朝倉は彼らの行動を見て、怪訝に思った。アジャンタにはビジネスホテルの周囲を封鎖するだけの人員を要求していたのだ。寝込みを襲うので、突入するのは四、五人のチームが、二つもあれば充分だろう。

一チームを朝倉が指揮し、国松と中村、それにアジャンタと三人の部下は別のチームである。だが、銃撃戦になった場合は、武器を持たない朝倉のチームは撤退し、援軍が対処すればいい。それに、万が一取り逃がした場合に備え、ホテルの周囲に人員を配置しておく必要があるのだ。

「上層部に掛け合ってみたが、援軍の許可は得られなかった」

アジャンタは溜息を漏らした。

「君は、参謀本部の将校だろう。小隊クラスならすぐに招集できるんじゃないのか？」

参謀本部は軍の指揮系統の頂点に立つはずだ。アジャンタから上官に連絡すれば、部隊に命令が出来るはずだ。

「ちょっといいか」

首を左右に振ったアジャンタは朝倉に手招きし、他のメンバーから離れてランドクルーザーの後ろに回った。二人だけで話がしたいらしい。

「どういうことだ？」

朝倉は渋い表情で尋ねた。

「実は上層部から、捜査は私と部下の四人だけで行うように命令されていた。だが、今回は、あらかじめ犯人が武器を持参していることも分かっている。当然援軍を要請できると思っていたのだが、却下されたのだ」

アジャンタは不愉快そうに話した。

「捜査に制限が掛けられているということか？」

朝倉は苛立ち気味に尋ねた。

「そういうことだが、なぜか拉致事件の捜査を快く思わない幹部がいるらしいんだ」

アジャンタは溜息を吐きながら答えた。

「理由は？」

朝倉は腕を組んで、睨んだ。

「理由は……話せない」

アジャンタは首を振った。何か腹に持っているようだ。

「政治的な問題か？」

どこの国の軍隊でもそうだが、作戦行動に政治的な問題が関係している場合がある。

「おそらく……」

アジャンタは歯切れ悪く答えた。彼もよく分かっていないようだ。

「所詮外国人の問題に過ぎないと、上層部では考えられているんだろうな。俺たちの捜査は、この国に潜伏するテロリストの逮捕に繋がるんだ。それが分からないのか？」

朝倉は眉間に皺を寄せた。アジャンタに捜査協力を求めているが、成果は彼らというよりスリランカのためにもなる。もっと協力的でもいいはずだ。

「君らの協力は理解できるし、ありがたいと思っている」

後ろめたいのか、アジャンタは俯いて答えた。

「分かった。今ある人員だけで突入するほかないな。相手は武器を持っている可能性がある。何を持ってきた？」

彼を責めたところで、事態は変わらないだろう。

「グロック１７Ｃと特殊警棒だけだ」

アジャンタは上目遣いで答えた。

「俺たちの分はないのか？　君らと一緒なら銃を使ってもいいだろう。援軍がないのなら、俺たちも武装する必要がある」

朝倉らが銃を使用しても、彼らが使ったことにすればいいのだ。相手はＡＫ４７で武装している可能性がある。銃を構えた敵に素手で立ち向かうつもりはない。それに、ＡＫ４７の７・６２ミリ弾は、アジャンタが用意してきたボディーアーマーを簡単に貫通してしまう。

朝倉は、敵はＡＫ４７を所持していると報告している。とすれば、ボディーアーマーはタイプ3でなくてはならない。だが、彼が持ってきたのは、タイプ2であり、防げるのはハンドガンの9ミリ弾までだ。７・６２ミリ弾に対しては気休めにもならない。

アジャンタは自分の持っているグロックを想定したのだろう。もっともタイプ3を着用すると、動きにくいということもある。

「銃は余分に持ち出せなかった。武器に関しては、私程度の階級ではどうにもならない。下手に補給部に要求すれば、横流しを疑われる」

アジャンタの言っていることは正論である。兵士が使用する武器を管理できない軍隊は、腐敗する。その典型が中国なのだ。使用期限の過ぎた支給品から武器弾薬に至るまで軍部から闇ルートを通じて売買され、世界中に流通している。

「それなら、持参した特殊警棒は、使っても構わないだろう？」

首を左右に振った朝倉は、ベルトのホルダーに差し込んである特殊警棒を右手で叩いた。

所詮海外での捜査だと、諦めるほかなさそうだ。

「問題ない。あのホテルというか、アジトには何人ぐらい潜伏している？　手錠は一人三個ずつ持ってきたが」

　アジャンタは頷くと、尋ねてきた。

「部屋は二十二ある。満室らしいから、二十二人以上いるはずだ。逮捕したらその場で拘束し、動けないようにするべきだろう」

　朝倉は腰に下げてあるタクティカルポーチから樹脂製の結束バンドの束を出して見せた。特別強行捜査班の捜査員は一人につき手錠を一個は持っているが、それでは複数の犯人を逮捕した際に対処できないので、結束バンドとそれを切断するための小型のニッパも常備携帯するようにしている。

「一人で全員逮捕するつもりか」

　アジャンタは結束バンドの束を見て目を丸くした。

「そのつもりだ」

　朝倉は鼻先で笑った。

2

午前四時十分、ゴール港。

埠頭に近い道路に、暗視ゴーグル付きのヘッドセットを装着した七人の男が立っている。

朝倉はポケットの無線機とヘッドセットのイヤホンを接続し、無線機のスイッチを押した。他の男たちもそれに倣《なら》って、無線機の電源を入れる。

「テスト、テスト。みんな聞こえるな？」

朝倉がヘッドセットのマイクの位置を調整しながら無線機で尋ねると、他の六人の男たちも親指を立ててみせた。

「Aチームが先に潜入し、Bチームは合図を待て」

朝倉と国松と中村の三人がAチーム、アジャンタと彼の部下の四人をBチームとした。

本来なら、最低でも二人をホテルの外で見張りとして立たせるべきだが、敵を拘束するのに一人でも多くの人員が必要なため、あえて全員で潜入することにしたのだ。その代わり、すぐに脱出できるようにバイクとハイエースとランドクルーザーは、ビジネスホテルのすぐ近くに停めてある。

「オーケー。我々は援護するよ」

アジャンタは腰のホルスターに収められているグロック１７Ｃを叩いてみせた。

「行くぞ」

暗視ゴーグルを目の位置に下ろした朝倉は、号令を掛けて広場のフェンスを乗り越えた。前回潜入した時と違い、暗闇でも眼前の景色がはっきりと見える。

全員がフェンスを越えたことを確認すると、朝倉は七十メートル先のホテルのフェンスまで一気に走った。暗闇の中にいるとはいえ、無防備に身をさらすことは危険だからだ。

朝倉はホテル側のフェンスを飛び越すと、駐車場の車の陰に身を屈め、仲間が駐車場に入るまであたりの様子を窺った。

アジャンタのチームが遅れて駐車場に揃うと、朝倉はここで待機するようにハンドシグナルで合図を送り、国松らと裏口まで走った。

中村がピッキングガンでドアの鍵を開けると、朝倉はドアを開けて建物に入った。数時間前に潜入した時と変わりなく、館内は森閑と静まり返っている。

朝倉は廊下を進み、出入口手前で立ち止まると、天井近くにある配電盤ボックスを開け、メインブレーカーを落とした。夜間灯も消えて屋内は真の闇に埋もれる。これで、部屋から誰かが出てきたとしても、暗視ゴーグルを装着している朝倉らは、圧倒的に有利に行動できるのだ。

朝倉はフロントのカウンターの下から例のケースを外して鍵を取り出すと、隠し棚の扉を開けた。ＡＫ４７が四丁立てかけてある。

「えっ！」

後ろに立っていた中村が声を上げ、慌てて自分の手で口を塞いでいる。ＡＫ４７を発見したことだけ教えてあったので、フロントのすぐ後ろに隠してあるとは思っていなかったのだろう。

朝倉は無言でＡＫ４７を棚から出して国松と中村に渡し、自分の分も手に取ると、マガジンに実弾が入っているか確認した。棚の下にある予備の二十個ほどのマガジンを三等分して、各自のタクティカルポーチに入れた。ポーチは、ＡＫ４７を手にいれる前提で持参したのだ。アジャンタに頼れない以上、敵の武器で武装するほかない。

「こちらブルーフォックス０１、コティヤ０１、応答せよ」

朝倉は小声で呼びかけた。

――コティヤ０１、どうぞ。

「Ａチームは突入の準備ができた。合流してくれ」

――了解。

答えると同時にアジャンタは裏口から部下とともに入ってきた。

「そういうことか。まあ、いいだろう。やたらと使うなよ。近隣住民に銃声を聞かれるのは避けたい」

アジャンタは朝倉らが手にしているＡＫ４７を見て首を振った。

「分かっている。俺たちは三階からはじめる。そっちは二階だ」

朝倉は国松と中村の顔を交互に見て頷くと、階段をゆっくりと上がる。二階の踊り場で振り返ると、アジャンタらが、廊下に向かって進んで行った。

朝倉は右拳を上げて立ち止まり、三階の廊下の様子を窺う。廊下の右側に六つ、左側には五つのドアが並んでいる。

国松と中村の肩を叩くと、二人は右手の一番手前のドアの右側に立った。他の部屋を警戒しつつ朝倉がドアを開けると、二人は突入し、朝倉も銃を構えながら続く。国松がベッドに眠っていた男をうつ伏せにすると中村が口を塞ぎ、すかさず国松は男の腕を後ろ手にして結束バンドで締め上げた。

銃を下ろした朝倉は、男の足首を結束バンドで縛る。中村は用意していた細長い布を後頭部で結んで男の口を塞いだ。その間、手が空いた国松は男の荷物を調べて手提げバッグから銃とパスポートを抜き出す。ここまでの作業が終わるのに一分ほど掛かった。銃はＨ＆Ｋ ＵＳＰに似ているが、中国の９２式手槍かもしれない。また、パスポートを見る限り、中国人のようだ。

部屋を出た朝倉は、向かいのドアの前に立った。国松と中村がドアの横に並ぶ。手順は先ほどと同じだ。朝倉がドアを開け、国松らが部屋になだれ込み、五十秒ほどで新たな男を拘束した。今度の男も中国人である。やはり、このホテルは華僑マフィアのアジトなのだろう。

朝倉ら三人は、次々と男たちの寝込みを襲い、十分後には、突き当たりの部屋を残すのみとなった。どの部屋も十畳ほどの広さにシングルベッドとトイレとシャワールームがある、コンパクトな設計である。間取りが同じなので、国松らも手際がよくなった。

銃声。

階下で誰かが銃を撃ったようだ。ハンドガンの音で、ライフルではない。

舌打ちした朝倉はドアを開けて部屋に飛び込むと、手探りでベッドから下りようとしていた男の顎に強烈なパンチを浴びせて気絶させた。時間の節約である。

「行くぞ！」

朝倉は呆気《あっけ》にとられている国松と中村の背中を叩くと、廊下を走って階下に下りた。

二階の廊下でアジャンタと二人の部下が銃を構えている。傍らに彼の部下が倒れていた。胸に二発食らっている。すでに死亡しているようだ。

「ここから援護しろ」

朝倉は国松と中村を廊下の端に待機させると、アジャンタに近寄った。

「あと三部屋だった。奥の右側の部屋から出てきた奴にいきなり撃たれたんだ」

アジャンタはグロックを構えながら言った。

「相手も暗視装置を使っているのか？」

朝倉は二発の銃声を聞いているが、それでも暗闇で闇雲に撃っても当たるものではない。そもそも敵味方も分からずに撃つことはないだろう。

「分からない。背後から撃たれたんだ。振り向いた時には、右奥の部屋のドアが閉まるところだった」

アジャンタは険しい表情で答えた。

朝倉は左手を上げて国松と中村を呼び寄せた。

「銃声で残りの部屋の人間も起きたはずだ。俺は右奥、Aチームは左奥の部屋、Bチームは右手前に同時に突入だ」

それぞれのチームに指示を出した朝倉は、AK47の銃口を下げて奥の部屋のドア横に立ち、他のメンバーが配置に付くのを待った。

朝倉は左手でドアを開けると、AK47を横向きに構え、銃を前に突き出して戸口から三連射して飛び込んだ。

だが、部屋はもぬけの殻だった。窓が開いている。アジャンタの部下を撃った男は、銃撃直後に逃げたのだろう。

窓から身を乗り出して外を見た。地上までは、三・五メートルほどか。うまく飛び降りれば、怪我をすることもないだろう。

「ちくしょう！」

朝倉は壁を蹴った。

3

午前四時四十分、中国餐庁・客桟。

――こちらサラディーン０１、Aチーム、クリア。

国松からの無線連絡だ。国松らは部屋にいる者を拘束したらしい。

――こちらコティヤ０１、Bチーム、クリア。

遅れてアジャンタが連絡してきた。部下を一人失った彼らの手際は悪いようだ。

「ブルーフォックス０１、一人逃がした。追跡する」

朝倉は仲間に無線連絡を入れると部屋を飛び出し、廊下を走った。車かバイクで逃走するのなら、駐車場に向かったはずだ。

「むっ！」

一階まで階段を駆け下りた朝倉は、右眉を吊り上げて立ち止まった。床が濡れており、揮発性の匂いがするのだ。

近くで何かを擦り合わせるような音がした。聞き覚えのある音である。すると、フロント横に火の点いたライターが投げられた。

「まずい！」

朝倉は慌てて階段を駆け上がった。

背後で破裂音がした。

振り返ると、一階の床が炎を上げている。ガソリンが撒《ま》かれていたに違いない。すでに階段にまで燃え移っている。だが、二、三階の出入口は階段しかないのだ。

「火事だ！　ガソリンに火が点けられた。拘束した連中を解放しろ！」

朝倉は二階に戻り、廊下に立っている国松らに大声で指示した。

「了解！」

国松と中村は朝倉の脇を通り抜け、三階に向かって走っていく。

「手錠の鍵を外すんだ。焼き殺す気か！」

大声で怒鳴ると、呆気にとられていたアジャンタらも近くの部屋に手分けして入った。

踵《きびす》を返した朝倉も三階に駆け上がると、階段近くの部屋に入り、拘束している男の結束バンドをニッパで切断した。国松らは、逃げ遅れないように奥の部屋の男たちから解放しているようだ。

「火事だ。死にたくなかったら、二階の窓から飛び降りろ！」

朝倉は男を部屋から引きずり出すと、向かいの部屋の男の結束バンドも切った。

「逃げろ！」

国松が廊下の奥からハンドライトで照らしながら叫ぶ。

解放された男たちが慌てて階段に向かって走り去る。

朝倉は暗視ゴーグルをあげ、ハンドライトを出して廊下を照らした。

「こいつが、最後です！」

中村がすぐ近くの部屋から拘束していた男と一緒に出てきた。

「俺が倒した奴はどうした？」

「いけない！　忘れていた」

国松が声を上げた。

「なにやっているんだ！　先に行け！」

舌打ちした朝倉は廊下を進み、奥の部屋に入った。

男はまだ気絶している。頰を叩いたが、目を覚まさない。もっとも、すぐに起きないように顎に強烈なパンチを食らわせた。倒れた時に脳震盪《のうしんとう》を起こしたのかもしれない。起こしたところで、足元がふらついて走れないだろう。

朝倉は軽々と男を担《かつ》いで、廊下に出た。

「俺たちも逃げるぞ！」

国松らを先に行かせ、階段を下りた。

二階はすでに煙が充満し、視界が悪い。

「こちらブルーフォックス０１、コティヤ０１、応答せよ」

廊下を奥へと走りながら、無線連絡した。

――コティヤ０１、こちらは三名脱出。逃げ出した男たちを七人確保したが、あとは逃げられた。そっちはどうだ？

アジャンタらは無事脱出したらしい。死亡した部下は残念だが、現場に残してきたようだ。

「まだ、脱出していない。気絶させた男を担いでいるんだ。一番奥にある部屋の窓の下にハイエースを停めてくれ」

一人なら二階から飛び降りても平気だが、男を担いでいるので地面に直接降りれば大怪我をする。そのため、ハイエースで高さを確保するのだ。

――了解！

朝倉は廊下を奥へと走った。男は七十キロほどの体重がある。これ以上重いと思うように動けなかっただろう。

一番奥の部屋のドアを足で蹴って開け、窓際まで走る。窓から覗くと、ハイエースが急ブレーキを掛けて、眼下に停まった。男を一旦下ろすと、背負っていたＡＫ４７を床に投げ捨て、男を再び担いだ。

「いくぞ！」

男を担いだまま窓枠を跨いで腰を下ろすと、壁を蹴って飛んだ。ハイエースの天井に両足で着地したが、踏ん張りきれずにバランスを崩し、男と一緒に車から落ちた。

「くっ！」

朝倉は体を起こすと、頭を振った。担いでいた男を庇《かば》ったので、頭から落ちたのだ。AK47を置いてきたのは、正解だった。あのまま背負っていたら、転んだ時に銃身が当たって大怪我をしただろう。

「大丈夫か？」

国松が駆け寄ってきた。

「ああ、平気だ」

朝倉が額を摩《さす》ると、手にべっとりと血が付いた。額を切ったらしい。

「ううっ」

一緒に落ちた男が、呻き声を発した。気が付いたようだ。

「拘束しろ」

朝倉は立ち上がると、ポケットからバンダナを出して頭に巻きつけた。

複数のサイレンが聞こえる。パトカーや消防車が出動したらしい。近隣の住民が通報したに違いない。

「怪我をしたのか？」

ハイエースの運転席からアジャンタが降りてきた。

「平気だ。頑丈が取り柄だからな」

苦笑した朝倉は火の手を避けながら走り、駐車場に通じる通路からホテルの裏手に出た。

「やられたな」

朝倉は頭を掻き、傷口に触れたためしかめっ面になった。

車一台とバイクがなくなっている。逃げた連中が使ったのだろう。

「背の高い男も逃げたんだな」

あとを付いてきたアジャンタが、駐車場を見て大きな溜息を吐いた。

「そのようだ」

ハンドライトで地面を照らしていた朝倉は、足元に転がっていた小さな機器を拾った。

パルサー２２０Ｆに取り付けておいた朝倉のＧＰＳ発信機である。おそらく、アジトが急襲されたことで、背の高い男は自分が追跡されたことを悟ったに違いない。

「そっ、それは、まさか……」

アジャンタがＧＰＳ発信機を指差し、口をあんぐりと開けた。

「振り出しに戻ったということだ」

眉間に皺を寄せた朝倉は、ＧＰＳ発信機を握りしめた。

4

午前六時四十分、ゴール。

中国餐庁・客桟の三階も燃え落ち、未だに白い煙を吐き出していた。とはいえ、くすぶっている程度まで落ち着いている。

二台の消防車がティッサマハラマ・ロードから放水を続けていたが、鎮火したと判断したらしく、消防隊員はホースを片付け始めた。

腕を組んだ朝倉は、火災現場近くにあるレース生地専門店の駐車場に停められたハイエースの傍らに立っていた。足元に手首を結束バンドで縛られた男が、座っている。

「もうすぐ、軍の護送車が到着する。話すなら今のうちだぞ。軍の刑務所で拷問されたいのか？」

朝倉は跪くと、男の胸ぐらを摑んだ。

「……」

男は顔を背けて押し黙っている。

「強情な奴だ」

朝倉は男を突き放した。

アジャンタと彼の二人の部下は朝倉が火事現場から連れ出した男も含め、やむなく解放した男たちをあらためて八人捕まえている。アジャンタは、部下を亡くしたものの軍人らしく働いていた。それだけに痛ましさを覚える。残りの十四人の男たちは逃亡しており、ここまで追跡してきた背の高い男にまで逃げられていた。

朝倉は八人の男を順番に尋問したが、誰しも黙秘を貫いている。

駐車場に置かれていた車が一台とバイクはなくなっていたが、十四人も運べるものではない。徒歩で逃亡している男も何人かいるはずだ。そこで、アジャンタは地元の警察署に中国人を見かけたら拘束するように命令を出している。

また、彼は、拘束した八人の男を捜査本部に移送するために軍用トラックと護送の兵士を本部に要求した。二時間前に連絡しているので、護送車はまもなく到着するはずだ。

「朝倉」

アジャンタが険しい表情で声を掛けてきた。

彼は少し離れた自動車販売店の駐車場に停めてあるランドクルーザーで、応援部隊の到着を待っていた。拘束した男たちはランドクルーザーの近くに手錠を掛けられ、ロープで数珠《じゅず》繋ぎになっている。

「どうした？　トラブルか？」

朝倉は怪訝な表情で尋ねた。

「ああ」

アジャンタは、車に乗っている国松と中村をちらりと見た。彼らには休憩がてら朝食を摂るように指示してある。とはいえ、持参したドライフルーツとスナック菓子だ。

「聞かせてくれ」

ハイエースから離れた朝倉は、歩きながら尋ねた。

「１３区で逮捕した三人の容疑者が、……密かに釈放されたようだ」

アジャンタは大きな溜息とともに言った。

「どういうことだ？」

朝倉は立ち止まると、アジャンタを睨みつけた。

「容疑者を乗せた護送トラックが、ウェリカダ刑務所への移送中に、軍の車両によって停止を命じられ、容疑者を連れ去ったらしい」

「いつのことだ？」

「我々が、ゴールに向かった直後に上層部から刑務所への護送命令が出て、部下がその任にあたった。だが、他の部隊の上級将校が、移送途中でトラックを停めて容疑者の引き渡しを命じたのだ。護送トラックに同乗していたのは、下士官だったので従わざるを得なかったようだ」

鬼の居ぬ間ではないが、担当者であるアジャンタの留守を狙って命令が下りたに違いない。他の部隊とあえて言葉を濁《にご》すのは、極秘事項を話しているからだろう。

「その場で解放したのか？」

「いや、他部隊の車両に乗せられたらしい」

　アジャンタは首を振った。

「それじゃ、刑務所じゃなくて、他の留置施設に行った可能性はないのか？」

単に連れて行かれたのなら、釈放されたと判断するのはおかしい。

「他部隊にいる友人が、上級将校が逃亡を助けたと教えてくれたんだ」

　アジャンタは声のトーンを落とした。

「政治がらみの話か？　政権には前政権と現政権側の派閥があると聞いている。軍もそうなのか？」

　朝倉はスリランカの政治をある程度把握している。日本に残った佐野をはじめとする三人のメンバーが、ネットだけでなく外務省のスリランカに詳しい外交官に政治経済についての情報を聞き出し、レポートにしたものをメールで送ってくれていた。

　逮捕した三人の男たちは、いずれも中国人だった。スリランカ政府は中国に多額の借金をしている。そのため、何かと中国の顔色を窺わなければならないのだ。中国人を逮捕したとなると、中国政府は不当に逮捕監禁していると、必ずクレームを入れてくるだろう。

「前政権の大統領で親中派のラージャパクサ、現政権大統領で非同盟独立派のシリセーナ大統領の派閥に分かれていると思われているが、実際は違う。わが国は社会主義国だ。政権が変われば、前政権の関係者はすべて粛清される。だから、現政権下では、基本的にシリセーナ大統領派が大勢を占める。だが、政権が変わっても生き残るためには、私のように派閥に属さないことだ。いわゆる無派閥は意外と多いんだ」

アジャンタは肩を竦めた。

「無派閥ということは、政権と距離を置くことなんだな」

朝倉は頷いた。

「無派閥といえば、聞こえはいいが、風見鶏と言えなくもない。前政権と現政権で首相を務めるウィクラマシンハは、いい例だ。ウィクラマシンハは前政権ではラージャパクサを支えてきたが、彼の政治姿勢が危うくなると、ラージャパクサを非難した。その変わり身の早さを知っている現大統領のシリセーナは、就任直後、前大統領の勢力も取り込もうと、ウィクラマシンハを罷免《ひめん》し、ラージャパクサを首相に任命したんだ」

溜まっていたものを吐き出すように、アジャンタは早口で話し続ける。ウィクラマシンハをかなり毛嫌いしているようだ。

「だが、罷免は違憲だと最高裁の判決を受け、ラージャパクサは首相を辞任し、ウィクラマシンハは首相に返り咲いたんだよな」

朝倉は補足した。この程度の知識は、これまで得られた資料で熟知している。

「よく知っているな。首相に再任されたウィクラマシンハは新政権でシリセーナ大統領を支える振りをしていたが、今回のテロ事件では大統領の責任だと徹底的に非難している。これで十一月の選挙で現大統領はかなり不利になった。だから、今回の事件は、大統領を貶《おとし》めるためのもので、ウィクラマシンハが関係しているのではと、噂されているほどだ」

「テロや拉致事件に現政権の官僚が関係している可能性もあるということか？　なんてことだ」

　朝倉は首を振った。

「可能性の問題だが、この国を憂慮する者は、そう信じている。ウィクラマシンハは、前政権なみに中国との関係を促進しようと企《たくら》んでいる。政府の実権を握るのは、彼なんだ」

　アジャンタは首を振った。

「とすると、もし、八人の男たちを護送車に乗せたら、途中で連れ去られる可能性があるということになるんじゃないのか？」

　朝倉は頭を掻こうとして、怪我をしていることを思い出した。

「それを私も心配している」

　アジャンタは、気難しい表情で答えた。護送は、軍の上層部の命令だけに彼は逆らうことができないのだ。

「策を練る必要があるな」

朝倉はニヤリと笑った。

5

午前七時十分、アジャンタは、ティッサマハラマ・ロード沿いにある自動車販売店の駐車場の片隅に立っていた。

東の方角から二台の軍用四駆が走ってくる。

アジャンタは、軍用四駆に向かって手を振った。スリランカ陸軍で標準装備しているランドローバーのディフェンダーで、後部荷台にベンチシートが向かい合わせに設置された兵士移送用の車両である。二〇〇七年前後の古い型である。中古車を軍用車に改造したのかもしれない。

二台のディフェンダーは駐車場に入ると、アジャンタのランドクルーザーの前に停まった。先頭を走っていた車の助手席から兵士が降りてきた。

「ご苦労」

アジャンタは、兵士に軽く敬礼した。

「囚人護送の任務を受けて参りました。カルナナンダです」

兵士は堅い敬礼をした。階級章は軍曹である。彼が、護送の責任者なのだろう。

「上層部からは、なんと言われている？」

アジャンタはディフェンダーを見て尋ねた。命令を確認することで、彼らが本当の護送兵か確かめるのだ。

「八人の囚人をハーベロック・タウン基地に護送するように命じられています」

兵士は直立の姿勢で答えた。

「囚人の準備はできている。さっさと、積み込んでくれ。我々は、君らの後に付いて行く」

頷いたアジャンタは右手を上げ、自分の部下に拘束した八人の男たちを連れてくるように指示をした。部下の二人が、それぞれ四人の男を連れてランドクルーザーの陰から現れた。男たちは手錠され、腰のロープで結ばれている。

カルナナンダは自分の部下に命じ、ロープで繋がれた男たちをそれぞれのディフェンダーの荷台に乗せ、ロープの端をベンチシートの鉄パイプに括《くく》り付けた。

「それでは、先に車を出します」

カルナナンダは護送する男たちの手錠とロープの具合を調べると助手席に収まり、出発した。

アジャンタもランドクルーザーに乗り込み、二台のディフェンダーの後に続いて自動車販売店の駐車場を離れた。

朝倉はレース生地専門店の前に停めたVストローム６５０の傍らで、軍用車の車列が去って行くのを見つめていた。

――我々も行きますか？

すぐ近くに停められたハイエースのハンドルを握る中村からの無線連絡である。

「慌てるな。ある程度、距離を取るんだ」

無線に答えた朝倉は、バイクのハンドルに固定してあるホルダーにスマートフォンを取り付けて追跡アプリを見ながら答えた。

アプリの地図上に、四つの赤いシグナルがティッサマハラマ・ロードを東に向かって行く。拘束した四人の男たちのシャツやズボンのポケットにＧＰＳ発信機を忍ばせてあるのだ。彼らも１３区で逮捕した三人と同じように釈放される可能性を考えてのことである。八人全員に持たせたかったが、生憎《あいにく》予備が二つしかなく、仕方なく国松と中村の分も使ったが四個しか揃わなかった。

車列の最後尾を走るアジャンタのランドクルーザーが、ティッサマハラマ・ロードの緩いカーブを曲がって見えなくなった。アジャンタを信用していないわけではないが、彼も軍人である以上、階級が高い将校に命令されれば朝倉を裏切る可能性もある。そのため、彼らと距離を取ってＧＰＳ発信機の信号を追うのだ。

「行くぞ」

ヘルメットを被った朝倉はＶストローム６５０を走らせ、バックミラーで国松らのハイエースが付いてきたことを確認する。

十分ほどで、アクセス道路から高速道路に入った。ハーベロック・タウン基地にまっすぐ行くのなら、ここから先は二時間近く退屈なドライブを我慢しなければならない。

だが、それは杞憂《きゆう》であった。

一時間後、追跡アプリのシグナルはＥ０１・サウザン・エクスプレスウエイのマクンブラサウスのインターチェンジを下り、アビサウェラ・ロードに入って九百メートルほど先のコタワ・マラブ・ロードに右折したのだ。

コロンボ市街はまだ十四キロ先で、曲がるには早過ぎる。それにコタワ・マラブ・ロードは、一方通行ではないが、車がやっとすれ違うことができるという細い道で人通りはない。

「こちらブルーフォックス０１、コティア０１、どうなっている？」

朝倉は交差点を右折したところでバイクを停め、アジャンタに無線で尋ねた。

――こちらコティア０１。たった今、司令部から脇道に逸《そ》れるように無線連絡があったんだ。

アジャンタも驚いているようだ。

「了解」

朝倉は国松らのハイエースが交差点を曲がってきたのを確認すると、バイクを進めた。アビサウェラ・ロードは交通量の多い通りで、右折した交差点は信号機もなく、彼らは通りを曲がるのに苦労したのだ。スリランカは信号機がない交差点が多い。だからといってドライバーは道を譲り合うことはなく、運転も乱暴である。そのため、交通事故も多い。

「むっ」

朝倉は、スロットルを緩めてスピードを落とした。追跡していた四つのシグナルが一斉に停止したのだ。アジャンタからの連絡はない。無線連絡している暇がないのだろう。

「こちら、ブルーフォックス01、サラディーン01、ここで待機、武器はいつでも出せるようにしておけ」

朝倉はバイクを走らせながら国松に指示した。武器とは中国餐庁・客桟で手に入れたAK47のことである。国松と中村は火事現場から脱出する際、ちゃっかりAK47を持ち出していたのだ。アジャンタはそれを見ていたはずだが、黙認した。朝倉らの捜査の有効性を彼は認めている。また、自分の身は自分で守れということなのだろう。

——こちらサラディーン01、武器の必要はあるのか？

国松が緊張した声で聞き返してきた。

「念のためだ」

朝倉は苦笑した。この事件の捜査で分かったことは、敵は凶悪ということだ。いつでも敵に備えている必要があるのだ。

「うん？」

朝倉は首を捻った。二百メートルほど進むと、ランドクルーザーが路肩に停まっている。追跡アプリの信号はすでに動き出しているのだ。

バイクを運転席側に停めて、車内を覗いた。

「何！」

朝倉はバイクを降りた。運転手がこめかみに銃弾を撃ち込まれ、ハンドルにうつ伏せになっている。助手席の男も顔面を撃たれ、後部座席のアジャンタは胸から血を流して動かない。

銃声は聞かなかった。犯人はサプレッサーを装塡《そうてん》した銃を使ったのだろう。

「アジャンタ！　大丈夫か！」

ウィンドウを叩いて声を掛けると、後部座席の反対側でぐったりとしているアジャンタが僅かに動いた。

「サラディーン０１、応答せよ。コティア０１がやられた。急行せよ。二百メートル先だ！」

——こちらサラディーン０１、了解！

国松は甲高い声で返事をした。

朝倉はアジャンタがもたれかかっている後部ドアを開けようと、車を回り込んだ。

「くそっ！」

朝倉は舌打ちした。

車の裏側に四人の兵士が倒れていたのだ。ディフェンダーに乗り込んでいた兵士なのだろう。いずれも胸や頭を撃たれている。息のある者もいるが、出血が酷い。

後部ドアを開けて、アジャンタの傷を調べた。左胸の上部を撃たれている。急所は外れたようだが、すぐにでも病院に連れて行く必要がある。犯人は道路側から運転手と助手席の部下の頭部を次々と撃った。アジャンタはシートベルトをしておらず、犯人から逃れようと反対側に動いたために銃弾は急所を外れたのだろう。状況から判断して、犯人は複数であることは間違いない。

朝倉は助手席の男のホルスターからグロックを抜き取ると、ズボンの後ろに突っ込んだ。

ハイエースがランドクルーザーの後ろに急ブレーキを掛けて停まると、国松と中村が飛び降りてきた。

「あとを頼んだぞ！」

バイクに飛び乗った朝倉は、スロットルを開き、猛スピードで犯人を追いかけた。

6

午前八時、田村はコンテナのロックが解除される金属音で目が覚めた。

十数時間前にもコンテナのドアは開けられ、水が入ったペットボトルが銃を構えた男によって投げ込まれた。拉致されてから何日経ったか分からない。食べ物は出されないが、水だけは切らさないようにしているようだ。

人間は水だけでも一ヶ月近く生きることができるらしい。だが、田村は鍛え上げた体をしているだけに基礎代謝が高いため、何もしなくても多くのカロリーが消耗される。そのため、常人よりも早くエネルギー不足に陥るのだ。

特戦群の現役の兵士だったころ、三日間のサバイバル訓練で、一日目だけ水のみ供給を受けて作戦行動をした。二日目と三日目は、一日一食のみ許されたが、訓練を終えた翌日は何もする気力がなかった。今回拉致されて、それ以上の境遇で過ごしている。体力の限界は超えているが、まだ気力は残っていた。訓練では味わえない現実の死を意識することで、それに抗《あらが》っているためだろう。

コンテナのドアが開いた。

同時に眩《まばゆ》い光が目を刺し、海風が吹き込んできた。

「うっ！」

田村は思わず右手をかざし、日の光を遮った。

コンテナのすぐ外に二人の男が、ＡＫ４７を構えて立っている。二人とも田村の監視担当なのかいつも同じ顔ぶれだ。出港してから三度顔を見ており、彼らの名前は覚えた。漢字までは分からないが、右側の長髪の男は〝オウ〟、左側のスキンヘッドは〝チョウ〟とお互い呼び合っている。

また、はじめて水を支給された時に現れた彼らのボスと思われるサングラスの男は、その後、姿を見せていない。普段の雑務には、顔を出さないということだろう。だが、出港後に顔を見ているので、間違いなく船に乗っているはずだ。

「外に出ろ！」

オウが怒鳴った。この男がいつも命令する。

「分かった」

田村は両手を上げてゆっくりと歩いた。

スキンヘッドのチョウは、鋭い目つきで銃を構えている。この男の方が、いつも暴力を振るうため油断できない。

「止まれ」

オウは田村の顔面に銃口を向けた。

田村はコンテナを一歩出たところで、立ち止まった。昼間にドアを開けられたことがなかったのではじめて気が付いたのだが、田村が閉じ込められていたコンテナは甲板に直に置かれており、その上部にもコンテナが積み上げられていた。だが、コンテナ船ではなく、クレーンも装備しているので、セミコンテナ船と呼ばれる船種らしい。

チョウが田村の足首に足かせをした。殺される時がきたのかもしれない。

「歩け！」

オウが銃口で背中を突いた。

「優しくしてくれ。俺は君らと違って元気じゃないんだ」

田村は口の端を僅かに上げて笑った。まだ、見栄をはるだけの力は残っている。敵に弱みを見せないという軍人としての意地かもしれない。

「貴様！」

チョウがＡＫ４７のストックで腹部を殴りつけた。

「ぐっ！」

田村は膝から崩れ、胃液を吐いた。突き上げる衝撃に胃が単純に反応したのだが、意外と痛みは感じない。血糖値が下がり、感覚が鈍っているということだろう。だが、田村はわざと腹を抱えて倒れてもがいてみせた。敵を油断させるには、弱っていると見せかけることである。

「手荒な真似はよせ！　こいつを担ぐことになるぞ。それでもいいのか！」

オウが怒鳴った。

「そっ、そうだな。こんな馬鹿でかい男を担ぐのは、ごめんだ」

チョウは、苦笑してみせた。いつもなら、あと二、三発食らうところだが、珍しいことである。

「歩け！」

オウは田村の頭部を銃口で押した。

「……分かった」

田村は殴られた腹を押さえながらも立ち上がった。

フェーズ7：ハンバントタ港

1

スリランカの第六代大統領であるラージャパクサは内戦終了後、疲弊した経済を大規模なインフラ整備で立て直すべく計画し、その一つとして自分の生まれ故郷であるハンバントタにスリランカ第三の国際港湾を建設するプロジェクトを立ち上げた。

だが、ハンバントタ港は首都コロンボから二百五十キロも離れており、道路や鉄道の整備もされておらず、採算が取れないと国際銀行からは融資を受けることができなかった。唯一応じたのが、中国輸出入銀行であったのだ。

中国は第一、第二期建設プロジェクト合わせて約十二億ドルの融資を行い、港湾建設工事は中国の公社が担当した。

しかし、二〇一〇年に開業したハンバントタ港は、危惧されたように一日に寄港する船はわずか一隻という状態が続き、二〇一六年末までの累積赤字は三・〇四億ドルまで膨れ上がった。そのため返済不能となったスリランカ政府と中国の間で二〇一七年から向こう九十九年間のハンバントタ港の港湾運営権を十一億ドルで中国企業に貸し出す契約が結ばれた。

これを欧米では〝債務の罠〟と呼び、中国が掲げる〝一帯一路〟構想で他国を中国経済圏に取り込む現代版植民地政策と批判している。

午前九時十五分、Vストローム650を駆る朝倉は、E01・サウザン・エクスプレスウエイを南に向かっていた。

ゴールで拘束した八人の男を乗せた二台のディフェンダーは、コロンボに向かう途中で襲撃され、荷台の男たちを乗せたまま何者かに奪われた。だが、最悪の事態も想定していた朝倉は、追跡アプリで四人の男に密かに持たせたGPS発信機の信号を追っている。ディフェンダーは襲撃現場から狭い路地を抜けると、驚いたことに再びE01・サウザン・エクスプレスウエイに入り、南に進んでいるのだ。

追跡を開始してから、一時間近く走っている。この間、現場に残してきた国松から報告を受けていた。襲撃されて負傷した者の中で病院に運ばれたのは、アジャンタと護送兵の一人であった。アジャンタの二人の部下と護送兵の三人は、救急車が駆けつけた時にはすでに死亡していたのだ。

救急車を呼んだ国松らは野次馬が集まってきたため、警察も呼んでいる。だが、車内にＡＫ４７を隠しているため、パトカーが到着する前に立ち去った。観光エリアでもない場所で、銃撃事件に居合わせた外国人が、ただで済むはずがないからだ。

彼らは市内で張り込みのための準備をして、再び朝倉と合流することになっている。アジャンタまで負傷したことで、スリランカ軍の協力は今後得られるとは考え難いからだ。アジャンタと護送車の兵士は、上層部から帰還の道順を変更するように連絡を受けた直後に襲撃されている。たとえ上層部からという無線連絡が偽物だったとしても、襲撃に軍の関係者がいることは確実だろう。とすれば今後、捜査妨害を避けるには、軍の協力は一切受けないようにするほかない。

「うん？」

朝倉は思わず空を見上げて舌打ちした。ヘルメットのシールドバイザーに雨粒が降りかかったのだ。

気温は三十一度あるため、雨でびしょ濡れになっても寒さに震えるようなことはないだろう。だからと言って雨に濡れるのが、気持ちいいわけではない。

ゴールの出口五百メートルという道路標識を、ディフェンダーは通り過ぎた。アジトであるビジネスホテルが火事で消滅してしまったため、ゴールに用はないということなのだろう。

霧雨状態で視界が悪くなった。ディフェンダーとの距離を百五十メートルまで詰めた。近付いてもバックミラーで目視されることはないはずだ。

「この先に何があるんだ？」

朝倉はスマートフォンの地図を見たが、この先は小さな港町があるに過ぎない。もっとも、走行中なのでスマートフォンの操作は限られる。それに正直言ってスリランカ島南部の知識はあまりない。

ディフェンダーは霧雨を纏《まと》うように走っている。さすがに速度を落としたようだ。

三十分後、ディフェンダーはコロンボから百六十キロ南に位置するスリランカ南部州のマータラに入ると、E01・サウザン・エクスプレスウエイを外れた。

マータラは古い街で、この地域における仏教の重要な聖地である。また、ドンドラ湾を望む海岸線には美しいビーチが続き、比較的リーズナブルな三つ星ホテルやユースホステルが多い。

ディフェンダーは交差点角にあるガソリンスタンドに入った。

朝倉はガソリンスタンドを通り越し、五十メートル先にある平家の雑貨店の前でバイクを停めた。田舎《いなか》町なのでコンビニのような存在なのだろう。

カウンター代わりに古い木製のコーラの箱が積み上げられ、天井からお菓子の袋の束がいくつもぶら下がっていた。店先には売り物のホウキが、並べてある。客は欲しい品を抜き取って会計するようだ。日本の昔の駄菓子屋のような雰囲気だ。

バイクを降りた朝倉は、ヘルメットを脱いでサングラスを掛けた。背が高く、その上サングラスは威圧的だが、オッドアイを見せるよりはましだろう。

裸電球が灯る店内でカンドスのピーナッツチョコと五百ミリリットルのコーラのペットボトルを棚から取り出し、カウンターの向こうに立つ店主らしき男に百四十ルピー（約八十四円）を払った。軒下のベンチに腰を掛け、交差点角にあるガソリンスタンドを見た。ちなみにカンドスは、スリランカの菓子メーカーの老舗《しにせ》である。

一台目のディフェンダーが給油を始めた。古い型なので、燃費が悪いに違いない。もっとも、朝倉の乗るＶストローム６５０も、そろそろ給油しておいた方がいいだろう。この場所で給油するということは、まだまだ走るつもりに違いない。

朝倉は小さなバックパックからタオルを出すと汗を拭《ふ》いて首に掛け、買ったコーラを飲みながらさりげなくガソリンスタンドの監視を続けた。

店先にスリーウィラーが停まり、観光客と思われる白人カップルが降りてきたが、朝倉を避けて店に入っていった。朝倉と目を合わさないようにしていたようだが、よくあることだ。

ディフェンダーは一台目の給油が終わり、二台目の給油をしている。ガソリンスタンドの敷地は広いが旧式の計量機（給油機）が二機しかないため、時間が掛かっているようだ。

「腹減ったな」

腹の虫が鳴り、思わず呟いた。時刻は午前十時になろうとしている。朝飯はドライパイナップルを二つ食べたに過ぎない。さきほど購入したお菓子の封を切り、ピーナッツチョコを掌に載せてまとめて口に放り込んで頬張った。砂糖が多くカカオが少々足りない気がするが、腹が減っているので血糖値を上げるには充分である。

「むっ！」

眉を吊り上げた朝倉は、チョコの箱をバックパックに捩《ね》じ込み、ヘルメットを被った。給油中のディフェンダーの助手席から背の高い男が降りてきたのだ。天候が悪く、距離も離れているので顔をはっきりと確認できない。それにバイクも見当たらないが、追跡してきた男と容姿がよく似ている。もし、追っている男だとしたら、アジャンタらを襲撃した場所まで先回りして仲間と合流し、バイクは仲間に預けたのだろう。

背の高い男はガソリンスタンドにある建物に入り、数分で出てきた。トイレにでも行ったようだ。二台のディフェンダーは背の高い男を待っていたらしく、男が助手席に収まるとすぐに出発し、来た道を戻って行った。

朝倉ははやる気持ちを抑え、ガソリンスタンドで給油した。

タンクを満タンにすると、スマートフォンの追跡アプリで、ＧＰＳ発信機の信号を確認する。思った通り、信号はＥ０１・サウザン・エクスプレスウエイに戻り、東に向かっていた。

「行くか」

両手で頬を叩くと、朝倉はバイクに跨り、スロットルを目一杯開けて飛ばした。

2

午後三時半、迷彩ポンチョを着た朝倉は、ハンバントタ港の南部にある倉庫を、道路の反対側にある熱帯林から監視していた。

Ｖストローム６５０は、百五十メートル南にある未舗装の道路脇の藪《やぶ》の中に停めてある。港はもちろん半径六百メートルに住宅はないため、獣道のような森の中の道路に人通りはまったくない。盗まれないように、バイクを見張る必要もないだろう。

港は入江の西側に巨大な東向きのコの字に埠頭が整備されており、ガントリークレーンは北側の埠頭には設置されていないので、西側の埠頭で主に貨物の積み下ろしが行われる。また、埠頭の周辺は未開発な荒地か森で、埠頭から六百メートル離れた西側には未完成の石油精製所があり、倉庫は南側に数棟建っているに過ぎない。

港の周辺にはフェンスが張られて一般人が入れないようになっており、湾に面した南側に検問所とゲートがある。その前で「港湾施設の工事を中止し、中国は出て行け！」と二百人近い市民団体がシュプレヒコールを上げてデモをしていた。二〇一七年からハンバントタ港の港湾運営権は九十九年という長きにわたり中国企業に引き渡され、事実上中国の支配下になってから、デモは絶えないらしい。

朝倉が追跡してきた二台のディフェンダーは四時間前に港の南側ゲートを通過し、三つある倉庫の一番左にある壁に大きく〝3〟とペンキで記された第三倉庫に入った。朝倉がいる場所は第三倉庫の正面で、港のゲートで行き止まりとなる道路を挟んで七十メートルほど南に位置する。監視をはじめてから人や車の出入りはない。

ポケットのスマートフォンが振動した。画面には国松からの電話と表示されている。

「俺だ」

——近くまで来たんだが、デモ隊が邪魔で近付けない。バイクはどこに置いたんだ。

彼らは朝倉のスマートフォンのＧＰＳ信号を追ってここまで来ているので、詳しい道順を教えていなかった。

「埠頭に出る百五十メートルほど手前の未舗装の道を右折し、四百メートル先の藪にバイクを停めた。そこから森を抜けて北に進んだところにいるが、とりあえず、バイクのところまで戻る。そこで合流しよう」

——了解。道を戻るよ。

朝倉はジャングルを抜け、未舗装の道に出た。

タイミングよく、ハイエースが近付いてくる。朝倉が手を振ると、目の前で停まり、モスグリーンの作業服を着た国松と中村が車から降りてきた。

「どうしたんだ。その格好は？」

朝倉は首を捻ったが、汚れてもいい格好で、張り込みにも適している。

「港で張り込みをすると聞いたから、港湾労働者に紛れ込めるようにマータラで作業服の上下を買ったんだ。君の分も買っておいたよ」

国松はハイエースの後部ドアを開け、シートの上に載せられていたビニール袋に入った作業服を取った。

荷台は段ボール箱が積み上げられている。買ってきたのは作業服だけではないようだ。

「気が利くな」

朝倉はポンチョを脱いで、後部座席に乗り込み、汗で濡れたジーパンとＴシャツを脱いだ。ポンチョを着ているので雨には濡れないが、気温が三十七度もあるため蒸れるのだ。

「何を仕入れてきたんだ？　食い物も持ってきたんだろう？」

作業服に着替えた朝倉は、車から降りてポンチョを着て尋ねた。朝から腹に入れたのは、ドライパイナップルとピーナッツチョコだけだ。

「当然だよ。とりあえず、パン屋で買ってきたサンドイッチを食べてくれ。その間に、五目炊き込みご飯を作るから。中村、用意してくれ」

国松は得意げに言うと中村に指示し、後部座席のクーラーボックスからサンドイッチを出して見せた。コッペパンのようなパンに野菜炒めが挟んである。

「任せてください」

胸を叩いた中村が、バックドアを開けて段ボールから何かを出した。

「炊き込みご飯？　飯盒炊爨《はんごうすいさん》でもするつもりか？」

朝倉はサンドイッチを受け取ると、バックパックに仕舞った。すぐにでも食べたいが、早く張り込み場所に戻らなければならないのだ。

「まさか。我々は内藤防衛駐在官に報告を兼ねて、一旦、大使館に戻ったんだ。そこで、大使館には災害用の非常食があることを思い出したんだ。一週間分の食料と水を三人分調達してきた。食料はアルファ米と缶詰だ。アルファ米には、五目炊き込みご飯とエビピラフとわかめご飯がある。缶詰はサンマの蒲焼《かばやき》と味噌鯖《みそさば》だ。ご馳走《ちそう》だろう」

アルファ米は、米を炊き上げた後で乾燥させた携帯食である。お湯や水を注ぐだけで食べることができる。最近では種類も豊富で、味も悪くはない。

「そいつはいい。見張り場所に行くぞ」

顔を綻《ほころ》ばせた朝倉は、再び森に入った。デモ隊がゲート前を塞いでいるので、敵は動けないだろう。だが、見張り場所を留守にするのはやはりまずい。

「中村、私も先に行く。後から荷物を持ってきてくれ」

　国松は大きなバックパックを担ぐと、中村から水を注いだアルファ米の袋を受け取り、朝倉に付いてきた。

「了解！」

　中村は真面目《まじめ》な表情で返事をした。いつもなら冗談の一つや二つ言いそうだが、今回はやけに神妙である。アジャンタの部下と兵士が相次いで殺害された現場を見ているだけに、気を引き締めているのだろう。

「四時間前に、連中は第三倉庫に入った。今のところ、その後の出入りはない。倉庫の中に、十人前後はいるはずだ。このアジトは、中国からの貨物船で運ばれる工作員や物資の中継地点かもしれないな」

　朝倉は張り込み場所としている森の端の地面に腰を下ろし、バックパックからサンドイッチの袋を出し、封を切って貪《むさぼ》るように食べた。パンが乾燥してパサパサだが、具の野菜炒めがカレー味で充分うまい。

「このアジトに我々だけで、突入するのか？」

　国松はスリランカ軍の応援を得られないことに不安を感じているのだろう。

「マクヒューに援軍は頼んだ。だが、さすがに武力行使の可能性があるとなると抵抗があるようだ。まだ、回答をもらっていない。日が暮れたら、俺が斥候《せっこう》にでる。援軍なしでも突入するつもりだ」

田村が目の前の倉庫にいるかもしれない。すぐにでも港湾施設に侵入したい気持ちを抑えているのだ。マクヒューの助けがなくても、やり遂げるつもりである。

「たった、三人でも突入するのか？」

国松は険しい表情で尋ねた。

「侵入は俺一人で充分だ。おまえたちは、援護だ。その前に休ませてくれ」

朝倉は近くの木にもたれ掛かりポンチョのフードを目深に被ると、腕を組んで目を閉じた。

3

午後七時、ハンバントタ港。

朝倉は倉庫の監視を国松と中村に任せ、森を南へ百五十メートル進み、未舗装の道路に出た。

西の闇に車のヘッドライトが現れた。その背後にも別のヘッドライトが見える。

「来たか」

木の下で雨を避けていた朝倉は道に出ると、ヘッドライトに向かって両手を振った。

二台のフォード・エクスプローラーが、朝倉の前で水飛沫《しぶき》を上げて停まった。雨脚は日が暮れてから強くなり、一時間ほど前からスコールのように降っている。

キャップを被ったマクヒューが、エクスプローラーの助手席から降りてきた。

朝倉は七時間ほど前に現状報告をし、協力を要請している。マクヒューからは三時間前に合流すると電話を受けていた。四時間もの間、協力することが適正なのか協議していたらしい。

というのも、侵入や偵察だけならまだしも、人質奪回ということになれば武器使用が前提になる。他国での軍事行動は、米国でも参謀本部の許可がいるらしい。そのため、時間がかかったようだ。

「よく降るな。ちょっと話さないか」

マクヒューは枝ぶりのいい木の下に立つと、ポケットから煙草を出して吸い始めた。何度か会っているが、煙草を吸うのをはじめて見た。

「トラブルか？」

朝倉はマクヒューの前に立つと腕組みをした。ここまで来て協力できないとは言わせない。

「結果から言うと、参謀本部から許可は得られなかった」

マクヒューは朝倉と視線を合わせずに、煙草の煙を吐き出した。

「だが、ここに来た」

相槌を打って促した。

「ああそうだ。私と部下は、急にハンバントタ港を見たくなってね」

マクヒューはふんと鼻息を吐き出し、煙草を吸った。

「俺もそうだ」

朝倉は苦笑した。

「冗談はこれぐらいにしておこう。俺たちは個人の意思で来た。だが、あくまでも後方支援に限らせてくれ。我々がアジトを急襲したことがスリランカ政府にばれたら、国際問題になる。しかも、米国が関与したことになれば、中国は鬼の首でも取ったかのように攻撃してくるだろう。当然、スリランカ政府を敵に回す可能性もある」

マクヒューは真剣な眼差《まなざ》しで言った。

「ありがたいとは思っている。後方支援というが、どこまで協力してくれるんだ？」

一緒に突入しないのなら、来た意味があるのかということである。

「説明しよう」

マクヒューは足元に煙草を投げ捨てると、後ろのエクスプローラーのバックドアを開け、タクティカルバッグから大きさの違う二つのケースを出して蓋《ふた》を開けた。

一つは本体が十センチほどのミニチュアのヘリコプターで、もう一つはブレードが四つある十数センチの大きさのドローンである。

「特殊部隊ですでに実戦使用されている偵察ドローンを二種類用意してきた。ヘリ型は、〝ブラックホーネスト（スズメバチ）〟と呼ばれ、風速九メートルまで使用可能で、稼働時間は二十五分だ。もう一つは〝スナイプ〟で、稼働時間は十五分だが、最高速度は時速二十マイル（約三十二キロ）出すことができる。どちらもサーモグラフィーによる夜間撮影が可能だ。〝ブラックホーネスト〟なら、僅かな隙間から建物の内部に入り込むことができるが、気象条件が悪い時は使えない。全天候型の〝スナイプ〟なら使える。敵の配置を少しでも知ることができるだろう」

　マクヒューは二つのドローンを手にとって説明した。

　朝倉らもドローンを持ってきたが、雨天のため使えなかった。

「なるほど」

　小さく頷いた。だが、納得したわけではない。建物の外からでは何も分からないだろう。

「五時間前後で、雨は止むはずだ。待つことができるのなら、〝ブラックホーネスト〟も使えるだろう。〝スナイプ〟で建物の周囲を先に調べ、〝ブラックホーネスト〟の侵入口を探せばいい」

　マクヒューは、朝倉の表情を見て補足した。彼は米軍の気象予報を調べてきたのだろう。軍事作戦を立てる上で気象予報は、不可欠である。そのため、米軍の気象情報は正確なのだ。

「五時間前後ということは、零時ということか。その方がいいな」

腕組みをした朝倉は、頷いた。零時というのなら、敵は見張りを残して寝静まっている可能性もある。慌てて侵入し、銃撃戦になっては意味がないのだ。

「他にも見せたいものがある」

マクヒューはドローンをケースに仕舞うと、今度は前に停めてあるエクスプローラーのバックドアを開けた。

「ほお」

朝倉は右眉を上げた。

後部荷台に暗視スコープとサプレッサーを装塡したＭ４カービンが五丁と、予備のマガジンが三十個ほど並べてある。

「俺たちの銃を使ってくれ」

マクヒューはＭ４カービンを指差した。

「ありがたいが、使えないな」

銃を手に取った朝倉は、首を左右に振った。

「遠慮はいらないぞ」

「これは、米軍の正規品だ。シリアルナンバーも付いている。パーツにも付いているはずだ。何かあれば、米軍関与が疑われる」

朝倉は鼻先で笑うと、銃を元に戻した。朝倉らが無傷で生還すればいいのだが、負傷して銃を失うようなことになれば重大な問題になる。

「たっ、確かに。だが、銃を持っている敵と丸腰で闘うつもりか？」

マクヒューは肩を竦めた。

「ＡＫ４７が二丁にグロックが一丁、ＡＫ４７の銃弾は、充分ある。グロックの予備のマガジンと弾丸だけもらおうか」

朝倉は腰のグロックを抜いて見せた。ＡＫ４７は予備マガジンが二十一個もあるが、グロックは銃に装塡されていた分しかない。

「何！　一体、どこで銃を手に入れたんだ」

マクヒューが目を剝いた。

「テロリストから、奪ったんだ。装備は銃の他は、暗視ゴーグルとタイプ2のボディーアーマー、それにタクティカルナイフだけだ」

暗視ゴーグルとボディーアーマーも、アジャンタから借りたままである。

「それだけ備えていれば、充分だろう。グロックの9ミリ弾は、マガジンも含めて百発進呈するよ。他に入り用なものはあるか？　実は……」

「特にない。ドローンによる偵察と狙撃支援を頼む」

朝倉はマクヒューの言葉を遮った。当然のことではあるが、危険な任務に就くには、米国の縛りが大き過ぎるのだろう。彼らには危険な任務は頼めない。というか、あてにするべきではないだろう。

「狙撃支援？」

マクヒューは首を捻った。

「侵入は、同士討ちを避けるために、俺一人で行う。仲間の二人は、倉庫の外でバックアップだ。だが、侵入がばれて俺たちが撤収する際、倉庫の外に敵が追って来たら、森の中からそいつらを狙撃してくれ」

軍事作戦にスナイパーのバックアップは、効果的である。

「距離は？」

「七十メートルだ。簡単過ぎるだろう」

朝倉はマクヒューの肩を叩くと、豪快に笑った。

4

午後十一時四十分、ハンバントタ港。

豪雨は十分ほど前に収まっている。気温は二十七度まで下がったが、湿度は九十パーセント以上あるだろう。雨に濡れなくても汗が吹き出し、体が濡れる。

暗視ゴーグルのヘッドギアを装着した朝倉は、港の西側のフェンス際で跪いていた。傍らには国松と中村がＡＫ４７を構え、四方を窺っている。また、三人ともそれぞれの役割に応じた道具や武器を入れるためのバックパックを背負っていた。

港の南側にある検問所からは、二百メートル離れた場所だ。周囲は、暗視ゴーグルを使わなければ歩くこともできないほど暗い。

夜間灯は、南の埠頭に停められている貨物船の近くと検問所の二ヶ所だけで、港は深い闇に包まれていた。夜間灯は他にも設置してあるが、停泊している貨物船が一隻だけのため節約しているのだろう。

検問所の明かりは点いているので、夜間でも警備員が詰めている可能性はある。その隣りには、警備員の宿舎と思われる平家の小さな建物がある。規模からして、五、六人収容できそうだ。彼らとは極力接触したくないので、朝倉らは離れた場所から侵入するのだ。

「こちらブルーフォックス０１、デルタ０１、応答せよ」

朝倉はマクヒューに無線連絡をした。彼のチームは、デルタ５というコードネームを持っていた。リーダーであるマクヒューは０１を使い、部下は０２から０５まで番号を与えられている。

――こちらデルタ０１、どうぞ。

マクヒューと四名の部下は、Ｍ４カービンの暗視スコープで第三倉庫を監視している。

「こちらブルーフォックス０１、これより侵入する」

朝倉がフェンスを軽々と飛び越し、国松と中村もフェンスを越えてきた。

――デルタ０１、了解。〝ブラックホーネスト〟待機中。

マクヒューのチームは、Ｍ４カービンでバックアップすると同時に超小型ドローン〝ブラックホーネスト〟を飛ばし、朝倉らの目となる。〝ブラックホーネスト〟は、朝倉らよりも先に第三倉庫に潜入させるのだ。すでに、〝スナイプ〟で倉庫の周囲を調べて〝ブラックホーネスト〟が侵入できる換気口を見つけてある。

第三倉庫は幅三十二メートル、奥行き二十メートル、北側に三つのシャッターがあり、すべて下ろされている。ディフェンダーがどのシャッターから入ったのかは、朝倉が監視していた場所からは見えなかった。

倉庫の南側には三つの非常口と思われるドアがある。大きな倉庫のため、内部は三つに分割されているのかもしれない。

フェンスに沿って進み、朝倉らは第三倉庫の南西側の一番手前のドアまで駆け寄った。

朝倉がゴールで一時的に拘束していた男たちに付けておいたＧＰＳ発信機のシグナルは、多少の誤差は考えられるがすべて倉庫の南東に偏っている。だが、他にも敵がいることを想定し、反対側から確認するのだ。

国松と中村はドアの右横に並んだ。

「ブルーフォックス０１、配置に付いたぞ」

朝倉はドアの左横に張り付いた。


倉庫前ジャングル。

「こちらデルタ０２、今からインセクトを投入する」

マクヒューの傍らで部下のジャンセンが、眼鏡のようなヘッドマウントディスプレーで、インセクト（虫）である〝ブラックホーネスト〟を操りながら朝倉に無線連絡した。彼はマクヒューのチームで、主にパソコンやドローンなどの操縦を受け持っている。ヘッドマウントディスプレーは国松らが使っているタブレットＰＣにドローンのコントローラーを接続したものより、遥《はる》かに操作性はいい。

「いいぞ。よく見える。裏口に飛ばしてくれ」

マクヒューも自分のスマートフォンで、ドローンの映像を確認しながら指示した。ジャンセンが扱っているコントローラーとＷｉ－Ｆｉ接続しているのだ。

「了解。突撃！」

にやりとしたジャンセンは、威勢よく言うと、コントロールパッドを巧みに操り、〝ブラックホーネスト〟を倉庫の西側にある換気口から侵入させた。

「こちら、デルタ０１。ブルーフォックス０１、裏口の通路には誰もいない。照明も点いていない。侵入せよ」

スマートフォンでドローンの映像を確認したマクヒューは、朝倉に指示を出した。

第三倉庫前。

「了解」

小声でマクヒューの無線に応答した朝倉は、中村にハンドシグナルで指示する。

頷いた中村は、非常口のドアの鍵にバックパックから出したピッキングガンの先端を差し込んでゆっくりとトリガーを引いて解錠した。埠頭が近いため岸壁に波が打ち寄せる音がするのだが、鍵が開く金属音を打ち消すことはできなかったらしい。ピッキングガンの音を抑えても、ドアの鍵は無情にも音を立てるのだ。

朝倉は中村からピッキングガンを受け取ると、自分のバックパックに仕舞った。倉庫内部でも必要な場面はあるだろう。

ドアを開けてグロックを抜くと、中村がドアノブを押さえて首を振って見せた。彼は朝倉が一人で行動することに反対している。身を案じていることもあるのだろうが、一緒に侵入したいのだ。もっとも、国松も朝倉の単独行動を渋々認めたに過ぎない。

朝倉は中村の目の前で人差し指を振って倉庫に入り、ドアを閉めた。彼らには退路となる裏口を確保してもらわねばならない。また、同士討ちを心配しているのも事実である。

遠方の敵と違って、近接戦では仲間を誤射する危険性は高い。

陸上自衛隊での近接戦訓練は、レーザー光線装置、通称〝バトラー〟という装置を使う。銃器に光線発射装置を取り付けて、敵を想定した兵士を撃つ。また感知装置を取り付けることで敵の攻撃を受けた場合、被弾を軽傷、重傷、死亡に分けて感知する。朝倉は、バトラーでの対戦訓練で仲間に撃たれたことがある。訓練された兵士でも誤射はあるのだ。

ハンドガンならまだしも、国松と中村らが所持しているのは殺傷能力の高いＡＫ４７のため、装着しているボディーアーマーは役に立たず、誤射は文字通り命取りになる。それなら一人で行動した方が安全だ。もっとも、今回の作戦は密かに田村を見つけ出し、救出することである。敵に見つかったら即刻退却し、銃撃戦に持ち込まないことが重要なのだ。

朝倉は銃を構えて通路を進む。両側に合わせて六つのドアがあり、中を調べると通路を隔てて空《から》の二段ベッドが四つある。八人部屋のようだ。港湾の整備事業が盛んなころは、中国本土から連れて来られた労働者の宿泊施設だったのかもしれない。

六つの部屋を確認し、八メートルほど進むと広い空間になり、港湾整備で使われたと思われるブルドーザーやショベルカーが置かれていた。正面には三つのシャッターがあったが、中は仕切られていない。この倉庫に重機が保管されているということは、さらなる整備事業に備えているのだろう。また、追っていたディフェンダーはブルドーザーの向こう側に二台とも停められていた。

――こちらデルタ02、侵攻方向に敵の姿はない。

ジャンセンからの連絡だが、〝ブラックホーネスト〟の姿は確認できない。サイズが小さいだけでなく、モーター音もかなり小さいようだ。

「了解」

朝倉は壁に沿って東に進んだ。通路があり、その先にも別の通路がある。先ほど確認してきた通路と同じ構造なら、三つのブロックに宿泊施設が分かれているのだろう。一ブロックに四十八人と考えれば、通路は三列あるので、この倉庫には単純計算で百四十四人収容できるようだ。

朝倉は真ん中の通路のドアを右手前から順に開けて行く。ドアに鍵は掛かっていない。もし、田村が捕らえられているなら、鍵は閉められているはずだ。だが、念のために内部を確認する必要がある。

手前の左右の部屋を確認し、右側の二番目のドアを開けると、いびきが聞こえてきた。二段ベッドが四つというのは他の部屋と同じだが、一番奥のベッドに男が一人だけ眠っている。一人部屋として使っているのなら、組織の幹部かもしれない。

朝倉はポケットから布を出すと丸めて男の口に突っ込み、飛び起きた男の顎に肘《ひじ》打ちを食らわせて気絶させると、結束バンドで男の手首を縛り上げる。

向かいの部屋も男が一人で眠っていた。朝倉は同じ要領で男を気絶させて結束バンドで拘束する。

——待てよ。こいつは見たことがあるな。

ゴールのビジネスホテルの三階で捕まえたが、火事の現場から自力で逃走した男である。

朝倉は右側の奥の部屋に侵入し、また一人の男を気絶させた。この男は見覚えがない。二階でアジャンタらに逮捕された男なのだろう。二階の連中の顔は見ていないのだ。

結果的にこの通路では一人部屋の四人の男を拘束した。残る通路も、全員が一部屋を一人で贅沢《ぜいたく》に使っているのかもしれない。

——こちらデルタ02、残りの通路も人影はない。そろそろ次の通路に進んでくれ。

ジャンセンは落ち着いた声で連絡してきたが、早くしろと催促しているようだ。〝ブラックホーネスト〟の電池残量を気にしているんだろう。

ここまで時間を掛け過ぎたらしい。眠っている敵を少しでも減らそうと思ったが、田村救出という当初の目的なら、まずは鍵が掛かっている部屋を先に見つけるべきだった。

「了解。移動する」

朝倉は部屋から通路に出た。

5

午後十一時五十八分、ハンバントタ港、第三倉庫。

朝倉は未確認の通路に足を踏み入れた。

——こちらデルタ０１、インセクトの動作時間はあと十二分だ。

マクヒューは淡々と連絡を入れてくる。その方が聞き取りやすい。彼は軍人として何度か作戦行動を経験したことがあるのだろう。

〝ブラックホーネスト〟は、起動させてから十三分経過している。電池切れで墜落する前に、朝倉が回収する予定だ。

「了解」

腕時計で時間を確認した朝倉は、六つある部屋のドアノブを一つずつ調べ始めた。ゆっくりとドアノブを回し、音を立てないようにドアを少しだけ引いてみる。鍵が掛けられていないことを確認すると、ドアを元に戻すのだ。中を確認することは後でもできる。まずは、ロックが掛けられている部屋を探すことだ。

手前から順番に部屋を確認した朝倉は、最後に通路の一番奥にある部屋のドアノブを回してにやりとした。鍵が掛けられていたのだ。状況から判断して、何者かが監禁されている可能性が高い。グロックをベルトの後ろに差し込み、バックパックからピッキングガンを出して鍵穴に差し込んだ。

ゆっくりとトリガーを三度引いた。鍵が開き、ガチャリと音を立てる。

「……！」

朝倉は眉間に皺を寄せた。屋外と室内の違いだが、裏口のドアを解錠した時よりも大きな音を立てた。

ピッキングガンをバックパックに仕舞って腰の後ろのグロックに手をかけたが、田村が囚われていることを想定して抜かなかった。誤射で友を撃つような真似はしたくない。それを防ぐには銃を握らないことである。

短く息を吐き出すと、朝倉はドアを開けて部屋に侵入した。

他の部屋と同じ二段ベッドが四つあり、この部屋だけ、すえた汗と糞尿《ふんにょう》が入り混じったような鼻を突く異臭がする。

闇が動いた。

朝倉は咄嗟《とっさ》にしゃがんだ。

「むっ！」

暗視ゴーグルが、ヘッドギアごとむしり取られて床に落ちた。二段ベッドの上段から襲われたのだ。

周囲が真の闇に変わった。

「田村、俺だ」

朝倉は小声で言った。周囲に人の気配は感じるのだが、返事はない。田村はここにはいないようだ。

左顎にいきなりパンチを喰らった。声を出したために場所を特定されたのだ。だが、さほど威力はない。目の前に星は飛ばなかった。朝倉が一歩下がると、鼻先で空を切る音がする。

朝倉は闇を蹴り抜いた。つま先に衝撃があり、男の呻き声が聞こえる。

左腕を摑まれた。

朝倉は腕を引き寄せながら、右パンチを振った。一発目は空を切ったが、二発目はガツンと鈍い音がする。どこに当たったか分からないが、かなり手応えがあったので反撃してこないだろう。

「くっ！」

背後から太い腕がからみ、首を絞められた。

朝倉は体を回転させながら左肘打ちを下から突き上げるように入れると、木の枝が折れるような鈍い音とともに絞められていた腕が抜けた。

「乱暴はしないでくれ」

中国語である。

朝倉は床に落ちているヘッドセットを拾い、暗視ゴーグルで周囲を見た。

三人の男が二段ベッドのパイプにロープで繋がれた状態で気を失っている。

他のベッドの上にも、片方の手をロープで繋がれている男たちがいた。

「おまえたちは、〝中国餐庁・客桟〟にいた男たちだな」

朝倉は廊下を気にしつつも、男たちの顔を確認した。全員コロンボへ移送中にディフェンダーごと連れ去られた連中である。ちなみに朝倉は警視庁時代に中国語の勉強をし、日常会話程度ならできる。当時、都内の繁華街ではチャイニーズマフィアが猛威を振るっていたため、必要に迫られて覚えたのだ。

「そっ、そうだ。あんたスリランカの警察官か？」

朝倉に手探りで近づいてきた男が、戸惑いながら答えた。この男だけロープでなく、手錠が掛けられており、室内を自由に移動できるようだ。他の男たちの世話係なのだろう。トイレの代わりなのか、部屋の片隅に異臭の原因と思われる蓋をしたポリバケツが置かれている。手錠の男は、ロープで縛られて動けない男たちの下の世話もしているのかもしれない。

「警察じゃない。ある組織の人間だ。どうして、監禁されている？」

適当に質問で誤魔化した。警察と答えない方がいいだろう。

「俺たちが、ドジを踏んだと見なされたんだ」

男は暗闇の中で肩を竦めて見せた。仲間に裏切られて、火事で焼け出されたことだろう。

「拘束されているようだが、大丈夫か？」

朝倉は苦笑がてら尋ねた。

「助けてくれ。俺たちは何も悪いことをしていないんだ」

悪人の常套句《じょうとうく》である。再度、この男たちを捕まえれば、今度こそ観念して何か白状するかもしれない。

――こちらデルタ０１、近くの部屋から男が出てきた。そっちに行くぞ。

マクヒューの警告である。少々暴れたので、他の部屋の住人を起こしたのだろう。

「誰か来る。適当に誤魔化せ」

朝倉は近くにいる手錠の男に小声で命じた。

「うるさいぞ！　何をしている」

廊下からドアが叩かれて、大声で怒鳴られた。

「なっ、なんでもない。トイレに行きたくて、ベッドから落ちたんだ」

手錠の男が、答えた。

「寝ろ！　分かったか！」

「わっ、分かった。許してくれ」

手錠の男が答えると、足音が遠ざかっていく。

――こちらデルタ０１、男が部屋に戻っていく。君より、少し背の高い男だったよ。

「何、本当か？」

朝倉は眉を吊り上げた。例のパルサー２２０Ｆで逃走した男の可能性がある。

――どうかしたか？

「どの部屋から出てきた？」

――一番北側の君から見て、右手の部屋だ。

「了解」

腕組みをした朝倉は、手錠をした男の前に立った。

「さっき怒鳴ってきた奴は、バイクでゴールに来た背の高い男か？」

朝倉は手錠の男の胸ぐらを摑んだ。

「そっ、そうだ。あの男がリーダーだ。俺たちは、彼に殺されるかもしれない」

手錠の男は、両眼を見開いた。

「可能性は高いな。おまえらは、あの男に殺されるんだ。〝中国餐庁・客桟〟に放火したのは、あいつだ。追手の妨害というより、おまえらの口封じだったのだろう」

朝倉は背の高い男が、ガソリンを撒いたことを男たちに教えた。

「なんて奴だ！」

手錠の男だけでなく、ほかの男も歯ぎしりをした。

「あの男の名前は、何というのだ？」

「于大宝《ユ・ターパオ》だ。詳しくは知らないが、俺たちと違って軍人らしい」

手錠の男は声を潜め、身震いした。彼の口ぶりからしても、この部屋の男たちからの情報は期待できそうにない。やはり、背の高い男を拘束する必要があるようだ。

「逃がしてやるから、協力しろ」

朝倉は男たちに耳打ちし、それぞれのベッドに戻した。

6

四月二十六日、零時十二分、朝倉はハンバントタ港の第三倉庫にある一室に身を潜めていた。

監視の目となっていた〝ブラックホーネスト〟は、電池が切れる前にマクヒューに戻すように連絡を入れてある。ここから先は孤立無援の闘いとなりそうだ。

室内を見渡した朝倉は、拘束されている男たちがベッドに戻っているか再度確認すると、暗視ゴーグルをヘッドギアごと外してバックパックに入れた。

拘束されている男たちには協力を条件に解放を約束したが、彼らの手首に結ばれたロープはまだベッドのパイプに繋いだままである。彼らを自由にするのは、背の高い男を確保してからの話だ。そもそも、彼らを信用することなどできない。

張衛《ちょうえい》という名の手錠の男には簡単な尋問をして、この倉庫の状況を聞いている。拘束されている八人の男以外は、ディフェンダーを運転してきた于大宝と彼の部下を含む四人と倉庫の管理をしている二人の合計六人だそうだ。朝倉はすでに四人の男の自由を奪ってあるので、残りは二名ということになる。

〝中国餐庁・客桟〟から逃走した男たちは、コロンボに戻され〝コロンボ国際金融シティー〟の工事の労働者として働かされるようだ。また、田村のことも聞いたが、関わっていないため知らないらしい。

彼らは福建《ふっけん》省の刑務所から釈放を条件に、コロンボで工作活動をするために連れてこられたそうだ。銃が見つかったコロンボのアジトで逮捕されたのは仲間らしいが、グループが違うためによく知らないという。彼らは二十人前後で一つのグループを作って行動するようだ。それをまとめるのが、于大宝のような人間らしい。

張衛が于大宝のことを軍人だと言ったのは、彼の言葉遣いが威圧的で規律を重んじるからだそうだ。また、任務に失敗した場合は、殺すといつも脅されていたらしい。于大宝は人民解放軍の情報機関に属する工作員かもしれない。

朝倉は出入口の前に立つと、ドアを叩いた。

「助けて！」

「出してくれ！」

入口近くのベッドにいる二人の男が、大声で叫び出した。彼らにわざと声を張り上げるように指示をしたのだ。

朝倉がドアに耳を付けて廊下の様子を窺っていると、他の部屋のドアが大きな音を立てて開けられた。足音が近付いてくる。

「静かにしろ！」

ドアが荒々しく開けられ、男が入ってきた。

朝倉は男の右腕を取って部屋に引き摺り込み、ドアを閉じた。

「何！」

声を上げた男は、朝倉の手を振り払った。危険に即応する訓練を受けているらしい。だが、朝倉は間髪《かんはつ》を入れずに男の首筋に手刀を叩き込んで気絶させた。

部屋の照明スイッチを点けたが、男の顔に見覚えはない。

「くそっ！」

朝倉はもう一度ドアを叩き、ベッドの上の男たちに合図を送る。

「ここから出せ！」

「早くしろ！」

「俺たちに自由を返せ！」

さっきと違い、男たちが総出で騒ぎ始めた。朝倉が簡単に男を倒したので、調子に乗っているのだろう。

朝倉はドアに耳を付けて再び外の様子を窺ったが、ドアが開く音は聞こえない。于大宝が騒ぎに気付かないのはおかしい。

「静かにしろ！」

朝倉は騒ぎ立てる男たちを怒鳴りつけた。

男たちが黙ると倉庫は静けさを取り戻したが、それも束の間、シャッターの開く音がする。于大宝は異変に気付き、密かに部屋を抜け出したらしい。

「逃げる気か」

朝倉は、部屋を飛び出した。

ディフェンダーのエンジン音が響く。于大宝が乗っているに違いない。車にＧＰＳ発信機が取り付けてあるわけではない。ここで逃がしたら、追跡は不可能だ。

置かれている重機の隙間を縫ってディフェンダーに近付くも、あと一歩のところで車は後輪から砂煙を上げて走り去った。

「逃がすか！」

朝倉はもう一台のディフェンダーに乗り込んだ。

――こちらデルタ０１、車が倉庫を出たぞ。

「分かっている。追跡する」

話しながら朝倉は車の鍵を探したが見つからない。こんな時に映画やテレビ番組なら、ハンドル下の配線を引っ張り出してショートさせてエンジンを掛けるところだが、現実にはセルは回転してもエンジンは始動しない。

「くそっ！」

舌打ちした朝倉は車を飛び出し、倉庫を駆け出た。

――こちらサラディーン０１、指示をお願いします。

「ディフェンダーを停めるんだ」

朝倉は港のフェンスを飛び越した。

港のゲートを通過したディフェンダーが、左方向から迫ってくる。

グロックを抜いて、ディフェンダーの前輪を連射した。

右前輪がバースト。

ディフェンダーがフェンスにぶつかってスピンし、反対車線の木に衝突して停まった。

運転席側に駆け寄った朝倉はドアを開け、于大宝を車外に引き摺り出した。于大宝はシートベルトをしていなかったらしい。頭を負傷している。

「むっ！」

朝倉は眉間に皺を寄せた。于大宝が胸から血を流しているのだ。出血を抑えるために、胸を強く押さえた。だが、長くは持たないだろう。

――こちらデルタ01、逃亡者を阻止した。

マクヒューが狙撃したらしい。もっとも彼にはスナイパーとしてバックアップを頼んでいた。逃亡阻止も彼の仕事のうちである。

「ブルーフォックス01。了解。倉庫は制圧した。次の指示まで、待機していてくれ」

彼に恨み言は言えない。任務を遂行したまでだ。

――デルタ01、了解。

「日本人をどこに連れ去ったのか、知らないか？」

無線連絡を終えた朝倉は、于大宝の耳元で尋ねた。

「……もう……追いかけられない。ざまあみろ」

于大宝は咳き込んで口から血を吐いた。銃弾は肺と動脈を貫通しているらしい。

「どういう意味だ？」

「……遠い……海の上だ……」

于大宝は弱々しく笑うと、首をがくりと垂れた。

「馬鹿野郎！」

朝倉は両手の拳を振り上げ、大声で叫んだ。

7

田村はドアの鍵が開く音で、夢から半ば覚めた。

何も食えずに行軍するという特戦群時代に行われたサバイバル訓練の夢だった。だが、目覚めても空腹感は変わらない。もっとも、今では空腹というのも感覚的なもので、本当に腹が減っているのかも分からなくなっている。

「さっさと、出ろ！」

ドアを開けたスキンヘッドのチョウが、声を上げた。

田村は亀のような動作で壁に備え付けのベッドから体を起こした。

昨日、コンテナから機関室に近いエリアにある船室に移された。船室と言っても四畳半ほどの広さで、幅が九十センチほどのベッドと、蓋のないステンレス製のトイレが据え付けられた独房のような部屋である。便器は蓋がないため臭うが、それでも床に垂れ流すよりはましだ。

船倉に増築したらしく、柱こそ鉄製で床と天井に溶接されているが、壁やドアは木製である。他にも部屋があるらしく、密航するために作られた隠し部屋なのだろう。

コンテナには三日間入れられていたらしい。その間、水だけで食事を与えられなかったのは、田村の反抗心を奪うためだったようだ。独房に入れられてからは、日に二度、クラッカーと水を与えられているが、栄養が極度に足りないのは変わらない。

田村は前後にＡＫ４７を構える男に挟まれて、機械油の匂いがする暗い廊下を歩く。数メートル進み、別の部屋に入った。湿気臭い淀《よど》んだ空気の漂う、十五、六畳ある部屋だ。

「座れ！」

　スキンヘッドのチョウが、ＡＫ４７のストックで田村の膝裏を突いた。たまらず、田村は跪いた。

　正面に前回見た時にサングラスを掛けていた中年の男が、折り畳み椅子に座って煙草を吸っている。煙草の煙が部屋の空気をさらに汚染しており、田村は咳き込んだ。

「ここは、機械室の隣りにあとで作らせた特別な部屋でね。尋問するにはちょうどいいんだ。だが、換気扇まで作ることはできなかった。そのため、この船の中で一番空気が悪い。尋問する側にとっても苦痛なんだよ。だから、いつしか、我々も〝苦悶《くもん》の部屋〟と呼ぶようになった。前置きはこの辺にして、君に聞きたいことがある」

　男は唐突に口を開いた。

「私は、田村康弘二等陸佐だ。質問するなら名乗るべきだろう」

　田村はふらつきながらも顔を上げ、男をまっすぐ見た。自衛官たるもの、敵に弱みは見せられないのだ。

「つまらん軍人魂だが、気骨のあるところを評価しよう。私は中国の歴史が好きでね。特に過去の優れた武将に興味を持つ。ちなみに君には、李牧《りぼく》という武将の名をコードネームとして使っている。それにふさわしい態度で接して欲しいものだ」

男は穏やかに笑って見せた。絶対的な優位に立っていることを田村に教えるためだろう。

「それがどうした。名前を聞かなければ何もはじまらない。私は礼にうるさいんだ」

田村は譲るつもりはなかった。一つでも相手の言うことを聞けば、それは負けである。

「私の名は、王鉄林《ワン・ジリン》だ。質問は簡単だよ。君は防衛駐在官補佐だ。ということは、幕僚監部から様々な情報は得ているはずだな。日本は陸上配備の〝イージス・アショア〟を最終的にどこに配備するか決めたと聞く。正確な場所を教えてもらおうか」

王鉄林は、煙草の煙を田村の顔に吹きかけた。

陸上配備〝イージス・アショア〟とは、北朝鮮のミサイルに対抗する陸上配備型ミサイル防衛システムのことである。北朝鮮の攻撃の無力化を目的としているが、中国にとっても攻撃手段として使えば、脅威になると言われている。

二〇一七年十二月、日本政府はイージス・アショア導入を正式に表明し、秋田県と山口県の配備への検討に着手した。だが、両県から選定への懸念が持ち上がり、二〇一九年四月現在も検討の域を出ていない。

後に発覚することだが、防衛省の選定段階で、測量もせずに安直にグーグルマップで場所を決めるなど計画がずさんだったからだ。また、秋田県と山口県を選んだ理由も、北朝鮮から発射したミサイルに対して、ハワイとグアムの米軍基地を守るためだというとんでもない疑惑も持ち上がっている。実際、防衛省に選定理由を求めても、確かな回答が得られないため、疑惑を打ち消すことができないのだ。

「馬鹿な。そんな軍事機密を知っていたとしても、教えるわけがないだろう」

　田村は首を大きく振った。

「まだ、拒否できる元気があるのか。もっとも、次の寄港地まで、君の体力と気力が持つか、楽しみだよ。我々も君が死なないように、最大限のサービスはするつもりだ」

　王鉄林は、腹に響く声で笑った。

「私は、自衛官だ。我が国の不利益になるようなことは、断固として拒否する」

　両手を後ろに組んだ田村は、背筋を伸ばした。

「生意気な！」

　顔を真っ赤にした王鉄林は、田村の鳩尾《みぞおち》にパンチを入れた。

「ぐっ！」

　田村は歯を食いしばって耐えた。

「馬鹿野郎」

　チョウが田村の後頭部をＡＫ４７のストックで殴りつけた。

「むっ……」

田村は膝から崩れ、気を失った。

フェーズ8：海上の敵

1

四月二十六日、午前一時五十分、朝倉はハンバントタ港の第三倉庫の一室で、閉じ込められていた八人の男たちの尋問を行っていた。

国松と中村は、朝倉が拘束した五人の男の尋問を終え、倉庫内にある宿泊施設の捜査をしている。また、マクヒューらには、于大宝の死体とディフェンダーの始末を頼んだ。車のエンジンは動くのでバーストしたタイヤを交換し、朝倉らのハイエースの近くに停め、于大宝の死体はジャングルの中に埋めたと、十分ほど前に連絡を受けている。今は第三倉庫が見える場所で監視活動をしているはずだ。

于大宝の逃走を阻止した際、朝倉がディフェンダーを銃撃した場所は、検問所から三百メートル以上離れていた。今のところ、警備員は出てくる様子はない。

だが、もし朝倉のグロックの銃声を聞きつけていたら、応援を呼んでいる可能性もある。

また、警備員も心配だが、于大宝の仲間が駆けつけてくるかもしれない。そのための監視活動なのだ。

朝倉が八人の男たちを尋問している場所は、于大宝が使っていた部屋である。この部屋だけ、ベッドは木製で、机と椅子にソファーまで設置されていた。彼が特別な存在だったことはこれで分かる。また、別の五人は、廊下を挟んで反対側の部屋に監禁してあった。逃げ出すことはできないだろうが、近くに置いておく方が安心できるからだ。

尋問は一人ずつ行うため、残りの七人は隣りの部屋に監禁してある。于大宝の部屋が取り調べに適していることもあるが、彼らがいた部屋は、異臭のため長居はできないからだ。一番初めに手錠を掛けられていた張衛を尋問した。睨んだ通り、彼が一番若いため、他の男たちの世話係をさせられていたらしい。彼らは食事もろくに与えられずに部屋からは一歩も出ることもできず、排泄はポリバケツでさせられていたようだ。

「知っていることは、それだけか？」

椅子に座っている朝倉は、机を挟んで八人目の荘《そう》という男に最後の質問をした。椅子がもう一つあればいいのだが、ソファーに座らせるわけにはいかないので、立たせてある。また、手首は緩くではあるが、ロープで縛ってあった。抵抗しないことは分かっているが、彼らの立場が悪いことを思い知らせるためである。日本なら人権問題であるが、ここなら無視できる。

尋問の前に彼らには嘘がつけないように、証言を他の男たちに確認し嘘と判明したら、スリランカ警察に引き渡すと警告した。もっとも、奴隷のようにこき使われ、その上殺されかけたために組織を庇うものはいないようだ。だが、すべてを話すかといえば、彼らの口は重かった。報復を恐れているのだろう。

これまで全員に、名前と役割、他のメンバーなど彼らが属していた組織の情報、それに田村の行方を聞いてきた。だが、期待した情報は得られていない。

「知っていることは全部話した。俺たちは、いったい、どうなるんだ？」

荘は両手を合わせ、祈るように尋ねてきた。年齢は三十九歳、福建省出身。喧嘩をして相手に怪我を負わせたために五年の禁固を言い渡されて刑務所で過ごしていたらしい。だが、昨年の十一月、残りの刑期の免除と引き換えにスリランカでの労働を言い渡されたそうだ。他の男たちも似たり寄ったりで、いずれも元服役囚である。

彼らは福建省福州《ふくしゅう》市の港から、建設機材や建材と共に五十人ほどの中国人と一緒に貨物船で連れてこられたそうだ。取り仕切っているのはチャイニーズマフィアの一つである蛇頭《じゃとう》らしい。

かつては蛇頭による日本への密航者が問題視されていたが、ここ数年激減している。だが、他の国への密航は未だに多いらしい。尋問した八人は、犯罪に関わっているのは蛇頭で、于大宝のような元軍人が主犯だと口を揃える。だが、刑期を免除して刑務所から出すというのなら、政府の役人も関わっているのだろう。

「倉庫の捜査が終わり次第、釈放してやる」

朝倉は事務的に答えた。彼らも犠牲者と言えなくもないが、同情するつもりはない。

「だが、どこにも逃げられない。パスポートも金も取り上げられたんだ」

荘はロープで結ばれた両手を振って見せた。

朝倉はバックパックから、赤いパスポートを出して荘に向かって投げた。

「こっ、これは……」

慌てて受け取った荘は、中を確認して目を剝いた。彼のパスポートなのだ。

朝倉は于大宝の部屋を使う前に、机の引き出しから八人分のパスポートと金を見つけている。これまで尋問した七人には、それぞれのパスポートを返した。

「それと、金だ。とりあえずどこかに行けるだろう」

朝倉は荘に札を渡した。六千二百元、日本円にして十万円弱ある。于大宝の引き出しの奥にあった札束を単純に八等分したのだ。

充分ではないが、スリランカから第三国へは行けるだろう。だが、あえて国に帰れとは言わなかった。刑期を免除されて刑務所から出てきたそうだが、あてにはならない。帰国した途端、再逮捕される可能性はある。中国が一度刑務所に入った人間を自由にさせるとは思えないのだ。

「あっ、ありがとう。ありがとう」

荘は何度も頭を下げた。

「隣りの部屋にいる仲間と、今後どうするか相談するんだな」

朝倉は男のロープをサバイバルナイフで切断した。

「こんなに親切にしてもらって、本当にありがたい。言い忘れていたことを思い出した。拉致された日本人のことと情報が繋がるか分からないけどね」

荘はドアの前に立つと、振り返って言った。

「なんだ？」

朝倉は頷いて話を促した。金を渡すのは、重い口を開かせるためもある。だが、最初から渡せば、こういう連中はさらに要求してくるので意味がないのだ。

「中国から貨物船でスリランカに到着した日も、ここに一晩泊まっている。その時、于大宝は、俺たちのパスポートを取り上げて、帳簿のようなものを付けていたんだ。逆に、空になった貨物船にはスリランカの果物とか積み込むんだが、俺たちと入れ違いにその船で中国に帰る奴がいた。その時、于大宝は、逆の手順でパスポートを返して、帳簿に記載していた」

荘は遠くを見つめるような目で言った。彼らには于大宝が死ぬ前に語った「遠い、海の上」という言葉を教え、すでに船で連れ去られた可能性について話してある。

「その帳簿は、どこにある？」

朝倉は表情も変えずに尋ねた。イニシアチブを取られずに情報を引き出すには、態度を変えないことである。

「分からない。ちょうど、今のあなたのように椅子に座っていた于大宝は、引き出しから帳簿を出していた。引き出しにないのか？」

荘は朝倉の前の机を指差した。天板の幅は百十センチ、奥行きは六十センチあり、引き出しは左右に二つある。右の引き出しには筆記用具とディフェンダーの鍵、左の引き出しにパスポートと金が入っていたことは確認している。書類等があればと期待していたが、この部屋には棚やロッカーもない。

「大きさ、色は？」

「あなたが使っている手帳より、一回り大きいサイズだった気がするよ。色は確か、濃紺だった」

首を捻った荘は答えた。

朝倉は尋問する際に、いつものＡ７サイズ（七十四ミリ×百五ミリ）のメモ帳を使っていた。それより一回り大きいということは、Ａ６サイズ（百五ミリ×百四十八ミリ）ほどの大きさだろうか。

「そうか。分かった。もう行っていいぞ」

朝倉はドアを開け、荘の肩を叩いて廊下に出し、隣りの部屋に入るのを確認した。話し声は聞こえないので、他の七人はすでに眠っているのかもしれない。明日になれば、この倉庫から出て行くだろう。残されたディフェンダーは、自由に使えと言ってある。一台で八人乗ることも可能なので、空港のある街まで行けるはずだ。

また、監禁されていなかった他の五人に関しては仲間に連絡を取られるとまずいので、手足を縛って拘束してある。

「帳簿か」

机を見て呟いた朝倉は、引き出しを調べ始めた。于大宝の死体も狙撃されたディフェンダーも調べ尽くしている。だが、車から見つけた９２式手槍以外は、何も見つけることはできなかった。

「やはり、ないか」

左右の引き出しの中をハンドライトで照らしたが、あるのは筆記用具だけだ。

「待てよ」

朝倉は、左右の引き出しを同時に手前に出して見比べた。

筆記用具を取り出してみると、引き出しの底の深さが左右で違う。

「これか？」

引き出しの手前に小さなノブがあり、上に引っ張ると底板が外れた。底板に見えたのは偽装の蓋で、二重構造になっていたのだ。

「あったぞ！」

朝倉は濃紺の帳簿を手に取った。

2

机の上の帳簿を眺めていた朝倉は、腕時計で時間を確かめた。

午前二時二十分になっている。

帳簿を三十分ほど調べていたが、疲れているせいで眠くなり、集中力を欠いてきた。また、すべて中国語の簡体文字で書いてあるせいもある。帳簿の意味を理解するには、腰を据えて掛からないと無理だろう。

大きな欠伸をすると、無線機のスイッチを入れた。

「こちら、ブルーフォックス01。サラディーン01、応答せよ」

朝倉は国松に無線連絡をした。

――こちらサラディーン01、何か分かったのか？

国松がいつものごとく気さくに返事をした。無事に倉庫に侵入できたので、安心しきっているのだろう。国松と中村は、建物だけでなく重機など倉庫内部を徹底的に調べていた。

「帳簿には、昨年の五月から入出港した船と積荷とも言える中国人労働者の名前が記されている。貨物船は福建省や上海から来て、スリランカからはアフリカ行きが多い。詳しく調べたのは、爆弾テロがあった四月二十一日からの記録だが、今のところ田村らしき人物が乗ったというような記載は見つけられない」

朝倉は簡単に説明した。中国からは人は入って来るが、帰るケースは少ないようだ。スリランカ経由でアフリカなどの工事現場で働かせるのだろう。

――こっちもそうだ。隠し部屋か地下室がないかも調べたが、今のところ見つかっていない。

「撤収だ。デルタ０１にも連絡する」

朝倉は立ち上がると、帳簿をポケットに入れた。マクヒューらは、藪蚊の多い森から第三倉庫を監視している。蚊除《よ》けのスプレーがあるとはいえ、屋外での監視活動は厳しいのだ。彼らのためにも、早期に倉庫を撤収する必要があった。

――了解。

――了解です。

国松と中村がほぼ同時に返事をしてきた。彼らも早く撤収したかったのだろう。検問所の警備員には気付かれなかったようだが、彼らの存在が気になっていたのだ。

部屋を出ると、ＡＫ４７を背にした国松と中村が、重機の間を通り抜けてやってきた。

「捕虜はどうしますか？」

国松が尋ねてきた。中村の手前、言葉遣いを少々改めている。最近では、意識することなくそれができるらしい。

「二人連れて行く。叩けば、まだ埃《ほこり》は出るだろう」

朝倉は向かい側のドアを開けた。拘束した五人とも連れて行きたいところだが、足手まといになるだけだ。

「五人を見張るのはしんどい。実は私もそう思っていました」

国松は中村に頷いてみせた。

「それでは、陳《ちん》と楊《よう》で、いいんですよね」

中村は先に部屋に入り、振り返った。中村が指名したのは、この倉庫の管理をしていた中国人と聞いている。あとの三人は、朝倉が尋問した八人の男と境遇はたいして変わらなかったらしい。陳と楊は蛇頭の一味と思われる。彼らは所持していたパスポートで名前や年齢は分かっているが、黙秘を貫いたようだ。そのため、改めて朝倉が尋問するつもりだった。

「そうだ」

頷いた国松も部屋に入った。もちろん朝倉に異存はない。

国松らは陳と楊の足を縛ってあったロープを解くと、二人を部屋から連れ出した。

——こちら、デルタ０１。ブルーフォックス０１、応答せよ。

マクヒューからの無線だ。ちょうど、撤収の連絡をしようと思っていたところだ。

「こちら、ブルーフォックス０１」

——検問所に二台の車が向かっている。タタのゼノンだ。関係ないかもしれないが、念のため連絡した。

ゼノンは、タタ・モーターズのピックアップトラックである。

「ありがとう。撤収するつもりだった」

無線通話を終えた朝倉は、険しい表情になった。

「どうしたんだ？」

国松が心配げな顔をしている。

「二台の車がこっちに向かっているらしい。陳と楊を連れて撤収してくれ。俺は例の八人を逃がす。車で合流しよう」

朝倉は于大宝の部屋に戻り、引き出しからディフェンダーのキーを取り出すと、隣りの部屋に入った。

「起きろ！　組織の人間がやって来るぞ。車に乗れ！」

大声で男たちを叩き起こし、シャッターの開閉ボタンを押すとディフェンダーに駆け寄った。「組織の人間」と聞いて、誰しも飛び起きた。違うかもしれないが、脱出しておいて損はない。

朝倉はいち早くディフェンダーの運転席に乗り、バックミラーで男たちが乗り込むのを確認する。

「全員、乗りました」

張衛が、先に助手席のドアに手を掛けた男を突き飛ばして乗り込んできた。後ろによろめいた男は仕方なく、荷台に乗り込んだ。張衛は世話係として、さんざんこき使われたので、仲間に腹を立てているのだろう。

「行くぞ！」

朝倉は目立たぬようにライトは点灯せず、アクセルを踏み込んだ。

上がりかけたシャッターの下をぎりぎり通り抜けると、そのまま直進した。

「えっ、どこに？」

張衛が戸惑っている。検問所がある正門に行くのならハンドルを右に切らなければならないからだ。

「やはり、そうか」

バックミラーを見た朝倉は、鼻先で笑った。二台のゼノンがぴたりと付いて来る。正門に回れば、検問所に向かった車と出くわすため避けたのだが、予想通り追ってきたようだ。狙いはやはり、侵入者である朝倉らと拘束していた男たちだろう。

銃声！

近くのコンテナに火花が散った。

「撃ってきた！」

張衛が悲鳴を上げた。

「掴まっていろ！」

朝倉は大声で発すると、猛スピードでコンテナの間をすり抜け、埠頭に出た。意外と埠頭も暗い。スピードを上げているので、たまらずライトを点灯させた。

銃声！

悲鳴とともに荷台から男が転げ落ちた。

「李《リ》が、撃たれた！」

ウィンドウを下げた張衛が、顔を出して振り返った。

「馬鹿野郎！　頭を出すな！」

朝倉は左手で張衛を引き寄せた。

二台のゼノンは、並列に並んで銃撃してきた。

ブレーキペダルを踏み込む。

後続車は、衝突を避けようと左右に分かれた。

二台のゼノンが蛇行しながら追い越していった。すかさず朝倉はアクセルを踏み込み、右の車のテールにバンパーをぶつける。衝撃とともに右の車は、岸壁から夜の海にダイブした。

もう一台のゼノンが左横に並び、ボディーをぶつけてきた。海に落とそうとしているのだ。

「ハンドルを持っていろ！」

朝倉は張衛にハンドルを握らせるとグロックを抜き、助手席の窓からゼノンの運転手に向かって発砲した。

ゼノンは大きく左に逸れて行く。狙いはわざと外している。だが、威嚇《いかく》には充分だった。

朝倉はハンドルを切って追いかけ、ゼノンの左後輪に銃弾を集めた。

破裂音とともに、左後輪が弾け飛び、ゼノンは左に大きく曲がるとコンクリートブロックに乗り上げて横転し、火花を散らしながら横滑りして停車した。

「李を見てこい！」

張衛に命じると、朝倉は車を降りて横転したゼノンに近付く。

銃を構えながら車内を覗き込むと、運転手は助手席の男と折り重なって気を失っていた。

二人とも頭から血を流しているが、生きているようだ。

「まずい！」

朝倉は二人を車から引きずり出し、離れた場所に寝かせた。ガソリンが漏れ出しているので、引火の恐れがあるのだ。

「駄目だった」

張衛が戻ってきた。顔が青ざめている。

振り返ると、李は仰向けに転がったまま動かない。

「死んだのか？」

「……はい」

張衛は力なく首を振った。

「これから先は、おまえらで考えろ。早く港を離れるんだ。あてはあるのか？」

朝倉は張衛の肩を叩くと、背中を押してやった。

「ありがとう。ガルメイン・ロード沿いにある火鍋の〝美肥羊〟という店に行こうと思っている。来てくれたらご馳走するよ。あの店の主人は知り合いなんだ。そこで働くよ」

張衛は頭を下げるとディフェンダーの運転席に乗り込み、車を走らせた。〝美肥羊〟なら、その前を通り過ぎたことはある。張衛は地元の華僑と繋がりがあるようだ。

「こちら、ブルーフォックス０１、サラディーン０１、応答せよ」

埠頭と反対方向に歩きながら、朝倉は無線で国松を呼び出した。

――こちら、サラディーン０１、無事だったか？

「これから待ち合わせ場所に向かう」

朝倉はジョギングするように走り出した。

3

朝倉はライトを点灯させたハイエースの助手席で、帳簿を見つめていた。

場所はハンバントタ港の南にある森の中で、十二時間ほど前に停めたままの状態である。第三倉庫から脱出したが、移動するには体力を使い過ぎた。そのため、仮眠してから出発することにしたのだ。

銃撃戦があった埠頭に救急車とパトカーが駆けつけたが、現場検証するには暗いと判断したのか警察も三十分ほどで帰っている。諸外国なら大型の投光器を使って鑑識作業をするはずだが、地方の田舎町のため、人手も機材も足りないのだろう。あるいはハンバントタ港は中国の公社が使用権を持ち、中国の領土と扱いは変わらないため、警察も関わりたくないのかもしれない。

国松と中村は、ハイエースの荷台で横になって眠っている。朝倉は帳簿が気になって眠れず、彼らを先に休ませたのだ。マクヒューラも、近くに停めたフォード・エクスプローラーの中で休んでいる。藪蚊と奮闘しながら見張りをしていたため、相当疲れたようだ。

于大宝が乗っていた車も近くに停めてあり、荷台には手足を縛った陳と楊を乗せている。

フロントガラスとフェンダーに銃痕があるので、一般道は走れないが、二人を拘束するには充分だ。トラックの荷台に幌《ほろ》はあるが、ドアもないため藪蚊は自由に出入りできる。拷問ともいえるが、一、二時間後には移動するので問題ないだろう。

目頭を揉《も》んだ朝倉は首を回し、腕時計を見た。午前二時五十分になっている。時間はいたずらに過ぎ、疲れも限界に達しているが、ここで休むことはできない。

朝倉は自分のメモ帳の最後のページを開いた。帳簿から写した爆弾テロ事件が起きた四月二十一日から今日までの貨物船の入出港の記録が、日付ごとに書き出してある。

二十一日　入港・海皇号・○
二十二日　入港・海輝　　　　出港・海皇号・○ア（十八）
二十三日　入港・上海号・○　出港・海輝・○中（二十二）
二十四日　入港・大慶　　　　出港・上海号・○ア（十六）
二十五日　入港・厦門号　　　出港・大慶
二十六日　停泊中・厦門号

○は、帳簿には積荷として人名のリストがあったことを意味する。○の後の〝中〟は行き先が中国、〝ア〟はアフリカで、（　）内は、その人数である。入港時の人数は拉致には関係ないので記載しなかった。

「四隻か」

朝倉はメモ帳に記載された海皇号、海輝、上海号、厦門号にチェックマークを入れた。田村が乗せられた可能性がある貨物船である。大慶は、積荷である人は乗せなかったらしいので、除外した。

　また、于大宝が死に際の「遠い海の上」と言ったのが気になる。その言葉を信じるなら、停泊中の厦門号は、リストから外してもいいだろう。臨検を誤魔化すために嘘を吐いた可能性もなくもないが、あの時の于大宝の態度は朝倉を出し抜いてやったという感じがした。とすれば、二、三日前に出港したと考えるべきだろう。

「三隻に減ったな」

　この三隻のうちのいずれかが拉致事件に関与しているのなら、五十六人の中に田村とナナヤッカラが紛れている可能性が高い。というのも、于大宝は冷酷な人間かもしれないが、帳簿を見る限り非常に几帳面《きちょうめん》な性格なようだ。直属の上司に対して、どんな質問にも応えられるようにしていたのだろう。とすれば、田村とナナヤッカラも、偽名にして第三者が分からないように記録された可能性はあるはずだ。

　帳簿とメモ帳をポケットに入れると、助手席のボックスに入れてあるミネラルウォーターのボトルを出した。国松らが調達してきたものだ。ボックスの横に束ねてあるロープを手にした朝倉は、運転席のライトを点けたまま車を降りた。

　空は一面雲に覆われているので、ライトを点けなければ、真の闇に包まれてしまう。朝倉はすぐ近くに停めてあるディフェンダーの荷台の前に立ち、ハンドライトを点灯させた。

陳と楊は、朝倉の気配に気付き、体を起こした。

「眠れたか？」

朝倉はハンドライトを荷台の片隅に置いて尋ねた。むろん蚊に刺されて眠れないのは、知った上である。殴るような拷問をするよりも、効果的なはずだ。

「蚊に刺されて、大変なんだぞ。デング熱やチクングニア熱になったら、どうするんだ！」

陳が声を荒らげた。もう一人の楊は、黙って朝倉をじっと見つめている。怯《おび》えているのか、あるいは脱出の機会を窺っているのかのどちらかだろう。二人とも、露出している顔をかなり刺されたようだ。何ヶ所も赤く腫れ上がっている。

「心配するな。その時は、病院の前に置き去りにしてやる」

鼻先で笑った朝倉は、ペットボトルの水をうまそうに飲んだ。

「頼む。車の中に入れてくれ。それに水が欲しい。喉が渇いて死にそうだ」

陳は膝立ちで近付いてきた。

「だったら、死ね。自由になれるぞ」

朝倉は表情もなく言った。

「俺たちが、いったい何をしたと言うんだ。あんたに、何か悪いことをしたのか！」

陳は体を揺すってみせた。

「俺に有益な情報をもたらさない。それが、罪になるんだ」

朝倉はまたペットボトルの水を飲んだ。

気温は二十七度だが、湿度は八十パーセントを超えている。何もしなくても汗が吹き出て、喉は渇くのだ。

「何も知らないんだ。仕方がないだろう」

陳は肩を竦めて苦笑した。まだ余裕があるらしい。もうしばらく、このままの状態にした方がよさそうだ。

「拉致された日本人とスリランカ人が、貨物船に乗せられたはずだ。何かいい情報をくれれば、今すぐにでも解放してやる」

朝倉は二人の男を交互に見た。

だが、男たちは押し黙ってしまった。朝倉は手にしていたロープを、二人の男たちの足に絡ませて荷台の鉄パイプに縛り付けた。

「なっ、何をする？」

陳は怪訝な表情になった。

「俺たちは一時間後にここを発つ。おまえたちは足手まといになるから、ここに置いていく。そのうち誰か見つけてくれるだろう」

「ばっ、馬鹿な。こんな荒地の森に誰が来るんだ。そんなことをしたら死んでしまう」

陳の顔色が変わった。ようやく事態の深刻さが分かったらしい。

「運が良ければ、見つかるだろう。それに三百メートル以上先に届くような大声を出せば、誰か気が付くかもしれないぞ」

朝倉は声に出して笑った。

「俺たちが、第三倉庫に来たのは、一昨日だ。それ以前のことは知らない。少なくとも、二十四日以降に出港した貨物船に、日本人は乗っていなかった。本当だ」

楊が突然話し始めた。陳には任せておけないと思ったのだろう。

「そんな話を聞かされても、役に立たねえんだよ」

朝倉は楊の胸ぐらを掴んで引き寄せた。

「日本人がどの船に乗ったかは、本当に知らない。だが、王鉄林が乗った貨物船に乗せられたはずだ。王鉄林が爆弾テロ事件のイスラム教徒を支援していた。彼は人知れずスリランカを出国しなければならないから、貨物船を使うことになっていた。だから、日本人も一緒に連れて行ったはずだ」

楊は口の端から唾を飛ばしながら答えた。

「馬鹿野郎！　なんてことを言うんだ。殺されるぞ！」

陳は楊に頭突きを食らわせた。

「おまえは黙っていろ」

朝倉は陳の顎に鉄拳を食らわせて気絶させると、楊の足のロープを解いてやった。

「助けてくれ。何でも話すから」

楊は口から血を流しながら言った。陳の頭突きで口の中を切ったらしい。

「詳しく聞こうか」

朝倉はペットボトルを楊に渡した。

4

午前四時二十分、腕組みをした朝倉は、Ｅ０１・サウザン・エクスプレスウエイを走るハイエースの後部座席に座っていた。

隣りには、さきほどまで朝倉と会話していた楊が船を漕いで眠っている。すでに手足のロープを解き、自由な状態にしてあった。彼と一緒にいた陳は、ディフェンダーの荷台に置いてきた。手足を縛ってあるロープの結び目を少し緩くしておいたので、がんばれば自力で逃げることもできるだろう。もっとも、すぐに脱出されても困る。

ハイエースの運転は中村、助手席には国松が座っている。彼らが仮眠をとったのは、三、四十分だが体力は回復しているようだ。

「こちら、ブルーフォックス０１、デルタ０１、応答せよ」

朝倉はマクヒューに連絡を取った。

彼が乗るフォード・エクスプローラーは、五十メートル先を走っている。ハンバントタ港から一時間半ほど走っているので、もうすぐマタラに到着するだろう。コロンボに着く頃には、完全に夜が明けている。

――こちらデルタ０１、どうぞ。

マクヒューが眠そうな声で答えてきた。

「眠っていたのなら、すまない。相談に乗ってくれ」

――大丈夫だ。退屈で欠伸していたところだ。この国じゃ、深夜放送もないからな。

マクヒューの低い笑い声が聞こえる。タフな男である。

「捕虜にした楊のことだ」

――あの男か。尋問後はどうするつもりだ？　適当に逃がすのか？

「そのつもりだったが、楊は米国に亡命を希望している。ある程度情報は引き出したが、肝心なことになると、亡命を条件にされて黙秘するんだ」

朝倉は、眠っている楊をちらりと見て声を潜めた。世間話を交えて楊から情報を引き出そうと試みたが、肝心の王鉄林が乗った貨物船のことは亡命を条件に話そうとしないのだ。彼にはもちろん于大宝の帳簿を見せた。スリランカから出国した人員の名簿には、王鉄林が別名で記載されていたそうだ。彼が好んで使う偽名らしい。

――亡命か。確かに彼の言っていることが本当なら、とんでもないことになる。中国と敵対している米国にとって、有益な情報となることは間違いない。政治亡命を望むのなら、問題なく叶《かな》えられるだろう。

「それを聞いて安心した。そこで、もう一つ頼みだが、このまま直接米国大使館に連れて行きたい。悪いが大使に許可を取ってくれないか？」

――分かった。その方がいいだろう。結果は、こちらから連絡する。それまで、休んだらどうだ。このままでは、君の方が先に潰れるぞ。

「そうだな。そうする」

苦笑した朝倉は、腕を組んで目を閉じた。

――こちらデルタ０１、ブルーフォックス０１、応答せよ。ブルーフォックス０１、応答せよ。

「……うん？　ブルーフォックス０１、どうぞ」

目を覚ました朝倉は、慌てて無線に応答した。マクヒューが、何度も呼びかけていたらしい。

――たった今、情報筋から連絡が入った。コロンボ市内に通じる主要道路に軍が検問所を設けたそうだ。別ルートでコロンボに入る。俺たちに付いてきてくれ。

「軍の検問所？　目的は？」

朝倉は腕時計で時間を確認しながら尋ねた。午前五時五分、曇り空のせいか辺りはまだ暗い。三十分ほど眠っていたらしい。

――名目は武器の不法所持だ。テロ対策と兵士には伝達されているようだが、我々の逮捕が目的らしい。上層部には、中国人を拉致した武装勢力という情報まであるようだ。

ＣＩＡからの情報だろうが、スリランカ軍の参謀本部に情報提供者がいるのだろう。

「楊を確保していることが、バレたということか？」

――第三倉庫の異常に警備員が気付いて、通報したようだ。

第三倉庫に三人の中国人を拘束したまま置き去りにしてきた。彼らが組織に連絡し、さらに軍の幹部を動かしている可能性もあるだろう。

「了解。案内してくれ」

無線通話を終わって、運転席を覗くと、ハンドルを握る中村が左手の親指を立ててみせた。彼も無線を聞いていたらしい。だが、助手席の国松は眠っていた。彼は朝倉よりも年上である。よく頑張ってついてきている方だろう。

数分後、エクスプローラーは、ワスワナのジャンクションでＡ１７・ガル＝デニヤヤ＝マダンプ・ハイウェイに入り、さらに二十五分後にゴール港のフィッシング・ハーバー（漁港）に到着した。

フィッシング・ハーバーと言っても、ブルーの制服を着た警備員も立つ正門がある。日本の漁業組合のような組織があり、漁業関係者以外の立ち入りを禁止しているのだろう。警備員を配置しているのは、漁船の盗難防止が目的に違いない。

マクヒューは警備員を気にすることもなく、ゲートを通過していく。

警備員も咎めることなく、二台のエクスプローラーを見送った。

「大丈夫ですか？」

中村が振り返って尋ねた。

「堂々と入れ」

朝倉は鼻先で笑った。後ろの車はいかにも漁業関係者と言う感じで、クーラーボックスを積んだスリーウィラーである。警備員はそっちの車にむしろ目を光らせている。車種による差別化をしているらしい。

警備員は朝倉らの乗ったハイエースを咎めることなく見送った。

「目の付け所が違うようだな」

朝倉は鼻息を漏らして笑った。スリランカの一般人で、個人として車を所有できるのは限られた所得層になる。警備員は、車が持てるような金持ちを疑わないのだろう。

マクヒューらは正門から入って八十メールほど先の青い建物の前にある駐車場に車を停めた。中村もエクスプローラーの横に車を入れる。周囲に停めてあるのはスリーウィラーばかりなので少々目立つが、気にする者はいないだろう。

「ひょっとして、この港に米国の船があるのか？」

車から降りた朝倉は、マクヒューに尋ねた。

「まさか。見ての通り、桟橋に停泊しているのは、漁船ばかりだ」

マクヒューは桟橋を指差した。

「どうするつもりだ？」

「漁船をチャーターするんだよ」

マクヒューは左手に右手の三本の指を擦り合わせた。金を意味する少々下品なジェスチャーである。

「なるほど」

頷いた朝倉は桟橋を改めて見た。日本のようにウェーダーや長靴姿の漁師の姿はなく、半パンにサンダルやデッキシューズという南国ならではの格好をしている。

「ちょっと、ここで待っていてくれ」

マクヒューは、青い建物に入って行った。

漁師らしいスリランカ人が、朝倉やマクヒューの部下を珍しそうに眺めている。全員一八〇センチを超える巨漢であり、観光客にはとても見えない風体のため訝っているのだろう。そんな朝倉らを尻目に国松と中村は、建物の庇《ひさし》の下で他人のように立っている。雨が降ってきたのだ。雨季というだけあって、よく降る。

数分後、マクヒューがスリランカ人と建物から出てきた。

「漁船のチャーターを頼んだが、直接漁船の船長と交渉して欲しいと言われてしまったよ。その代わり、通訳してくれる職員を見つけた。交渉は日本人の方がいいだろう。そっちでしてくれ。急がないと、みんな漁に出てしまうぞ」

英語が話せる人物は貴重である。午前五時五十分になっていた。雨は降っているが、海は荒れていないのだろう。漁師たちは黙々と出港の準備をしている。

「オミラです。日本は大好きです。私は会えて嬉しいです」

漁協の職員は流暢な英語を話し、目を輝かせて握手を求めてきた。スリランカではこうした親日家によく会う。年齢は、三十代半ばか。生まれてからほとんど内戦状態だったにもかかわらず、勉学したのだろう。

「よろしく。朝倉です。船に乗るのは、日本人が四人に米国人が一人の計五人だ」

朝倉も笑顔で握手に応じた。楊は説明が面倒なので日本人ということにしたのだ。

マクヒューの四人の部下は、二台のエクスプローラーとハイエースを運転し、米国大使館に先に戻る。車を置いておくことができないこともあるが、武器さえ持たなければ安全だからだ。

武器類は、専用の大型バッグに詰めて漁船で運ぶのだ。車ならコロンボまでは二時間半ほどだが、漁船での移動ともなれば、距離的にもっと掛かるだろう。

「コロンボまで行きたいんだが、船をチャーターすることはできるか？」

出港の準備をしている漁師に、オミラを介して声を掛けた。

「行ってもいいが、コロンボまで行ったら今日は漁ができない。その分の保証をしてくれ」

手を止めた漁師は、朝倉の風体を見ながらオミラに答え、オミラはほぼ同時に英語で訳した。朝倉らは、まだ作業服を着たままである。金を持っているようには見えないのだろう。

「いくらなら、行ってくれる？」

「一人、二万ルピーだ」

漁師は答えると、肩を竦めてみせた。二万ルピーは日本円に換算して約一万二千円ほどだ。五人で十万ルピーというのは吹っかけてきたのだろうが、払ってくれるなら幸運とでも思っているのかもしれない。

「高過ぎる」

オミラは首を振ると、近くに停泊している漁船の二人の漁師に声を掛けて連れてきた。

「ミスター・朝倉。彼らに二百ルピーずつ渡してください」

オミラは、朝倉の耳元で囁《ささや》くように言った。

「……分かった」

朝倉は首を捻りながらも、三人の漁師にそれぞれ二百ルピーを渡した。

「適切な価格でコロンボまで行って欲しい。とりあえず、全員に手付金を支払うが、困っている日本人を助けるのは、スリランカ人として当然の行いなんだ」

オミラは朝倉に分かるように英語で話し、その後、シンハラ語で言った。

金を受け取った漁師は、真剣な顔つきになって話し始めた。手付金を出したこともあるが、オミラにスリランカ人の行いを糺《ただ》されたことが功を奏したらしい。彼はなかなか商売上手である。

三人の漁師は喧嘩口調で話し合っていたが、結局最初に声を掛けた漁師が名乗り出た。

「一人五千ルピーなら、行ってもいいと言っていますが、もう少し、粘ります。まだ、高いですよ」

五千ルピーなら、一人三千円ほどである。安いと思うが、オミラはまだ満足していないようだ。

「五人で二万ルピーだ。それ以上は払えない。嫌なら他の漁師にあたってみる」

オミラは渋い表情になると、まるで朝倉が指示しているような口ぶりで、右手を大きく横に振った。後々漁師から恨みを買うことがないように、自分の考えで価格を決めていると思わせないためだろう。

「わかった。仕方ない。それでいいよ」

漁師は溜息を吐きながらも頷いた。

「決まりだ」

朝倉はオミラに右手の親指を立ててみせた。

5

午前九時四十分、コロンボ沖合。

朝倉は漁船の船首に立ち、雨混じりの潮風に打たれている。

船室が狭いので座った状態だったが、三時間ほど仮眠が取れたのですっかり元気になっていた。

「この分だと、あと十分ほどで着くだろう。漁船をチャーターして正解だった。先行させた部下からの情報では、やはり、コロンボ市内に通じる道路の各所に検問が設けられていた。車の中までしっかり調べられたそうだ。敵はよほど楊の情報漏洩が気になるらしい」

船室から出てきたマクヒューは、雨に打たれながら険しい表情で言った。ゴール港から米国大使館の海岸までは約百十キロ、天候が思わしくないこともあるが、すでに四時間も船に乗っている。

「軍を動かすということは、現政権がテロ事件に関わっているのが、これではっきりした。国民への裏切り行為だな」

朝倉は捜査に協力していたアジャンタ大尉を思い浮かべた。本来なら彼のような好青年が国を作っていくべきだ。だが、この国では、それは難しいらしい。というか、中国の毒がいたるところに染み込んでいると言うことなのだろう。

「わが国が最も恐れていたことが、この国でも進行しているということなんだ。このままではアジアとアフリカは中国の完全な支配下におかれる」

マクヒューは、顔についた水飛沫を手のひらで拭った。

「検問が大々的に行われているということは、コロンボ港も危険なんじゃないか？」

せっかく漁船をチャーターしてまで移動しても、港の桟橋に軍隊が配置されていたら、逃げることができない。

「米国大使館がどうして海沿いにあると思う？」

マクヒューはニヤリとして見せた。

「ひょっとして、海岸線から入るつもりか？」

朝倉は大使館の海岸が見える職員用のレストランを思い出した。

「この国の平和は、まだまだ怪しい。再び内戦が勃発した際、大使館関係者が飛行機で国外脱出することすら難しい場合も想定される。その備えとして、インフレータブルボートで大使館を脱出し、海軍の巡洋艦に迎えに来てもらうプランがある。もっともわれわれはその逆で、漁船で大使館に戻ろうとしているけどな」

マクヒューは息を漏らすように力なく笑った。疲れているようだ。

「さすがだな」

朝倉は大きく頷いた。日本大使館のあるコロンボ7区は、諸外国の大使館が集まる閑静な場所である。米国大使館だけ離れた場所にあることを朝倉は不思議に思っていたが、それなりに戦略があったようだ。

十分後、漁船は米国大使館のある海岸から二百メートルの沖合に停泊した。

海岸から二人の男が乗ったボートが波を切って近付いてきた。マクヒューの部下であるブレッドとライアンである。

マクヒューは朝倉に分かりやすくインフレータブルボートと言ったようだが、民間で使用されているものではなく、海軍でも採用されている船底が繊維強化プラスチック製で、船外機も二機搭載されている軍事作戦でも使用可能なタイプだ。

ボートは一旦漁船を通り過ぎて回転すると、エンジンをニュートラルにして惰性で漁船に横付けた。操縦しているのはブレッドで、ライアンはボートフックで漁船の縁を引っ掛けてボートを近付けた。二人とも操船技術があるようだ。

朝倉とマクヒューが先に乗り込み、楊と武器を入れてあるバッグを載せると、国松と中村は難なく漁船から降りてきた。二人とも釣り船によく乗るため、揺れるボートには慣れているのだ。楊は船酔いしたらしく、青ざめた顔をしており、足元も危うい。

全員が乗ったことを確認したブレッドは、ボートを海岸に向かって進め、ものの二分ほどで岩場に設置してある簡易的な桟橋に着けた。常設してあるのではなく、組み立て式らしく、波が打ち寄せる岩に固定してある。

海岸にはマクヒューの部下であるマイクとマルコが待ち構えていた。ブレッドらとともにボートや桟橋を片付けるのだろう。

「正面の階段を上っていくと、裏口があるんだ。案内する」

ボートから降りると、マクヒューが先頭で歩き始めた。

岩場は二、三メートルほどの幅があり、その先は十二、三メートルの砂浜になっている。階段は砂浜の突き当たりにある斜面にあり、四メートルほどの高さがあった。斜面の向こうにはフェンスがあるが、裏口は今いる場所からは見えない。

岩場で足元が悪いせいもあるが、楊はよろめきながら歩いている。

「大丈夫か？」

朝倉は転びそうになった楊の肩を摑んだ。

「大丈夫だ。一人で歩ける。腹が減って気分が悪いだけだ」

楊は朝倉の手を振り払って前に出ると、岩場から砂浜に飛び降りてつまずいた。船酔いもあるが、空腹で苛ついているらしい。気持ちは分かる。腹が減ると、平常心を保つのは難しいものだ。

砂浜に足を踏み入れた朝倉の耳元で、鋭い風切り音がした。

目の前で血が飛び散り、楊が砂浜に倒れた。

「狙撃！」

大声を張り上げた朝倉は楊を担ぐと砂浜を走った。足元を銃弾が追ってくる。階段の陰に隠れると、楊を下ろした。左胸を撃ち抜かれている。

「王鉄林が俺を殺そうとしたんだ。ちくしょう！　死にたくない！」

楊は苦痛で顔を歪めた。

「大丈夫だ。助かる。おまえを絶対死なせたりしない」

朝倉はポケットから出したバンダナで、楊の傷口を押さえて止血した。スナイパーは心臓か頭を狙ったのが逸れたのか、あるいは脅すつもりで狙撃した可能性もある。だが、脅すつもりで狙撃したとしても、それを楊に自覚させてはならない。恐怖心で彼の口は固くなるからだ。

「くそっ！　王鉄林め、許さない！」

楊は苦痛にもがきながら叫んだ。

「王鉄林の別名を教えろ」

「嫌だ。話したら、亡命出来なくなる」

楊は首を振った。

「大丈夫だ。おまえの情報は、米国にとって有益だ。必ず亡命できる。心配するな」

朝倉は笑って見せた。

「米国大使館に入ったら、教える。今はだめだ」

米国に頼りながらも、信用していないらしい。

「強情な奴だ」

朝倉は振り返り、走ってきた砂浜を見た。足元に撃ち込まれた弾丸の痕跡を見て、南西の方角から撃ち込まれたことは確実である。雨で砂浜が湿って固くなっているために、はっきりとした痕跡が残っているのだ。今、階段の陰から出たら、今度こそ撃たれる。もっとも、最後に銃撃されてから一分近く経っていて、静かになっている。

国松やマクヒューらは岩場まで引き返し、岩の陰に隠れている。

遠くからサイレンの音が聞こえてきた。

――こちらデルタ01、警察に通報した。スナイパーは逃走するはずだ。

マクヒューがパトカーを呼んだらしい。

「了解。とりあえず、あと二分待とう」

朝倉は階段にもたれて腰を下ろした。

「うう……」

呻き声を上げた楊は、虚《うつ》ろな目になった。

「まずいぞ」

楊の首筋に指を当てると、脈が弱っている。

「しっかりしろ。がんばるんだ」

朝倉は楊の頬を軽く叩いた。

「……王……鉄林」

楊は眉間に皺を寄せた。

「俺がおまえに代わって、必ず王鉄林を捕まえる。偽名はなんだ！」

朝倉は心臓に両手を当てて強く押して離すと、それを繰り返した。この男の死は避けられないが、血液を無理やりでも循環させて一秒でも意識を保つのだ。

「衛青《えいせい》……、衛」

楊は右手を空中に伸ばし、何かを摑むような仕草をすると、ぐったりとした。もう一度首筋に指を当てると、脈は止まっていた。

「くそっ！」

朝倉は拳で階段のコンクリートを叩いた。

フェーズ9：作戦行動

1

ベトナムホーチミン市、四月二十八日、午後一時五十分。

レンタルバイクのスズキのハヤテ125に乗った朝倉は、市の中心部であるベトナム1区のリートゥーチョン通りを走っている。

ハヤテはベトナムスズキの空冷4ストロークSOHC単気筒エンジンで、日本ではもう生産されていないキャブ仕様である。燃料の気化をコンピューターで制御するインジェクション式ではないが、電気を使わないということと、南国ゆえに燃料の気化が簡単という、ある意味、ベトナム仕様と言えるだろう。

気温は三十四度、小雨が降っており、天候はスリランカとよく似ている。

「この通りか」

朝倉はスマートフォンで位置を確認すると、交差点を渡り、パスター通りに入った。

一方通行の道だが、道幅は広く、歩道と車道が植え込みの分離帯で仕切られている風情のある通りである。だが、バイク文化のベトナムらしく歩道もバイクが走り抜けるため、歩くにも気を許すことはできない。もっとも、地元の住民は気にしないようだ。

ベトナムで登録されている車両の九十五％近くはバイクかスクーターだと言われている。タクシーに乗っていても、周囲はスクーターだらけで、赤信号で交差点に停まれば、我先に車の前に数十台のスクーターが壁を作ることになる。

カフェの店先でたむろしている客の前を通り、隣接する緑色の格子のゲート前でバイクを停めた。ヘルメットを脱ぐと、バイクが盗まれないように二重にロックを掛けて狭い路地裏に入った。一見、危ない感じもするが、庶民的なフォーレストランなどの飲食店や雑貨店が軒を並べている。観光客も見受けられるいたって平和な通りだ。

ゲートから三十メートルほど先に古いアパートのような建物が建っていた。周囲は自転車やバイクが停められ、隣りの建物の軒下には洗濯物が干してある。生活感を覚える正面の建物の玄関庇《ひさし》には赤い提灯がぶら下がっており、英語で〝シークレットガーデン〟という妙に洒落た看板があった。

「ここか」

呟いた朝倉は玄関を入り、階段を上がった。エレベーターはないのだ。階段の踊り場の黄色い壁に油性ペンで〝シークレットガーデン〟と上階を示す矢印が、落書きのように書かれている。

「大丈夫か」

マクヒューと打合せをするためにベトナム料理店で待ち合わせをしたのだが、心配になってきた。彼は仕事で何度もベトナムに来たことがあるらしく、店を指定してきたのだ。

マクヒューと彼の部下は、昨日の夕方にベトナムに入っている。

朝倉と国松と中村の三人は、昨日の午前零時四十分発のスリランカ航空機に乗り、クアラルンプール国際空港でトランジットすると、エアアジア航空機で十時五分にホーチミン空港に到着していた。王鉄林の行き先が分かったからである。

楊が死に際に残した王鉄林の偽名である衛青という名前が、于大宝の帳簿に記載されていた。帳簿によれば、王鉄林は一ヶ月ほど前に中国の貨物船でスリランカ入りし、四月二十三日に海輝という貨物船でハンバントタ港から出国している。上海港を目指し、途中ベトナムのホーチミン港を経由する予定らしい。

王鉄林が好んで使ったという偽名の衛青は、低い身分から前漢の武帝に大将軍として仕えるまでに出世した武将であった。そこで、海輝の出港時に荷物として記載された帳簿の名を調べると、李牧と楽毅《がくき》という二つの歴史上の名前も見つけることができた。

もっとも、中国の歴史には疎いので、データを日本で留守番をしている佐野に送って調べさせたのだ。彼はすぐさま名簿を中国の歴史研究家である国立大学の教授に見せて問合せたところ、その場で指摘されたという。

李牧は、司馬遷《しばせん》が守戦の名将として賞賛した趙《ちょう》の武将だった。また、楽毅は燕《えん》の猛将だったらしい。王鉄林は中国の歴史が異常に好きらしく、暗号名は全て歴史上の人物にしていたようだ。彼の上司や仲間に対して、自分に学があることをひけらかしたいのかもしれない。歴史上の二人の人物が田村とナナヤッカラの可能性がある。いずれにせよ、王鉄林を拘束すれば、すべてが明らかになるだろう。

古びたアパートのような建物の階段を四階まで上りきって屋上に出ると、天井の蔦《つた》棚から蔓草《つるくさ》がぶら下がり、観葉植物と木製のテーブル席が配置されたオアシスのような空間が広がっていた。開閉式の簡易的な屋根のあるエリアとしっかりとした固定の屋根があるエリアの二つがある。

簡易な天井のエリアの一番奥の席にマクヒューが座っており、朝倉に気付くと手を振った。小雨とはいえ雨を嫌ったのか、ほとんどの客は固定の屋根のエリアにいる。

「バイクで来たのか。ずぶ濡れじゃないか。物好きだな。まあ、座ってくれ。なかなかいい店だろう。店名通りで、混み入った話をするには適している。もっとも、夜は予約がないと入れない。意外と人気店なんだ」

苦笑したマクヒューは右手のビアサイゴンの瓶を掲げて見せた。ビアサイゴンは、ビアハノイと並ぶベトナムビールの銘酒だ。

彼の対面の席に座ると、若いウエイトレスがメニューを持ってきた。

「暑いから濡れて気持ちよかった。俺もビアサイゴン」

朝倉はビールを頼むと、メニューを開いた。昨日の内にベトナム入りしているので、ベトナム料理に親しんでいる。朝倉ら三人は、レンタカーを借りて海輝が停泊する予定のホーチミン港の埠頭を中心に地理などを調べた。

ホーチミン港は、ホーチミン市内を流れるサイゴン川、ドンナイ川、ニャベ川などの河岸に設置された複数のターミナルからなる。滞在して二日目だが、これら河川周辺の地理や環境にはかなり詳しくなった。

「海輝の現在位置はコンソン島の北東八十キロの海上を二十ノットの速度で航行している。サイゴン川の河口まで百三十五キロの位置だ」

マクヒューはビールを飲みながら言った。

一昨日貨物船である海輝の存在が分かった時点で、マクヒューはＤＣＩＳ（国防犯罪捜査局）の本部に連絡し、軍事衛星で海輝をロックして追跡している。

ちなみにコンソン島はサイゴン川河口から南南西に百八十キロ、ホーチミン市から二百三十キロに位置する。

「河口に入るころには日が暮れるな。夜間航行は可能なのか？」

朝倉はスマートフォンの地図上で、海輝のおおよその位置を調べて首を捻った。サイゴン港を含むベトナム南部の港湾は、ホーチミン市内を大きく蛇行して南シナ海に流れ込むサイゴン川の河口から八十キロ以上内陸にある。

　川幅は港近くでも三百から五百メートルあり、水深も十一メートルあるので、全長二百三十メートルの船舶の航行も可能だが、蛇行した川の夜間の遡上《そじょう》は難しいはずだ。

「航路標識で夜間航行も可能だ。問題ない。食べたいものは、何かあるか？　メニューは、適当に頼むぞ」

　マクヒューは答えると、手を上げてウエイトレスを呼んだ。

「豚肉ミンチのレモングラス包み焼き、トンキンジャスミンの蕾《つぼみ》とニンニクの炒め物、シーフードチャーハン、チャーハンは二つだ」

　マクヒューはほとんどメニューも見ないで注文した。

「それと、豚肉巻きのエビフライと牛肉の炒め物、ジャスミンライスもね」

　朝倉はすかさず追加オーダーした。

　ウエイトレスの女性は、オーダーを書き留めていた手を止めて目を丸くしている。注文し過ぎだとでも言いたいのだろう。

「安くて美味いが、量も多いぞ」

　マクヒューも苦笑している。チャーハンとライスを頼むことが理解できないのだろう。

「大丈夫だ。量は問題ない。今のうちに体力をつけておくんだ」

田村には悪いが、軍事行動の前に空腹で体力がなくなるようでは困るのだ。

「それは、重要なことだ。……海輝のサイゴンターミナル到着予定時間は、七時間後の午後九時だ。それまで、体力の回復と温存を図るべきだろう」

マクヒューは、ウエイトレスが立ち去るのを見て続きを言った。

「今は情報が頼りだ。ありがたい」

朝倉は頷いた。

「我々は出来うる限り協力する。臨検もな」

マクヒューは笑って見せた。この場合、臨検とは田村奪回作戦のことである。

「まさか。戦闘になったら大変なことになるぞ。前回と同じで監視活動に徹してくれればいいんだ」

朝倉は声を上げないように言った。

「実は局長から任務は私の判断に委ねられている。というのも、亡命希望者を米国大使館に収容する直前で殺害されたんだ。犯人は捕まっていないが、間違いなく中国の手先だろう。中国は米国の顔に泥を塗ったも同じなんだぞ。黙っていられるか」

楊を目の前で殺されたその悔しさは、あの場にいた者なら誰でも感じただろう。

「馬鹿な。中国と戦争するつもりか？」

朝倉は首を左右に振った。

「捜査は、すでに君らへの協力という段階ではなくなった。米国も当事者なのだ。方法論は、君から学んだがな」

マクヒューはウィンクをした。

「どういうことだ？」

朝倉は首を傾げた。

「局長に言われたんだ。任務を実行する場合は、米国の痕跡を一切残すなとな」

マクヒューが真顔で答えた。

2

午後二時半、シークレットガーデンで食事をした朝倉とマクヒューは、パスター通りでタクシーに乗り、フーニャン7（第7行政区）に向かっている。

バイクはパスター通り沿いのカフェのオーナーに頼んで、店の前に置かせてもらった。声を掛けて盗まれないようにするためだ。一時間ほどで用事は済ませられるので、問題はないだろう。

「本当に、そこは大丈夫なのか？」

マクヒューが小声で尋ねてきた。

「俺にも分からない。だが、もともと君との打合せが終わったら行くつもりだった」

朝倉は田村を奪回する際、敵との交戦が想定されるために武器を購入するつもりである。スリランカで手に入れたグロックとＡＫ４７の武器類はすべて米国大使館に持ち込み、廃棄処分を依頼した。当然のことながら、ベトナムで救出作戦をするなら、せめてハンドガンでも欲しいところである。

本来ならベトナム政府に協力を要請すべきだとは思っている。だが、スリランカ同様ベトナム政府内に中国のスパイがいた場合、救出を妨害されるどころか田村を殺害される可能性もあるため要請できないのだ。

「さっきは見栄を張ってしまったが、正直言ってアイデアがない。君に頼らなければ、協力すらままならないよ」

マクヒューは苦笑いをした。

彼らＤＣＩＳ職員は、国外で活動する際、海外の米軍基地か大使館で武器や装備を揃えることができる。だが、それは米軍から供給される自国の武器であって、米国製以外の武器となると話は違う。

ＤＣＩＳの局長は、マクヒューに「米国の痕跡を一切残すな」と言ったそうだ。その意味は米国製の物は、武器であろうと装備であろうと使うなということだろう。そのため、マクヒューは装備を整えることができず、困惑しているのだ。

朝倉は、米国製でないシリアルナンバーを消した武器を調達しようと思っている。

「ところで、闇の武器商人はどこからの情報だ。君は情報機関の人間じゃないんだろう？」

逮捕権もない朝倉らのベトナムでの捜査は、違法である。にも拘わらず、銃の使用さえ厭《いと》わない朝倉らの手法は官憲の域を超えている。

ＤＣＩＳは対テロ捜査のためには潜入捜査も囮捜査もする。彼らは情報機関の諜報員と変わらない行動をするのだ。だから、余計不思議に思うのだろう。

ちなみにマクヒューは「闇の武器商人」と言ったが、朝倉は彼に武器を裏ルートで買うと言っただけだ。

「俺の行動規範は、臨機応変だ。日本の法律が適用できない以上、最大限の注意を払って手段を選ばずに捜査をするだけだ。情報は、世界中の武器の流通に詳しい友人からだ。民間人なので、悪いが詳しいことは言えない」

朝倉はふんと鼻息を漏らして笑った。

ベトナムに到着後、朝倉と国松と中村の三人は、ホーチミンの日本領事館に入っている。そこで、ハノイの日本大使館から駆けつけた防衛駐在官である鏑木《かぶらぎ》琢己《たくみ》と打合せをした。彼には田村が貨物船海輝に拘束されている可能性があることを伝えてある。

もっとも、朝倉の捜査状況は、日本で留守を預かる佐野を介して逐一、近田中央警務隊長に報告され、彼は統合幕僚監部にも説明しているはずだ。鏑木防衛駐在官も捜査状況を把握しているようだった。政府は朝倉らの捜査を高く評価しているそうだ。武器を使っていることは一切報告していないので、実情を知ったら即刻帰国命令が出るだろう。

「情報源は日本の情報機関じゃないのか。闇の武器商人を知っているとなれば、いわくつきの人物には違いないだろうな」

マクヒューは首を振ると、鼻先で笑った。ＤＣＩＳでもＣＩＡを使えば、闇ルートの情報を得られるはずだ。彼の上司が「米国の痕跡を一切残すな」と言ったのには、作戦行動を慎めという意味もあったのだろう。マクヒューもそれを承知の上で、朝倉と共同作戦を取るつもりに違いない。

だが、上司にも中国に対する憎悪があり、作戦行動を禁止しないところに彼のジレンマがありそうだ。

「そこで、停めてくれ」

朝倉はファン・ダン・ルー通りに出て、八百メートルほど進んだところにある赤い二階建てのビルの前でタクシーを停めた。高層ビルこそないが、古い商店街に交じって新しいショッピングセンターもある活気のある通りである。

「ここは、バイク屋じゃないのか？」

マクヒューは首を捻った。

ホーチミン・モータースという看板が掲げられた店先には、値札がついたスクーターがずらりと並んでいる。バイク社会のベトナムではありふれた光景だ。だが、ガラス張りで店内が見えるので、他店よりも高級感がある。

ガラスドアを開けて中に入ると、黒いポロシャツの制服を着た店員が振り返った。

「ＣＢ７５０が、欲しいんだが」

朝倉は近くの店員に声を掛けた。ホンダが一九六九年に発売し、量産型として、世界ではじめて時速二百キロを超えた伝説のオートバイである。

「ホンダの？」

店員は聞き返してきた。

「そうだ。ホンダ・ドリームＣＢ７５０ＦＯＵＲだ」

朝倉はＣＢ７５０の当時の呼び名で言った。

「それなら、二階です。ご案内します」

男が奥のドアを開けると、階段があった。

「ありがとう」

朝倉は男に従って階段を上がる。二人が交わしたのは、事前に聞いていた合言葉だ。マクヒューは戸惑いながらも付いてくる。

男は二階に上がってドアを開け、軽く頷いた。

四十平米程の部屋で、ソファーが置かれたリビングのような空間の向こうに大きなデスクがある。装飾はなく、質素な部屋で壁一面にスチールロッカーが設置してあった。天井まであるので、圧迫感を覚える。

「いらっしゃいませ。オーナーのドアン・ハン・ズンです」

デスクの向こうに座っていた白髪頭の男が、渋い表情で立ち上がり、右手を伸ばしてきた。あまり喜ばしい客ではないが、歓迎はするようだ。

「電話した朝倉だ。彼は友人のマクヒューだ」

朝倉はドアンの右手を摑んで握手に応えた。

「ミスター・藤堂から、あなたを友人としてご紹介する電話も頂いております。ただ、あなたは、どこの傭兵代理店にも登録されていませんので、会員とまったく同じサービスは受けられません。ご了解ください。もっとも彼の紹介でなければ、入店すらできなかったでしょう」

ドアンはかしこまって言うと、ソファーを勧めた。

昨日朝倉は、以前からの知り合いである傭兵の藤堂浩志に連絡し、ベトナムに傭兵代理店か武器商人の知人はいないかと尋ねた。彼は仕事柄、世界中の傭兵代理店や武器商人を知り尽くしているそうだ。

藤堂はすぐに朝倉にホーチミンにある傭兵代理店を紹介するとともに、協力を申し出てきた。海外で武器を使うような危ない作戦行動を心配するとともに、朝倉の官憲である身分を案じてくれたのだ。朝倉は藤堂を全面的に信頼しているため、彼には包み隠さず事情を話している。

昨年朝倉は、アフガニスタンでの捜査に彼の仲間である寺脇京介の協力を得て犯人を逮捕することができた。だが、それが元で京介はのちに復讐されて殺害されてしまったのだ。それゆえ藤堂や彼の仲間には、これ以上の迷惑をかけたくないため助っ人の申し出は断った。

朝倉にとっても京介の死は、大きな心の痛手となっている。付き合いは短期間ではあったが、一緒に闘ったことで彼は朝倉にとって真の戦友になったからだ。

「俺たちが欲しいのは、最低限の武器だ。傭兵としてのサービスじゃない」

朝倉はソファーに座ると、足を組んだ。

「分かりました。それで、ご入り用の武器は、なんでしょうか？」

ドアンは木製のテーブルを挟んで朝倉の対面のソファーに座ると、溜息を吐いた。

「米国とその同盟国製じゃなく、しかもシリアル番号を削り取ったハンドガンとサブマシンガンが欲しい」

朝倉は傭兵代理店の在庫が分からないため、ざっくりと言った。

「面白いオファーですね。それなら、ロシア製がいいでしょう」

ドアンは立ち上がると、スチールロッカーに近付いた。

「中国製もとお考えなら、絶対お勧めしません。我が国の国民は生理的にも中国を嫌っているので、当社には在庫があまりないのです。そもそも、あの国の武器は、他国のコピー製品ばかりで、オリジナリティーがありませんから。しかし、ソ連時代の武器なら在庫があります」

ドアンはスチールロッカーの引き出しから梱包材で包まれた銃を出し、包みを解いて銃をテーブルの上に置いた。

「マカロフ・ＰＭか」

朝倉は銃を手に取ってマガジンを抜き、実弾が入っていないことを確認すると、トリガーを引いた。トリガーのタッチや、スライドの動きもいい。古い銃だが、ガンオイルでよく手入れされているようだ。

マカロフ・ＰＭは、９ミリマカロフ弾を使用する小型で扱い易《やす》い銃だが、マガジンは八発の単弾倉で銃撃戦では少々心細い。日本でもロシアから密輸され、ヤクザの御用達《ごようたし》となっている。

「装弾数が気になるようですね。ただ、銃撃戦で、交換時期を早くすればいいだけの話です。サブマシンガンなら、ＰＰ１９をお勧めしますよ」

ドアンは、笑いながら言った。これまで危ない橋を渡ってきたのだろう。朝倉の心配を見抜いているようだ。近くのロッカーから別の包みを出したドアンは、中身を取り出してテーブルの上に載せた。

「ほお、これがイズマッシュ社製のＰＰ１９か」

それまで口を閉じていたマクヒューが銃を手に取り、折り畳まれていたストックを伸ばした。国防総省に勤務するだけに、武器についても詳しいようだ。

「ＰＰ１９は、ストックが折り畳まれた状態では四百二十五ミリ、伸ばせば六百六十ミリと小型です。また、マガジンは、大変ユニークな９ミリマカロフ弾を螺旋《らせん》状に六十四発も装塡できる筒状のスパイラルマガジンですよ。お気にめしましたか？」

ドアンは、自慢げに説明した。

「確か、専用のサプレッサーがあったはずだ。在庫はあるか？」

マクヒューは頷きながら尋ねた。

「もちろんです。ＰＰ１９の在庫は五丁ありますが、サプレッサーを装塡したＰＰ１９ですと、揃えられるのは三丁だけです。他にも、折り畳みストックのサブマシンガンならＡＫ７４Ｕが、四丁あります。ただし、サプレッサーはありません」

ドアンはデスクの引き出しから電卓を出した。マクヒューの態度を見て見積もりを立てるつもりなのだろう。予算は防衛省が出してくれる。これまでの朝倉の実績から、使途は問わずに資金は使える。理由は車の手配とか、現地の警察への賄賂《わいろ》だとか、武器以外ならなんでもいいのだ。

「それじゃ、マカロフが八丁、ＰＰ１９が五丁、サプレッサーは三丁、それにＡＫ７４Ｕが三丁、それと、それぞれの予備弾丸とマガジンを付けて見積もりを出してくれ」

朝倉は淡々と言った。

「ＶＳＳはないか？」

マクヒューが口を挟んできた。

ＶＳＳは旧ソ連時代に開発された消音狙撃銃である。有効射程距離は四百メートルと、狙撃銃としては短射程だが、９ミリ弾を採用して初速を抑えることで消音効果を高め、貫通力を高めるというユニークな発想で作られた。

「ＶＳＳ！　それはお目が高い。しかし、当社の在庫は一つしかありません」

ドアンは肩を竦めて見せた。

「それなら、ＡＫ７４Ｕを二丁にし、暗視スコープ付きのＶＳＳが一丁だ。あとで車で取りに来るから揃えておいてくれ」

朝倉が訂正すると、マクヒューは笑顔で頷いた。

3

午後五時半、中国籍セミコンテナ船の海輝が、サイゴン川の河口に差し掛かった。

雨は止んでいるが、すでに日は暮れて船体は闇のベールに包まれている。

河口に浮かぶ点滅する標識ブイと河口の両岸に備え付けてある標識灯が、海輝を暗いサイゴン川上流へと誘う。

田村は乗組員が〝苦悶の部屋〟と呼ぶ部屋に置かれた椅子に縛られ、ぐったりとしていた。殴る蹴るの暴行は、今はほとんど受けていない。ただ、この状態で尋問を受けて二時間が過ぎている。体力が落ちているために、椅子に座っているだけで苦痛なのだ。

「馬毛島《まげしま》は、米軍の訓練基地になるのか？」

王鉄林は、右手で田村の顎を持ち上げて尋ねた。この質問を三十分ほど前から受けている。彼は驚くほど、防衛省の機密情報を知っている。だが、不確定な情報も多く、それを確かめようとしているらしい。

馬毛島は、鹿児島県種子島《たねがしま》の西方十二キロに位置する離島である。戦後入植されたこともあったが、不便さゆえに無人島となった。その後、開発会社により買収されたが、リゾート開発は頓挫《とんざ》し、様々な計画が持ち上がるものの結局放置された曰《いわ》く付きの島である。二〇〇七年に硫黄島《いおうとう》に代わる米海軍の訓練地として候補に上がるが、地元の猛反対に合い中止になった。二〇一九年一月九日、政府は百六十億円で自衛隊訓練場として、買収する計画を立ち上げた。現実的に整備後は、米軍オスプレーの訓練地となるのだろう。

政府は馬毛島を米軍が使うことを、二〇一九年四月現在でもコメントを避けているが、米軍の訓練基地となれば中国にとって脅威になることは間違いない。

「馬毛島？　聞いたことがない。虫が島なら知っているぞ」

田村は鼻先で笑った。

虫が島は、中国の工作員が島民を皆殺しにして入れ替わり、米軍のオスプレーの訓練地として使えるように密かに開発していたという島である。米軍基地を誘致したのち、戦時には偽の島民が島に駐留する米兵を襲うという恐ろしい計画があり、その陰謀を暴いたのは朝倉たちであった。政府は事件を公にしないことで、中国に手を引かせた経緯がある。

「虫が島だと、ふざけるな！」

ＡＫ４７を手にしたスキンヘッドのチョウが、田村を蹴って椅子ごと床に倒した。虫が島では大勢の中国の工作員が逮捕されている。中国にとって、かなり屈辱的な事件だったに違いない。

「むう……」

田村は床に頭をぶつけて、呻き声を上げた。

「チョウ！」

傍らのオウが、チョウと田村の間に割り込んだ。いつものことだが、オウが止めなければ、チョウはいつまでも田村に対する暴力を止めない。

「暴力はいかんな。頭部に打撃を与えてはならないと言っただろう。彼から情報が引き出せなくなったら、どうするんだ」

王鉄林は薄笑いを浮かべて言った。言葉とは裏腹に、暴力を肯定しているのだろう。

「しかし」

チョウは不服そうな顔である。この男は単に田村を目の敵《かたき》にしているというより、日本人そのものを嫌っているようだ。幼い頃から反日教育を受けてきた世代なのだろう。

「ロープを解《ほど》いて、部屋に戻せ」

王鉄林は壁にもたれ掛かると、煙草を吸い始めた。

「分かりました」

チョウは頷くと、渋々田村のロープを解いた。

「うん？」

煙草の煙を吐き出した王鉄林は、ぐったりとしている田村を訝しげに見た。ロープが解かれても動こうとしないのだ。

「起こせ！」

王鉄林はチョウに命じた。

「起きろ。いつまでも眠っているんじゃない」

オウが田村の肩を揺すっても起きる気配はない。

「気を失ったか。仕方のない奴だ。部屋に戻せ」

王鉄林は苛立ち気味に命じた。

「分かりました」

チョウとオウは田村を仰向けにすると、左右の足を片方ずつ持ち、廊下を引きずって行った。

4

午後九時五十五分、サイゴンターミナル。

サイゴンターミナルは、蛇行したサイゴン川に架かるフーミー橋からその上流の川岸に建つビテクスコ・フィナンシャルタワーに至るまでの九・六キロの西岸に点在する。

ビテクスコ・フィナンシャルタワーは、二〇一〇年に竣工《しゅんこう》した高さ二百六十二・五メートル、地上六十八階、地下三階という現代ベトナム経済の発展を象徴する建造物である。

一時間ほど前にビテクスコ・フィナンシャルタワーから一キロ下流のサイゴンターミナルのポートに、セミコンテナ船・海輝が接岸した。ガントリークレーンがないので、普通の貨物船や海輝のようなセミコンテナ船用のポートである。時間が遅いため、係留する作業のみ行われ、コンテナの積み下ろしは行われなかった。

船首を川上である北東に向けて停泊している海輝は、総トン数が千四百トン、全長百三十五メートル、二〇〇二年に中国で建造されたセミコンテナ船だ。普通の貨物船とコンテナ船とのハイブリッドで、コンテナ船と違ってクレーンを装備しており、港のガントリークレーンを使わずに自分でコンテナを積載することができる。また、乗員数は十八名だそうだが、人数は前後するだろう。

海輝の設計図は、マクヒューがＤＣＩＳ本部から取り寄せている。中国で建造された船の設計図をどうやって手に入れたかは、聞かなかった。どうせ、違法な手段に決まっているからだ。

朝倉はポートの前にある巨大な倉庫の陰から、海輝を監視していた。

「この時間じゃ、まだ、寝静まっていないだろうな」

傍らで暗視双眼鏡を覗いているマクヒューが呟いた。

「乗組員はすぐに眠らないだろう。せめてあと二時間は待った方がいい。作戦実行は、零時にする。それまでに徹底的に情報を集めるしかないな」

朝倉は腕組みをして頷いた。

二十メートル後方に停められたトヨタのイノーバの中で、国松と中村は、ドローンを使った監視活動をしていた。イノーバは主に東南アジア、インド、中近東で販売されているミニバンで、日本では扱われていない車種である。

昨日から借りたレンタカーだが、ベトナムは社会主義国のため、車の使用を制限している。かつてはレンタカーも運転手付きしかなかったほどだ。国民というよりは外国人に対し、車での自由な移動を制限するためだろう。また、保険制度が確立されていないこともある。そのため、車だけ借りるという、レンタカーでは当たり前のことも手続きが面倒なのだ。

朝倉はハヤテ125に乗ってきた。ベトナムはバイクでの移動が一番便利である。駐車場の心配もいらない。作戦行動中に渋滞に巻き込まれることはないだろうが、バイクが一台あれば、何かと便利なのだ。

また、マクヒューの部下は、イノーバのすぐ近くに停められたトヨタ・フォーチュナーに乗り込んでいる。同社の初代ハリアーに似た型の七人乗りのSUVだ。彼らもレンタカーを借りていた。大使館から車を借りることもできるが、大使館の車を使うことを彼らは禁じられているのだ。

今回の作戦では、国松と中村が監視活動に徹し、朝倉とマクヒューのチームが侵入を試みる。だが、まだまだ情報不足である。田村がたとえ囚われていたとしても、貨物船内をたった六人でやたら歩き回ったところで見つかるものではない。

——こちらサラディーン02、ブルーフォックス01、応答願います。

中村からの無線連絡である。

「こちらブルーフォックス01。どうなった？」

朝倉は貨物船を見つめながら、返事をした。

——カメラを船橋のトップに設置することができました。

国松と中村は、二台のドローンを同時に稼働させ侵入口を探していた。また、脱出時の安全を図るのも彼らの仕事である。中村のドローンを着陸させることで、定点監視ができる。これで、ドローンの映像はＷｉ－Ｆｉで朝倉のスマートフォンでも見ることが可能になった。ただし、この国の通信状態はスリランカ同様極めて悪いため、日本から持ち込んだ衛星モバイルルーターを使用している。

「よく見える。確認した」

朝倉はさっそく自分のスマートフォンでドローンアプリを立ち上げ、監視映像を確認した。最新の４Ｋではないが、暗視モードでもクリアな映像だ。

「いいねえ」

マクヒューも自分のスマートフォンで監視映像を表示させた。

彼らの超小型ドローン〝ブラックホーネスト〟は、侵入してから使うことになっている。

「例の装備は完成しているのか？」

朝倉は振り返って背後の暗闇を見た。三十メートル後方に停められているフォーチュナーの近くで、マクヒューの部下が先端にフックの付いた梯子を作っている。縄梯子を自立させるために、軽量の塩ビのパイプを括りつけるのだ。長さは七メートルあるが、それでは海輝のデッキに届かないため、侵入時に埠頭に車を停め、その上から梯子をデッキの手すりに引っ掛けるつもりだ。

方法は原始的だが、大勢が一度に侵入する方法としてはこれが一番効率がいい。ソマリアの海賊が使う手段で、小舟でタンカーや貨物船に近付き、乗組員が気付く前に武器を持った複数の海賊が侵入するそうだ。

——こちらサラディーン01、武装した二人の男が、船橋から出てきた。船首に向かっている。

今度は国松からの連絡だ。

「了解」

朝倉はスマートフォンで国松のドローンの映像を表示させると、一人の男がAK47を構えながら甲板を歩き、船首で別の男とすれ違った。どうやら、見張りを交代したらしい。今まで船首にいた男は、船橋に戻った。

もう一人は甲板に積んであるコンテナの上に立っていた男と交代した。見張りがAK47で武装しているということは、秘密工作員のボスとも言える王鉄林を守るためか、田村の奪回を警戒してのことか分からない。だが、いずれにせよ、まともな商船でないことは明らかになった。

「見張りは一時間交代らしいな」

朝倉は暗視望遠鏡で、二人の見張りを確認した。

「朝まで、見張りを続けるつもりのようだな」

マクヒューも暗視双眼鏡を覗き、渋い表情になった。

「監視を片付けないと、始まらない。射程距離は百二十メートルほどだが、今回の作戦参加者の中でＶＳＳを使ったことのある者は、誰もいない。狙撃の上手い奴に任せた方がいいだろう。俺は得意だが、できれば突入の先頭に立ちたい」

狙撃のバックアップを付けるのなら、スナイパー経験者がいい。朝倉はもちろん特戦群時代に訓練を受けているが、貨物船への一番乗りをするつもりなのだ。国松と中村は、長射程の射撃訓練も受けたことはあるが、スナイパーというほどのものではない。

「ライアンが適任だ。彼はスナイパーとしてアフガンに従軍した経験がある」

マクヒューは振り返って後ろを示した。アフガンに従軍ということは、実戦経験者ということだろう。彼ははじめからそのつもりで、ＶＳＳを注文したようだ。

「頼もしい」

朝倉は小さく頷いた。作戦が成功するまで、素直に喜ぶことはできない。

5

午後十一時五十九分、サイゴンターミナル。

どこの港もそうだが、この時間、埠頭に人気はない。

気温は三十度、湿度はようやく六十パーセント台にまで下がった。

腕時計を見つめていた朝倉は、暗視双眼鏡を覗き込んだ。

「デルタ０５、撃て」

午前零時になったことを確認し、ライアンに狙撃命令を出した。彼は倉庫の屋根の上でＶＳＳを構えて待機していたのだ。

まず、コンテナの上、その次に船首の見張りが間髪を入れずに狙撃された。二人とも頭部を撃たれている。死亡を確認するまでもない。

一人ずつじっくりと狙いを定めて撃つだけなら、射程距離が短いため国松でも出来ただろう。だが、数十メートル離れた二人の敵を瞬時に狙撃することは、熟練を要する。

――こちらデルタ０５、ターゲット、クリア。繰り返す、ターゲット、クリア。

ライアンからの報告である。

「Ｂチーム、掛かれ」

朝倉はそう言うと、バラクラバを被って倉庫の陰から出た。すぐ後ろにはマクヒュー、それに梯子を手にしたマイクとブレッド、しんがりのマルコの順で続く。全員バラクラバを被っている。監視カメラはないと思うが、国外の活動だけに細心の注意を払っているのだ。

Ｂチームは、国松と中村で、退路の確保をする彼らの武器はＡＫ７４Ｕ。朝倉が指揮するＡチームは、全員ＰＰ１９を装備している。

国松と中村の乗った無灯火のイノーバが、朝倉らの脇を走り抜けて行き、セミコンテナ船・海輝の前の埠頭に停められた。助手席から中村が飛び出し、車のルーフに乗った。すかさず、マイクとブレッドが梯子を中村に渡す。イノーバのボンネットとルーフには、滑り止めのマットが貼ってある。レンタカーなので、傷つき防止も兼ねているのだ。

受け取った中村は乾舷《かんげん》に沿わせて梯子を持ち上げ、デッキの手すりに梯子のフックを掛けた。

朝倉はサプレッサー付きのＰＰ１９を肩に掛け、梯子を凄まじいスピードで上る。デッキの手すりを飛び越すと、右手で銃を構えて周囲を窺った。甲板にはコンテナが二段に積み上げられている。そのため、デッキの手すりとコンテナの間は二メートルほどの隙間が通路になっていた。

デッキから身を乗り出した朝倉は、左手を振った。

　合図を受けたマクヒューがデッキに上ると、他の三人も次々と上がってきた。

　朝倉は再度、身を乗り出して左手を振る。

　ＡＫ７４Ｕを構えて警戒していた中村が助手席に飛び乗ると、イノーバが音を立てないようにゆっくりと走り去った。

　朝倉は右手を軽く前に振ってマクヒューらを従え、二十メートルほど南にある船橋に向かう。

　目の前を〝ブラックホーネスト〟が飛んでいる。倉庫の上にいるライアンが操縦しているのだ。

　船橋の前で朝倉はマルコを指差すと、マクヒューと残りの彼の部下を船橋の左舷側のドア横につかせた。朝倉とマルコは、右舷側のドアに回り込む。ここでさらに二つのチームに分けたのだ。

　船橋は五階建てになっており、最上階は操舵《そうだ》室である。その下は居住区になっているはずだ。設計図には構造は載っているが、操舵室や厨房《ちゅうぼう》のような設備のある部屋はともかく、居住区の部屋の割り振りまでは分からない。

　ほとんどの船は、慣習的に船長と航海士の船室を右舷側の上層階にする。というのも、船舶は右舷の方が死角になりやすいため、責任ある立場の乗組員の視界を確保するためらしい。

「こちらブルーフォックス０１、位置に着いた。行くぞ」

朝倉らは、右舷側のドアから潜入する。同時にマクヒューのチームは、左舷側から船橋に侵入した。

とりあえず四階まで上がり、船室を一つずつチェックしていく。船長以下一等航海士などを拘束し、命令系統を機能不全にするためである。

朝倉が最初に踏み込んだ部屋には、年配の男がベッドで眠っていた。部屋も広々としており、惰眠を貪っている男は間違いなく船長だろう。朝倉が眠っている男の口を塞ぐと、マルコが樹脂製結束バンドで手足を縛る。

二人は隣りの部屋にも侵入し、副船長と思われる男を拘束した。部屋を出ると、マクヒューらのチームと鉢合わせになる。互いに頷き、下の階に移った。三階は上階と違って二部屋多い。

朝倉とマクヒューのチームは次々と部屋に侵入し、二、三階の部屋の乗務員をすべて拘束した。残るは一階である。

銃声。

階段を下りようとすると、天井や壁に銃弾が跳ねた。下の階から銃撃されたのだ。本来なら下の階に見張りを置かなければならない。だが、少人数のため、それを怠った。

――こちらデルタ０５、敵は階段下の右舷側に二人だ。

ライアンからの無線連絡である。〝ブラックホーネスト〟を一足先に、一階に飛ばしていたのだ。

「援護してくれ」

朝倉はマクヒューらに告げると、階下にＰＰ１９で連射しながら階段を駆け上がった。分速七百発、秒速に換算すれば、毎秒十一発、ＰＰ１９の銃口から凄まじい勢いで銃弾は発射され、階下の階段や床に火花を散らす。

五階の操舵室に飛び込んだ朝倉は、左舷側のドアを開けて外階段を駆け下りる。設計図を頭に叩き込み、あらゆる場合を想定し、頭の中で戦闘訓練を行っていた。居住区制圧のシナリオの中で、階下に敵が隠れている場合も想定していたのだ。戦闘に限らず、リスクマネジメントをする上で避けなければならないのは、「想定外」という状態である。地震や台風などの大災害で国や県などの行政機関が、簡単に「想定外」と口にするのは、朝倉にとっては最も恥ずべきことだと思っている。

一階まで下りた朝倉は、甲板を横切り右舷側のドアを足で蹴って開けた。

二人の男が階段下で、ＡＫ４７で銃撃している。

「動くな！」

ＰＰ１９を一階天井に向けて銃撃すると、中国語で怒鳴った。

手前の男が振り返り、銃口を向ける。

朝倉は跪くと、男の右腕目掛けて銃弾を浴びせた。男の右腕がＡＫ４７ごと吹き飛んだ。一瞬のことだが、男の腕に十数発の銃弾が集まった。今さらながら、９ミリマカロフ弾の威力は凄まじい。

後ろの男は、慌ててＡＫ４７を投げ捨てて両手を上げた。

ＰＰ１９を構えながら、右手を失ってもがき苦しむ男のＡＫ４７を蹴って遠くに飛ばし、両手を上げている男に近付くと、いきなり男の鳩尾を蹴り抜いて気絶させた。両手を上げているからといって無抵抗とは限らない。拘束するために銃を下ろせば、襲いかかってくるに決まっている。

二階からマクヒューらが下りてくると、一階の他の部屋に入って行った。

「大丈夫ですか？」

ペアを組んでいるマルコが、その場に残り、尋ねてきた。

「ああ。そいつの腕の止血を頼む」

頷いた朝倉は、気絶させた男の手首を結束バンドで縛りながら言った。負傷した男の傷は、手当てさえすれば死ぬことはない。

「クリア！」

奥の部屋からマクヒューが部下とともに出てくると、親指を立ててみせた。彼らが二部屋続けて確認したので、居住区をすべて制圧したことになる。

朝倉は無言で右手の親指を立てた。

6

一階の乗務員の部屋は二部屋で、残りは厨房と食堂だった。

「敵はたったの四人なのか？」

首を捻ったマクヒューが、バックパックに〝ブラックホーネスト〟を格納したケースを仕舞った。まだまだ使いたいが、稼働時間が残り僅かとなったため仕方がない。

「居住区に寝ていた連中は、ただの乗組員だったんだろう。四人の敵を排除したが、田村はもちろん、王鉄林らしき男もいなかった」

朝倉は首を振った。王鉄林の顔写真は手に入れられなかった。だが、年齢は四十八歳とマクヒューのよこした資料には記載されていた。ＣＩＡから提供を受けたらしいが、情報機関でも素性を明らかにできないということは、王鉄林は中国人民軍の大物情報員なのだろう。

「船橋の居住区じゃないとすれば、船倉か。最悪、田村の居場所は、そいつから聞くほかないかもしれないぞ」

マクヒューは険しい表情になった。王鉄林はスリランカから正式な手続きを経ずに出国している。そのため、船橋の下層か、貨物室の隠し部屋のようなところにいるのかもしれない。

「それしかないだろうな」

朝倉も渋い表情になった。田村は最悪の場合、コンテナの中に押し込められている可能性もあると、マクヒューは言いたいのだろう。

「設計図には甲板より下には、船室はなかった。だが、どこかに秘密の部屋があるということなんだろう」

マクヒューは廊下に出ると、下層に続く階段を見て言った。

「行くぞ」

銃口を下に向けた朝倉は、階段を踏みしめるように下り始めた。脳裏にこの船の設計図を浮かべた。改築されているらしいので誤差はあるだろうが、階段等の主要な構造物は変えようがないはずだ。

「ああ、決着をつけようぜ」

マクヒューがＰＰ１９を右手で掲げると、後ろに続いた。

時刻は、午前零時十二分になっている。

階段は薄暗く、穴倉の底に向かっているようだ。しかも、狭くて並んで下りることはできないため、一列にならざるを得ない。

エンジンが停止しているために船倉は比較的静かだが、換気扇の油が切れかかっているのか耳障りなモーター音が聞こえる。

先頭の朝倉は、PP19を構えながら一番下まで下りた。一メートル先に廊下がある。設計図には、廊下を右に行けばエンジンルーム、左に進めば船倉と記されていたが、どちらにも船室はないはずだ。

だが、迂闊に足を踏み入れることはない。王鉄林の姿をまだ見ていないということは、この先王鉄林やその手下に待ち伏せされている可能性が高いということだ。

朝倉はポケットから小さな手鏡を出した。市街戦では必需品である。廊下に鏡だけ出し、左右を確認した。

「……………！」

手鏡を見た朝倉は、右眉を吊り上げた。エンジンルーム側の闇の中で影が動いたのだ。PP19を肩に担ぎ、ズボンに差し込んでいたマカロフを抜いた。廊下が狭いため、小型とはいえPP19の銃身が邪魔なのだ。

朝倉はマクヒューに廊下の右側を、その後ろに立つマイクに左側を警戒するようにハンドシグナルで合図を出す。

膝が床につくほどに低い姿勢になり、廊下に出た。

銃声！

頭上を銃弾が抜けた。

すかさず朝倉は、前方のマズルフラッシュで浮かび上がった人影目掛けて発砲する。同時にマクヒューがＰＰ１９で反撃した。彼の銃にはサプレッサーを装備しているが、よほど不出来らしく、朝倉の耳元で激しい銃撃音がした。

男の呻き声。

朝倉はエンジンルームに向かって廊下を走った。

エンジンルームの近くにドアがあり、その後ろで長髪の男が胸から血を流して倒れている。朝倉は男を跨いで部屋に飛び込み、銃口を四方に向けた。

部屋の中央には椅子が一つだけ置かれ、その近くに束ねたロープが落ちている。その意味するものは、拷問なのだろう。

「クリア！」

眉間に皺を寄せた朝倉は、声を上げた。

出入口に倒れている男が邪魔なので、足を摑んで部屋に移動させた。朝倉は男の右肩を狙ったのだが、マクヒューの援護射撃が、左胸に数発当たっている。もはや虫の息だ。

銃声。

手鏡を出して廊下の反対側を覗くと、廊下にマイクが倒れている。廊下の奥に敵がいたようだ。

朝倉はマカロフをズボンに差し込み、ＰＰ１９を出入口から突き出して連射すると、廊下に飛び出した。銃撃しながら負傷したマイクの肩口を掴むと、階段口に一気に引き摺り込んだ。右肩と右脇腹の二ヶ所を撃たれている。右肩は貫通、脇腹はかすり傷程度と見た。

「どじった。……階段の左側の手前のドアに外から閂《かんぬき》が掛かっている。……それを開けようとしたら、撃たれたんだ。ケツを撃たれなくてよかったよ」

マイクは喘《あえ》ぎながら話した。

ブレッドとマルコがタクティカルバッグから救急医療キットを出し、苦笑を浮かべて手際よく処置をはじめた。彼らはみな戦場の経験があるらしい。

「あとは任せろ」

朝倉は立ち上がると、ＰＰ１９の銃弾の残量を確かめた。

スパイラルマガジンには、四、二十四、四十四、六十四と残弾目盛りがある。残弾は二十四発、すでに四十発も使ったようだ。

「援護を頼む！」

マクヒューに頼むと、朝倉はＰＰ１９で銃撃しながら廊下に出て左手に進む。まるで建て込みのような木製の壁が続き、手前に木製のドアがある。ドアを力任せに蹴った。閂が壊れ、蝶番《ちょうつがい》も緩んだが、破壊することができない。頑丈なドアだ。

「しまった」

ＰＰ１９の銃弾が尽きた。

廊下の奥の闇が光った。

「くっ！」

咄嗟に壁にへばりついたが、銃弾が左腕を掠《かす》めた。

「朝倉、動くな！」

マクヒューの叫び声とともに、背後から激しい銃撃が敵を襲う。

敵の銃撃が止み、奥の暗闇から呻き声が聞こえてくる。

朝倉はグロックを抜いて目の前のドアに肩からぶつかり、部屋に転がり込んだ。

左手にハンドライトを握り、その上にマカロフを構えながら部屋の中を照らす。

男が、床に倒れている。

顔にライトを当てると、頬が痩せこけて無精髭《ぶしょうひげ》を生やしているが間違いなく田村であった。頭部から血を流している。

「田村！」

叫んだ朝倉は田村に近付き、ハンドライトと銃を床に置くと傷の具合を調べた。

頭部の怪我は強打したらしく、ぱっくりと割れているが、鈍器で殴られたような致命的な傷ではない。だが、脳震盪を起こしている可能性もある。しかも目視できる範囲だけでも痣《あざ》だらけだ。長期に亘《わた》って拷問されたのだろう。驚くことに、拉致されてから八日だが、田村が骨と皮になっていた。食料を与えられなかったらしい。

「……俺は死んだのか？」

田村が目覚め、息が漏れるような声で言った。

「馬鹿野郎、おまえが死ぬか。生きているんだよ」

朝倉はタクティカルバッグからペットボトルの水を出し、田村の上体を起こした。田村は咳き込みながら、貪るようにペットボトルの水を飲んだ。水すら与えられていないらしい。

「……まっ、まさか、……朝倉か」

水を飲んだ田村が、右手で朝倉の肩を掴んだ。ようやく気が付いたらしい。

「おまえを見つけ出すのは、俺しかいないだろう」

朝倉は笑って見せた。

「朝倉、朝倉、……あっ、ありが」

田村の言葉は嗚咽《おえつ》に変わった。

「自衛官だろう。子供みたいに泣きやがって」

笑いながらも朝倉の頬を涙が伝った。

7

チェーンが外れるような大きな音。

銃声が続く。

「くそっ！　逃げられたぞ」

マクヒューの怒声が響いた。

「田村、ここで待っていろ」

朝倉は田村にペットボトルを渡すと、廊下に出てマクヒューの声を追った。

スキンヘッドの男が、身体中に銃弾を受けて廊下の突き当たりに倒れている。マクヒューらと銃撃戦になったのだろう。ＡＫ４７で応戦したようだが、三丁のＰＰ１９の敵ではない。

廊下の奥に進むと、船倉の壁に鉄製の梯子があった。上甲板に通じているのだろう。

「こちら、ブルーフォックス０１、サラディーン０１、応答せよ」

朝倉は梯子を上りながら国松に連絡した。

――こちらサラディーン０１、どうぞ。

「まだか？」

朝倉は田村の介抱をしながら、無線で国松と中村を呼び寄せている。脱出口の確保は、スナイパーとしてバックアップに就いているライアンに任せれば充分と判断した。優先事項は、田村の救出だからである。

——今、船倉に下りたところだ。

「廊下の左の手前の部屋だ」

——見つけた！　田村二佐を見つけたぞ。

国松の歓喜の声が聞こえた。

——やりましたね！　やりましたよ。田村二佐は、お任せください。

中村も甲高い声を上げた。

「頼んだぞ」

朝倉は通信を終わり、ビルの四、五階相当の高さのある梯子を上り、右舷甲板に出た。

「朝倉、あれを見ろ！」

マクヒューがデッキから身を乗り出し、暗い川面を指差した。

「何！」

朝倉は眉を吊り上げた。一隻の救命艇が川の流れに任せて海輝から離れていく。全長は五メートル弱、波風も避けることができる最新の全閉囲型ではなく、通常のボートと変わりない昔ながらの固型である。

男が一人、船外機エンジンのスターターハンドルを必死に引いている。エンジンを始動させようとしているのだろう。船外機の大きさから見て、２馬力エンジンだと思われるが、それでも素人に扱いは難しい。

「王鉄林に違いない」

マクヒューはＰＰ１９を構えた。拘束は諦め、殺害を選んだようだ。

突如、救命艇のエンジンが掛かった。船首を下流に向けてスピードを上げた。

舌打ちしたマクヒューがトリガーを引いたが、数十発の銃弾は救命艇の背後でむなしく水飛沫を上げたに過ぎない。

「くそっ！」

マクヒューはＰＰ１９をデッキに叩きつけた。

「撤収しろ」

朝倉はマクヒューの肩を叩くと、甲板を走った。

左舷に出ると、中村が田村を背負って梯子を下りているところだった。甲板には田村の体に縛り付けたロープをデッキの手すりに絡ませて国松がゆっくりと下ろしている。中村の負担を支持ロープで軽減しているのだ。田村を奪回した際の救出方法は、あらかじめ考えだされていた。

「田村は頼んだぞ！」

朝倉はタクティカルバッグからロープを出した。潜入に失敗した際、個人で脱出するために全員がロープを携帯していたのだ。デッキの手すりに結びつけて体に巻きつけると、手すりを跨いで空中に飛び出す。乾舷の鉄板を蹴りながら下降し、埠頭に下り立つと、全速でバイクに向かって走った。

倉庫の脇を走り抜けてハヤテ125に跨ると、ヘルメットも被らずにエンジンを掛けた。

「待っていろよ！」

バイクを走らせ、倉庫街を抜けてコー・タン・タワン通りに出ると、スロットルを全開にし、サイゴン川の支流に架かる橋を渡った。正面から走ってくる車が、次々とクラクションを鳴らして通り過ぎる。コー・タン・タワン通りは、東から西に向かう一方通行の道路で、朝倉は逆走しているのだ。

救命艇のスピードは川の流れも加え十四ノット前後、時速にして二十五キロ前後だろう。海輝から下流にあるフーミー橋までは、蛇行しているが、七キロ程で、十六、七分で到着する計算になる。

ハヤテ125で交通法規通りの道順を走れば、九キロ近くあり、しかも追跡は五分ほど出遅れている。仮に街中を六十キロ近いスピードで飛ばしても、ぎりぎり間に合うかどうかだ。だが、交通法規を無視すれば、二キロ近く稼げるはずだ。

一方通行の道を抜けてヒュン・タン・ファー通りに出た。この道をまっすぐ一・八キロほど進めば、フーミー橋に通じるコウ・ファ・ミー通りとの交差点に出る。

暑苦しいバラクラバを剝《は》ぎ取ると、スロットルを全開にし、九十キロまでスピードを上げる。これで一、二分稼げるだろう。

コウ・ファ・ミー通りの高架橋がある交差点に近付く。信号は青である。三十キロまで減速し、交差点に進入する。

右方向からライト。信号無視のトラックが交差点に入ってきた。

「何！」

朝倉はブレーキを掛け、トラックを避ける。だが、制動を失って高架下の縁石に激突し、植え込みに投げ出された。

「くう」

数メートル飛ばされた朝倉は、頭を振って立ち上がった。背中に担いでいたＰＰ１９が、高架橋の橋脚下まで飛ばされている。一歩間違えれば、大事故になっていた。植え込みに落ちなければ、死んでいたかもしれない。ＰＰ１９を拾って植え込みから下りた。倒れたハヤテ１２５を起こし、コウ・ファ・ミー通りの側道に入る。

側道から誘導路に入り、コウ・ファ・ミー通りに戻った。右足がズキズキする。バイクが転倒して植え込みに飛ばされた際に右足を拳大の石にぶつけたのだ。

誘導路から二輪車専用道路に入った。フーミー橋は二輪車との接触事故を防ぐため、二輪車専用道路と車道の間に腰高の壁が設置してある。

朝倉はフーミー橋の中央でバイクを停めると、腰高の壁と中央分離帯の壁も飛び越え、橋の反対側に出た。

「間に合ったか」

王鉄林が乗った救命艇が見えてきた。

朝倉は肩に担いでいたＰＰ１９を下ろし、バックパックから取り出した予備のスパイラルマガジンと空になったマガジンを交換する。

救命艇に照準を合わせた。船底に三、四十発命中させれば、船は浸水する。王鉄林は近くの岸に避難するほかないだろう。朝倉は生きたまま逮捕することにこだわった。簡単に殺しては、事件の全容が解明できない。まして、スリランカでの爆弾テロ事件が中国の工作活動だとしたら、それを明らかにしなければならないのだ。

救命艇との距離は二百メートルを切った。

トリガーを引く。だが、数発撃ったところで動かなくなった。ジャム（弾詰まり）である。さきほどの事故で、ＰＰ１９の銃身が交差点の橋脚に衝突し、歪んだに違いない。

「くそっ！」

朝倉はマカロフを抜くと、欄干を乗り越えて数十メートル下の川に飛び込んだ。

衝撃で一瞬気が遠くなったが、必死に泳いで水面に顔を出した。

救命艇はエンジンが切られ、数十メートル先にいた。朝倉が川に飛び込んだことに気が付いた王鉄林が、探しているのだろう。

「むっ！」

救命艇からライトが浴びせられた。

思わず掌で目元を覆うと、次の瞬間銃声が轟き、朝倉の頭上を銃弾が唸りを上げて飛んでいった。

王鉄林が銃撃してきたのだ。

朝倉は立ち泳ぎをしながら、両手でマカロフを構え、トリガーを引く。

敵の銃弾が近くの水面で水飛沫を上げた。

船は上下に揺れながらゆっくりと流れていく。

王鉄林にとって、朝倉に狙いを定めるのは至難の業だろう。それは朝倉にとっても同じことだが、あえて肩を狙っている。

互いに銃撃を続ける。チキンレースのようなものだ。

朝倉は七発目を撃った。残り一発である。しかも救命艇は朝倉の脇を抜けて下流にいる。ゆっくりと吐き出した息を止め、トリガーを引いた。

王鉄林がもんどり打って倒れた。

救命艇に乗り込むつもりだったが、体力は限界に達している。仕方なく、川の流れに逆らわずに西岸の埠頭まで泳いだ。なんとか這い上がったところで救命艇を探したが、夜の闇に紛れて見えなくなっていた。

埠頭のコンクリートで仰向けになると、雨が降ってきた。

田村を奪回したが、手放しで喜ぶ気分にはなれない。

ライトを点灯させた車が埠頭に侵入してきた。

朝倉が立ち上がると、目の前で停まった。

「大丈夫ですか！」

運転席から降りた中村が駆けてくる。助手席の国松も降りてきた。朝倉のスマートフォンのGPS信号を追って来たのだろう。

「田村、どうだ？」

朝倉は軽く手を上げて答え、後部ドアを開けた。

後部座席にぐったりとしていた田村が、体を起こした。

「大丈夫だ。さっき、チョコレートを食べたら元気になった」

田村は気《け》怠《だる》げだが、さきほどよりも張りのある声で答えた。チョコレートを食べて血糖値が上がったのだろう。特戦群の猛《も》者《さ》だった男である。朝倉と同じでタフが売り物なのだ。

「日本に帰るぞ」

にやりとした朝倉は、後部座席に乗り込んだ。

フェーズ10：特別強行捜査局

二〇一九年十一月十七日、午後六時半、市谷防衛省。

朝倉は防衛省のC棟にある一室にいた。

部屋のドアには〝特別強行捜査局〟と表示されている。特別強行捜査班は六月一日を以て、正式に班でなく局に変わった。

四月二十一日、スリランカで起きた爆弾テロ事件のあった日に拉致された田村二等陸佐を、八日後の二十九日に朝倉が指揮する特別強行捜査班が、ベトナムで中国船籍のセミコンテナ船から奪回し、事件を解決している。

防衛省のみならず、政府関係者はそれを高く評価し、特別強行捜査班を局に昇格させ、本部も警視庁舎から防衛省に移転させたのだ。だが、何事も政府が絡むことには裏がある。

朝倉がこれまで扱って来た自衛隊が絡む事件は政府が闇に葬り、マスコミに発表されることもなかった。だが、今回の事件は、田村が拉致された翌日にはマスコミに情報が流れている。スリランカ国軍の将校も一緒に拉致されていたために公表せざるを得なかったのだ。

また、政府は拉致に関わったのは爆弾事件を起こしたスリランカのイスラム過激派と思い込んでいたために、反テロの一環で喧伝《けんでん》する必要があった。

だが、朝倉の捜査で背景に中国が関わっていることが分かった。そこで、公式に中国政府に抗議したのだが、田村の拉致は中国マフィアによる金銭目的の誘拐事件だと中国政府は突っぱねた。実際、スリランカで関わっていた中国人も、セミコンテナ船に乗っていた中国人も蛇頭の構成員であった。事件が発覚した時の予防策として、工作活動に蛇頭を使っていたのだろう。

日本政府は、自衛官拉致という暴挙に対して中国に毅然《きぜん》とした態度を示す必要があった。そのため、拉致された田村をベトナムで中国船籍の船から特殊部隊を派遣して奪回したと発表したのだ。むろん、事前にベトナム政府とも擦り合わせをしている。中国に複雑な思いを抱くベトナム政府としては、異存はなかったようだ。

海外に自衛隊を派遣して強硬手段をとったことに、マスコミは肯定と否定派に分かれて荒れに荒れた。これまで自衛隊の海外派遣は、国連平和維持活動のみ許し、武器の使用も制限してきたからだ。人質奪回という理由でも武器使用を許せば、戦争行為に繋がると野党は猛反発した。

だが、痩せこけて痣だらけの顔をした田村が車椅子で会見したことで、否定派はなりを潜めた。田村の姿を見た国民が、奪回作戦を支持したからである。

政府はテロに屈しないことを大いにアピールすることに成功したのだ。その背景には米国の存在もあった。中国と貿易戦争をしている米国は、同盟国である日本を強化することで、自らの立場をも優位に立たせたかったのだ。

ちなみに田村は帰国の一ヶ月後に復帰し、防衛省のA棟にある統合幕僚監部勤務になったため、たまに勤務明けの朝倉と飲みに行くこともある。

「うーむ」

ノートパソコンを見つめていた朝倉は、険しい表情で唸った。

局の部屋は六十平米で仕切りはない。そこに朝倉とメンバー五人のデスクの他に、無人の五つのデスクがある。

「どうしたんですか、怖い顔をして、三佐。また、面接の資料で頭を悩ませているんですか？」

中村が心配顔で尋ねて来た。抱えている事件がないため、暇を持て余しているのだろう。日曜日だが、数人が自主的に出勤し、日頃溜めた雑務をこなしている。だが、この男はたまたま釣りの予定がなかったからに違いない。

「三佐と呼ぶな。チーフと呼べ。面接とは関係ない」

朝倉は不機嫌そうに答えた。

六月一日付で朝倉は諸外国でいう少佐に昇格していた。班から局に変わるため、その長である朝倉が一尉ではまずいという防衛省の判断があった。また、田村奪回の功労としての特進でもあったのだ。だが、階級にこだわりを持たない朝倉にとっては、どうでもいいことであった。

「面接の資料じゃないんですか。いつまでも、空席じゃ、いけませんよ」

中村は驚いたと、わざとらしく体を仰け反らせてみせた。

局に昇格したために、人員を倍にするように朝倉は命じられていた。そのため、警視庁から二名、中央警務隊から三名の人員を補充するように言われており、人選は朝倉に一任されている。

だが、なかなかそれが進められないのだ。一緒に働くのなら、優秀であることはもちろん、人間性も求められる。こればかりは、合う合わないがあるためだ。これまで面接を重ね、数名の候補は上がったが決定までいたっていない。

「これを見ろ」

朝倉はノートパソコンの画面を中村に見せた。

「スリランカの総選挙の結果ですか」

中村は首を捻っている。鈍い男である。

朝倉が見ていたのはネットニュースで、スリランカの大統領選挙の結果であった。

新大統領に、二代前のマヒンダ・ラージャパクサ大統領の弟であるゴタバヤ・ラージャパクサが当選したのだ。

マヒンダ・ラージャパクサは、タミル人過激派組織〝タミル・イーラム解放のトラ〟を壊滅させて内戦を終結させたと賞賛された。また、荒れ果てた国土を中国の莫大な資金で復興させる一方で、スリランカ経済を中国資本で疲弊させ、一族の汚職を蔓延《まんえん》させた。

それゆえ、兄のマヒンダは失脚したのだが、今回の選挙でラージャパクサ一族が復権し、中国の巨大経済圏構想〝一帯一路〟の下で、スリランカがその支配下におかれる危険性が増すことになるだろう。

「前政権は、中国の支配下におかれることを恐れていた。その政権下で爆弾テロ事件が起きたのだ。結果的にあの事件で政権は、弱体化した。同時にスリランカの敵は、イスラム教徒だと国民に印象付けた。憎むべきは中国ではなく、イスラム教だと刷《す》り込んだのだ。まさに中国の思う壺《つぼ》だろう」

「やられましたね。あのテロ事件で、テロ組織は壊滅しましたが、中国が裏で糸を引いていた証拠も消滅しました。しかも、その張本人だった王鉄林も自殺しましたからね」

中村は大きな溜息を漏らした。

大物情報員だった王鉄林は、朝倉との銃撃戦があった翌日にサイゴン川河口で漂流していた救命艇の中で変死体となって発見されている。自殺とベトナム政府は発表した。至近距離からこめかみを撃たれており、右手に拳銃を握った状態で発見されたためである。朝倉が撃った肩への銃弾はむろん致命傷でなかったため、死因とはみなされていない。

「あの男が自殺したとは思えない。おそらく中国政府が、事件の幕引きを狙って抹殺したのだろう。これで、スリランカの爆弾テロ事件は、イスラム過激派の犯行と歴史に刻まれて終わるのだ」

朝倉は腹立ち気味にパソコンの電源を落とすと、席を立った。

前政権で首相を務めていたウィクラマシンハが、陰謀に関わっていたと朝倉は考えていた。だが、親中派であった彼も今回の選挙で失脚している。中国は根こそぎ陰謀の証拠を消し去ったのだろう。もはや朝倉が関われるようなことではないのだ。

「もう、帰るんですか？」

中村は慌てて自分のパソコンの電源を落とした。やはり、暇だったらしい。

「一応、新婚だからな」

朝倉は苦笑して見せると、近くの席にいる佐野や国松が笑っている。

帰国後、朝倉は幸恵と一緒に婚姻届を出し、市谷左内町《さないちょう》にマンションを借りて住んでいる。結婚式はまだしていない。というか当分するつもりはないのだ。結婚式当日に大事件に巻き込まれたために、ゲンを担いでしないほうがうまく行くと、彼女の両親の勧めもあってのことだ。

「妬《や》けるな、もう。市谷に、うまい焼き鳥屋を見つけたんですけどね」

中村が頭を掻いている。どうやら、一緒に飲みに行きたかったらしい。

「私が付き合ってやる。ちょっと待っていろ」

傍観していた国松が、中村の首根っこを捕まえた。

「お先」

二人を見て笑った朝倉は、右手を軽く上げて部屋を後にした。

この作品はフィクションで、実在する個人、団体等とは一切関係ありません。

『死の陰謀　オッドアイ』二〇二〇年二月　中央公論新社

中公文庫

死《し》の陰謀《いんぼう》

——オッドアイ

2022年2月25日　初版発行

著　者　渡《わた》辺《なべ》 裕《ひろ》之《ゆき》

発行者　松田 陽三

発行所　中央公論新社
〒100-8152　東京都千代田区大手町1-7-1
電話　販売 03-5299-1730　編集 03-5299-1890
URL https://www.chuko.co.jp/

ＤＴＰ　ハンズ・ミケ
印　刷　大日本印刷
製　本　大日本印刷

Published by CHUOKORON-SHINSHA, INC.
Printed in Japan　ISBN978-4-12-207186-5 C1193

定価はカバーに表示してあります。落丁本・乱丁本はお手数ですが小社販売部宛お送り下さい。送料小社負担にてお取り替えいたします。

各書目の下段の数字はISBNコードです。978-4-12が省略してあります。

中公文庫既刊より

わ-24-1
叛逆捜査 オッドアイ　渡辺裕之

捜一の刑事・朝倉は自衛官の首を切る猟奇殺人事件を捜査していた。古巣の自衛隊と米軍も絡み、国家間の隠蔽工作が事件を複雑にする。新時代の警察小説登場。

206177-4

わ-24-2
偽証 オッドアイ　渡辺裕之

サバイバル訓練中の死亡事故を調べるため、自衛隊特戦群出身の捜査官・朝倉は離島勤務から召還される。ミリタリー警察小説、第二弾。

206341-9

わ-24-3
斬死 オッドアイ　渡辺裕之

グアム米軍基地で続く海兵連続殺人事件。NCISから召還された朝倉は、異国で最凶の殺人鬼と対決する。自衛隊出身の捜査官「オッドアイ」が活躍するシリーズ第三弾。

206510-9

わ-24-4
死体島 オッドアイ　渡辺裕之

虫が島沖で発見された六つの死体。謎の孤島に単身潜入した元・自衛隊特殊部隊の警察官・朝倉に襲い掛かる影の正体は⁉「オッドアイ」シリーズ第四弾。

206684-7

わ-24-5
殺戮の罠 オッドアイ　渡辺裕之

次々と謎の死を遂げるかつての仲間。陸自最強メンバーがなぜ。自衛隊出身の警察官・朝倉が〝特別強行捜査班〟を結成し捜査にあたる。人気シリーズ第五弾。

206827-8

わ-24-6
砂塵の掟 オッドアイ　渡辺裕之

米軍居住地で発見された生首。捜査に向かう朝倉の前に日米地位協定という厚い壁が立ちはだかる。元自衛官の警察官が活躍する、人気シリーズ最大の問題作！

207024-0

こ-40-24
新装版 触発 警視庁捜査一課・碓氷弘一1　今野敏

朝八時、霞ヶ関駅で爆弾テロが発生、死傷者三百名を超える大惨事に！ 内閣危機管理対策室は、捜査本部に一人の男を送り込んだ。「碓氷弘一」シリーズ第一弾、新装改版。

206254-2

こ-40-25
新装版 アキハバラ 警視庁捜査一課・碓氷弘一2
今野 敏
秋葉原を舞台にオタク、警視庁、マフィア、中近東のスパイまでが入り乱れるアクション&パニック小説。「碓氷弘一」シリーズ第二弾、待望の新装改版！
206255-9

こ-40-26
新装版 パラレル 警視庁捜査一課・碓氷弘一3
今野 敏
首都圏内で非行少年が次々に殺された。いずれの犯行も瞬時に行われ、被害者は三人組で、外傷は全くないという共通項が。「碓氷弘一」シリーズ第三弾、待望の新装改版。
206256-6

こ-40-20
エチュード 警視庁捜査一課・碓氷弘一4
今野 敏
連続通り魔殺人事件で誤認逮捕が繰り返され、捜査は大混乱。ベテラン警部補・碓氷と美人心理調査官・藤森のコンビが真相に挑む。「碓氷弘一」シリーズ第四弾。
205884-2

こ-40-21
ペトロ 警視庁捜査一課・碓氷弘一5
今野 敏
考古学教授の妻と弟子が殺され、現場には謎めいた古代文字が残されていた。碓氷警部補は外国人研究者を相棒に真相を追う。「碓氷弘一」シリーズ第五弾。
206061-6

こ-40-33
マインド 警視庁捜査一課・碓氷弘一6
今野 敏
殺人、自殺、性犯罪……。ゴールデンウィーク最後の夜に起こった七件の事件を繋ぐ意外な糸とは？　藤森紗英も再登場！　大人気シリーズ第六弾。
206581-9

こ-40-34
虎の道 龍の門（上） 新装版
今野 敏
極限の貧困ゆえ、自身の強靭さを武器に一攫千金を夢みる青年・南雲凱。一方、空手道場に通う麻生英治郎は流派への違和感の中で空手の真の姿を探し始める。
206735-6

こ-40-35
虎の道 龍の門（下） 新装版
今野 敏
「不敗神話」の中、虚しさに豪遊を繰り返す凱。「常勝軍団の総帥」に祭り上げられ苦悩する英治郎。その二人が誇りを賭けた対決に臨む！〈解説〉夢枕 獏
206736-3

と-26-9
ＳＲＯ Ｉ 警視庁広域捜査専任特別調査室
富樫倫太郎
七名の小所帯に、警視長以下キャリアが五名。管轄を越えた花形部署のはずが――。警察組織の盲点を衝く、連続殺人犯を追え！　新時代警察小説の登場。
205393-9

各書目の下段の数字はISBNコードです。978－4－12が省略してあります。

と-26-10
SRO Ⅱ 死の天使 富樫倫太郎
死を願ったのち亡くなる患者たち、解雇された看護師、病院内でささやかれる『死の天使』の噂。SRO対連続殺人犯の行方は。待望のシリーズ第二弾！ 書き下ろし長篇。
205427-1

と-26-11
SRO Ⅲ キラークィーン 富樫倫太郎
SRO対〝最凶の連続殺人犯〟、因縁の対決再び‼ 東京地検へ向かう道中、近藤房子を乗せた護送車は裏道へ誘導され――。大好評シリーズ第三弾、書き下ろし長篇。
205453-0

と-26-12
SRO Ⅳ 黒い羊 富樫倫太郎
SROに初めての協力要請が届く。自らの家族四人を殺害して医療少年院に収容され、六年後に退院した少年が行方不明になったというのだが――書き下ろし長篇。
205573-5

と-26-19
SRO Ⅴ ボディーファーム 富樫倫太郎
最凶の連続殺人犯が再び覚醒。残虐な殺人を繰り返し、日本中を恐怖に陥れる。焦った警視庁上層部は、SROの副室長を囮に逮捕を目指すのだが――。書き下ろし長篇。
205767-8

と-26-35
SRO Ⅵ 四重人格 富樫倫太郎
不可解な連続殺人事件が発生。傷を負ったメンバーが再結集し、常識を覆す新たなシリアルキラーに立ち向かう。人気警察小説、待望のシリーズ第六弾！
206165-1

と-26-36
SRO episode0 房子という女 富樫倫太郎
残虐な殺人を繰り返し、SROを翻弄し続けるシリアルキラー・近藤房子。その生い立ちとこれまでが、ついに明かされる。その過去は、あまりにも衝撃的！
206221-4

と-26-37
SRO Ⅶ ブラックナイト 富樫倫太郎
東京拘置所特別病棟に入院中の近藤房子が動き出す。担当看護師を殺人鬼へと調教し、ある指令を出すのだが――。累計60万部突破の大人気シリーズ最新刊！
206425-6

と-26-39
SRO Ⅷ 名前のない馬たち 富樫倫太郎
相次ぐ乗馬クラブオーナーの死。事件性なしとされるも、どの現場でも人間と同時に必ず馬が一頭逝っている事実に、SRO室長・山根新九郎は不審を抱く。
206755-4